沈嘉禄

石庫門 夜來香

上海書店出版社
SHANGHAI BOOKSTORE PUBLISHING HOUSE

目录

二、后厢房·栀子花

三、淮海路·紫罗兰

四、董家渡·秋海棠

五、外滩·白玫瑰

自序

上海是由大大小小弄堂编织而成的世界，弄堂好比城市的经线和纬线，城市边界划到哪里，弄堂就延展至哪里。弄堂又好比城市肌体内的血脉与经络，弄堂通，城市通，弄堂人丁兴旺，城市就活跃，就健康，就欣欣向荣，活色生香。

现在，不用我说了吧，弄堂正在退出历史。它成了废墟，成了遗址，成了陌生而盛气凌人的高楼，我们唯一能做的，就是将弄堂刻录在记忆深处。

弄堂生活是市民社会的映射，真实而生动，荡漾着热烘烘的世俗趣味。各地方言在弄堂里通用，生活习惯在弄堂里形成，公共规则在弄堂里产生，它们是约定俗成的，就像小孩子的游戏，可以延续好几代人。弄堂生活最让人兴奋的是它的鸡犬相闻，隔窗相呼，少有隐私，不必设防，前门进后门出，坐下来就喝茶，大家都是一根藤上结的瓜。共呼吸，同命运，说的就是弄堂生态。弄堂让人感动的是相濡以沫，彼此关切，在艰难时世，邻里之间的一声问候，就能化作再坚持一下的动力。当然，弄堂里总会有那么几个狠脚色，他们锱铢必较、损人利己、虚张声势，是人人避而远之的麻烦制造者，不过规则的底线也不敢随意击破，他们知道与规则作对就是与众人作对，大家知根知底，你要是乱来，以后还做不做人？所以在人妖颠倒的混乱年月，弄堂规则基本没有受到大的破坏。一旦风平浪静，规则又浮出水面。现在大家都走出弄堂，来到异样的空间，生活在继续，弄堂规则遭遇了似是而非的国际规则，有些零乱，有些模糊，有些迷茫。

大家对弄堂生活的怀想，并非执意要回到那个空间、那个岁月，而是希望以弄堂生活的经验为底本，经过一番沉淀发酵，提炼成温馨的记忆。你看看当下，表面风光，内心沧桑，世风日下，人心不古，弄堂里的市民生态就这样一去不复返了？大家心有不甘。

这也是我奉献这本书的理由。

当然，上海的弄堂有共性，也有个性。每一条弄堂都是一个相对独立的小世界。更何况弄堂所在的那个区域，不可避免要受到地域文化和历史渊源的影响。我出生在原卢湾区，35 岁前都生活在一条很短的、却饶有趣味的小马路上，第一份工作是在黄浦区，现在居住在原南市区，我将这三个区域都视为故园。现在这三个区合并成了黄浦区。在外人眼里，这是上海的城市中心、繁华地段，但是真正的上海人是有资格会心一笑的。这里的文化是庞杂的、多元的，我们所说的海纳百川，最先体现在这个区域。一百多年前，南市区是华人集中居住、谋生的区域，城墙内外，黄浦滩头，阡陌纵横，河道网布，经济繁荣，人文精萃。尤其是老城厢，经过七百余年的经营，在城隍庙、沉香阁、白云观、文庙、关帝庙、先棉祠、校场、同行会馆等摩肩接踵之处，弥散着浓烈的人间烟火。这里的每条街巷都对应一种业态，代表了自然经济内循环的序列，这里是达官贵人的归隐之地，私家花园曾经多达数十个。黄浦区是英租界，冒险家的乐园，商业文明发达，追求效率，遵守契约，讲求信用，以资本扩张为荣耀，与世界接轨最为敏感和迅速。煤气房、自来水、救火会、发电厂、电报电话、电影电台、西式医院、西式学校、会审公廨、新闻出版、银行洋行、证券期货等等，上海近代化的许多“第一”在这里落地。这里还有外侨俱乐部、跑马场、电影院、番菜馆、四大公司、大世界、舞厅、洋泾浜英语、会乐里等，一半是海浪滔滔，一半是火焰熊熊。卢湾区是法租界，法国人注重文化先导，追求浪漫情调，虽然也参照了西方的种种制度，但与英租界资本为王的强横做法大有不同，这里弹性更大，缝隙更宽，强调人居环境的优雅、文化艺术及宗教的渗透影响。这里有顾家花园、有轨电车、法文书馆、中法学堂、国际社区、白俄以及罗宋大餐、“中国最大最好的医院”广慈医院、帮会、上海美专、国立音专……还有《新青年》编辑部、中国社会主义青年团团中央机关和中共“一大会址”。区域性的文化差异，导致城市规划、社会发展、经济建设以及居民的集体性格与行为方式等方面，都有了明显的不同，这也是历史学家值得深入研究的题目。

一百多年后的今天，经过两次大动作，三个区整合为一个区。主流话语认为这是上海经济发展、社会保障的需要，而在民众心中却不免要泛起阵阵伤感的涟漪。老百姓在城市大变局的时间节点上尚存一些担忧，最为关切的就是历史风貌的消逝，弄堂生态的瓦解，区域文化特性的湮没或被所谓“国际化”的表象所覆盖。

这个……与民众的日常生活有多大关联呢？如果单纯从衣食住行来说，或许影响不大，但进入二十一世纪的上海人在精神方面的诉求越来越强烈，对“我从哪里来”这样的哲学命题也相当关切。地图可以重建历史，但区域文化的时空边界在哪里，上海人心里很清楚。

当然，上海素来有着海纳百川、兼容并包的传统，再过一些时日，这个边界的现实意义就稀释了。时间会治疗一切，时间也会告诉我们一切。在这个花开花落的季节，我把关于这个话题的文章整理汇编成一本小书，郑重地献给各位。如果能为黄浦区留下一份私人笔记，那可是意外的惊喜啊。在此，我要与读者朋友一起将渐行渐远的岁月再回想一遍，以此感恩我们的父母，感恩我们的兄弟姐妹和左邻右舍，感恩弄堂口修皮鞋的老头和菜场门口卖小馄饨的老太，感恩走进弄堂叫唤“鸡毛换糖”的小贩和准时投送信件的邮差，感恩弄堂里飞起的风筝和守望在屋脊上的野猫，感恩将晾晒的床单晒得喷喷香的阳光和沿着墙角一路攀缘的牵牛花，也要感恩按照阳光政策、实施人性化操作的动迁组……

最后，我非常期待热爱写作的朋友，以他所熟悉的弄堂生活为素材，写出另一种区域文化的笔记式美文，为大时代留下一个小小的注脚。

沈嘉禄

2015 年 7 月

一、石库门·夜来香

我们没有必要与过去决绝，或将自己漂白、整容，逝去的岁月不会再来，但所有的记忆都可以酿成一杯美酒，咂出醇厚的滋味。手持这杯酒，穿过弄堂的目光就能够放得远一些，再远一些。

穿过弄堂的目光

弄堂是什么？这是我在弄堂里居住了三十多年，离开弄堂后才向自己提出的问题。

上世纪九十年代初，上海电视台要我写一部关于上海弄堂历史的专题片解说词，为此我花了不少时间查找资料。那时候许多上海人还蛰居在弄堂里，有一种身在庐山而不识庐山真面目的感觉，这方面的资料还真不多。不过有限的资料已经让我感到惊讶与恍然，我初步了解了它的起源、发展和类型，也大大激发了我对弄堂建筑形态与市民生态的探究兴趣。如果从建筑学的角度说，我获得了新知识，而从社会学的角度讲，现成的书本只提供了一个笼统的说法，令人意犹未尽。弄堂是什么？这个问题就不容回避地推到我眼前。

今天，我想告诉年轻朋友：如果我们把主要的注意力放在建筑本身，这对认识上海这座城市来说是远远不够的，也可能误入歧途。我们不妨跳出物理层面，从社会学的路径进行观察与审视，那么我们就会发现，弄堂不仅是一种特定年代形成的城市建筑形态，而且形成了一个个相对独立的生态圈，这个生态圈真实地反映了人的差异、阶级的差异以及由此产生的文化差异。如果谁想研究上海的地域文化，研究上海人的集体性格，不深入弄堂的生态，无异于隔靴搔痒。

小时候我和小伙伴们在弄堂里玩，像鸟一样自由散漫，好不痛快啊。我们打弹子、玩“官兵捉强盗”、扔“豆腐格子”、盯橄榄核，我们踢毽子踢足球最后踢翻了人家的马桶。我们的喧闹声吵醒了在厂里三班倒的女人，于是我们被告状，被各自的大人揪着耳朵押送回家。可是第二天我们照样像鸟一样无忧无虑，为所欲为。然而我们不敢随意到邻近的一条弄堂里去玩。那是一条新式弄堂，有花园、有洋房，洋房里据说有抽水马桶和煤气灶，阳台上有鲜花，每个窗口都拉上了雪白的窗帘，偶尔还能听到流水潺潺的钢琴声，这使得周围格外幽静，静得叫人犯愁。这是一个超乎我们想象的新世界。我们这群野蛮小鬼谁也不敢高声嚷嚷，不敢撒腿狂奔，不敢掏出小鸡鸡对准墙角滋一泡热气腾腾的尿。是的，我们本能地感到，这里不是我们的家园，这里的人比我们有钱，这里的孩子吃得好，穿得好，女的漂亮，男的娘娘腔，他们偶尔在窗口探头张望，很快缩回，他们不会跟我们玩。

虽然心向往之，但平时单刀赴会没那个胆量，非得结成团伙才敢进入。

后来才知道，上海的弄堂是有等级之分的。老式石库门里弄、新式石库门里弄，还有花园里弄和公寓式里弄，具体到同一条弄堂里的石库门房子，也有精粗优劣之分，比如在外人看得到的几幢房子，门套做得格外精致，楼上楼下的厢房也会装上百叶窗。我家住的是比较大路的一种，有前后客堂，有单边厢房，有亭子间，而旁边一条弄堂里只有前后客堂，连厢房也没有，当然跟我们一样，都没有卫生设施。每天清晨，主妇们将煤球炉子拎到弄堂里升火，火星四溅，烟雾腾腾。还有，“粪车是我们的报晓鸡，多少市声由此起。”金嗓子周璇在四十年代的老电影里就是这么唱的，她为上海弄堂的生活抒情，是上海市民的代言人。

像我们这样的弄堂，一般叫作“里”，六合里、树德里、久耕里、永安里，都是这种格局，居住者大多是工人、店员、教师、小业主，很少有大老板、大知识分子、大艺术家。弄堂里留下几口井，那是法租界未通自来水之前的“遗物”。井圈加了盖，每周四大扫除那天才由居委干部开启，供居民取水冲洗弄堂。沿街面的房子稍许精致点，门面略显高敞，过去都用来开店，时过境迁，门柱上依稀还有些模糊的字迹让我们知道它的前身是酱坊或棺材店。最显眼的，就是红砖砌出具有巴洛克风格的弄堂口门楼，过街楼窗下位置就是弄堂名，浅浮雕或阴刻，一般为名家写的楷书或隶书，顶部正中被花枝缠绕的椭圆形微微突起的位置砌有几个立体数字：1922。

比“里”稍许高档一点的弄堂，叫作“坊”，在我们这条崇德路上就有锦绣坊、华宝坊等。更著名的是淮海坊、霞飞坊、万宜坊等，这是有煤卫、有车库的花园里弄了。如果新式里弄称作“村”或“邨”，比如愚园路上的愚谷村和陕西南路的陕南邨，那在各方面就更胜一筹了。还有某某别业或某某别墅等，一般比较偏远，所谓“在野为庐，在邑为里”（语出《汉书》），这就是依据了。上海的村与邨，对应了古代的庐，这有点矫情，但也算文脉的延续吧。比如复兴西路上的玫瑰别墅，孙科在此将“小三”蓝妮立为二房，在此消磨了一段缠绵悱恻的时光。上海图书馆对面的逸村，只有8幢房子，却有大隐于市之功，蒋经国在上海打老虎时就住在这里。不过，所谓的偏远，也是相对老城厢而言吧，今天都是市中心黄金地段了。

刚才我提到的让我们野小鬼不敢造次的那条弄堂就叫新华村，以前也是一户人家绰绰有余地占据一幢，卧室、客厅、餐厅、书房一应俱全，汽车间、厨房也设计到位，那是一个相对封闭的独立王国。

比“里”更简陋的弄堂，一般叫作“弄”，这种里弄几乎没有门楼，狭窄的弄堂曲曲弯弯无穷无尽，低矮的屋檐真叫人走过不得不低头，甚至有竹篱笆矮墙将一个凌乱的小院子圈起来，墙头蹿出一丛花枝乱颤的蔷薇。在那里，几十户人家合用一个公共给水站，电线在空中横七竖八，骂街一类的表演也许是每天的节目。这里的居民基本上都是体力劳动者，性格直率，文化修养差点，他们自有规矩和秘语，对外人也很警觉，一贯的不信任。

不同的居住环境表明，居住阶层的差异也造成了不同的文化氛围，这种氛围又反过来影响居住者和他们的下一代。集体性格、生活观念、生活方式以及礼数方面，都会受影响。这样就形成了阶层、阶级之间的差异与隔阂。这种差别连我们这帮野小鬼也凭直觉认识到了，我再说一件事吧，在我读小学时，放学后有“开小组”这一说，也就是集中在某位同学家里做回家作业，大家可以相互帮助，相互监督，而这位提供场地的同学，家里条件一般要好一些，场地要有，家里还要有老人压阵。我家也曾有幸开过小组，大家就可以随意些，闹翻天也不要紧，而到了条件较好的同学家里，大家进门一看，有整堂的红木家具，有落地座钟，有摇头风扇，马上乖巧起来，谁也不会乱来。这不能说是我们敏感，而是这种隔阂的冷峻，让我们获得了撞墙的痛楚。

在我们经历的那场社会大动乱中，这种隔阂被强有力的大手推倒了，至少在表面上，大老粗强占花园洋房是一种“奉旨造反”的正义行为，一种痛痛快快的颠覆，事实上呢，有钱人对体力劳动者的轻蔑一天也没有停止过。而穷人对富裕阶层生活方式的模仿也越来越急迫。他们挤占了房子，却无法成为精神上的主宰，这就是文化的渗透力的消解力。

更多的人可奈何地在各自的生存空间里穿行，就是闭着眼睛也不会走到隔壁弄堂里去。上海人的乖巧就在于此。

王安忆是在西区新式里弄成长的，早熟的机敏与女性的细腻使她获得对一墙之隔的旧式里弄的真切感知。她在好几篇散文里写到彼时的陌生与震惊，那是对文化差异、阶层差异的最初的感知与评估。比如她在《南陌复东阡》一文里写道：“有一种心境，是被‘后弄’这一式样标明。从这条后弄可走入我家的弄堂，这段旅程就像是一段孤旅。我至今也搞不清，在人口拥塞，四面八方奔跑着小学生的弄堂内，这一条短巷，如何会是难得有人。短巷的一面临了一排教室的窗，小学生的读书声，在这里显得格外清朗。偶尔有人走过，脚步击在鹅卵石面上，也是清冷的。这里关系到房屋的结构，问题就复杂了，而在我的心目中，它们稔熟到已经没了排序。拉开时间的距离，我只看得见自己像只虫子样，在水泥砖瓦的阡陌里徘徊，有一种盲目，令人心悸。”她又写道：“由于是这样的错综不可遁迹的街道与房屋，邂逅和失之交臂以同样的概率发生，我就老是觉得，在这水泥硬壳子里面，神秘地隐匿着既定的路线，它最终决定了谁与谁走在一起。”

王安忆记录的少女心绪，是居住在“后弄”的我费尽心思也想象不出的，但又是努力踮起脚尖去猜想的。她的判断也与我的观察结果基本一致。

这些年来，随着城市改造和房地产开发的加快，走出弄堂的人越来越多，越来越急迫。与此同时，有些老房子的拆与留，却激起了人们的格外关注和热烈争论，它们都与上海历史有关，与区域文化有关，与共同记忆有关。不过，有些老房子并无太大的价值，比它们多得多、好得多的老房子都在十年前、二十年前被毫不怜惜地拆了，当时谁也没有注意，更没有一个字的报道。那么今天的激烈反应，更像是面对垂死者的补偿性哀号。

原住民无所留恋或别无选择地告别弄堂，进入了陌生的环境，他们在整齐划一的新居里，能否继续弄堂的习惯与话题？看来很难。生活掀开了新的一页，全新的剧目开始了，情节、道具和人物都变了，风雨雷电也变了。这是一次高扬的精神迁徙，一次群居结构的重新组合，一次市民生态的大裂变。在市场经济条件下，贫富差别日益加大，新富阶层住进了高档小区，他们的优越感毫不掩饰地流露在社会场合的言行中。而大多数人不再由籍贯、职业划分，他们在有限的选择下麇集在一起，相互提防又希望抱团取暖，他们很清醒地意识到自己从哪里来，到哪里去，或者可以、只能到哪里去。于是一种新的人文环境、文化场域就慢慢形成。你居住的地方，证明了你在社会上的能量与成就、运气与性格也是因素。

看来，弄堂的差异还将延续下去。那么走出弄堂后，我们没有必要与过去决绝，或将自己漂白、整容，逝去的岁月不会再来，但所有的记忆都可以酿成一杯美酒，咂出醇厚的滋味。手持这杯酒，穿过弄堂的目光就能够放得远一些，再远一些。

过街楼

风雨沧桑，暑往秋来，不管石库门弄堂如何衰败，弄堂口的面貌总是富有情调的，甚至有些奢华的陈腐气息。同为砖瓦，它的欧化倾向却更加明显，也许是当年造房子时，技高一筹的工匠喜欢在此炫耀一番，以博承建商的青目。我说的是过街楼的建筑形态，它是整条弄堂的封面，序曲，开场锣鼓，也是上海人的一张脸。

它只有两层楼那么高，但在一大片灰色的屋脊中鹤立鸡群。它实际上就是尖尖的或圆圆的门楼顶，上面有花枝缠绕的浮雕，窗子也很宽大，窗棂花哨，玻璃也许是彩色的。讲究一点的过街楼还像模像样地立着四根微型罗马柱。窗子下面有一方匾额大小的空白，用水泥砌出立体字：尚贤坊、兰香里、公益里等，仔细看去，这些颜体、欧体或魏碑体写得很谦虚、朴实、温雅，一点也没有现代书家的张狂与浮躁。有一个叫唐驼的人经常为弄堂题名，上海的地方志应该为他记一笔。他是个驼背。“文革”初期破旧立新，大家对改名发生了极大兴趣，于是弄堂也有了那份改名换姓的荣耀，一夜之间出现了许多条红卫里、向东坊。风雨过后，那些民间书法家写的字从水泥封填的匾额里蝉蜕出来，像出土文物那样有了沉甸甸的潮气。仰头阅读这些弄名时我不禁会想：我真是太年轻了！

弄堂口的那个过街楼在我儿时看来是顶顶有趣的房子，它赛过一个把守关隘的桥头堡，有人扑在窗口，可以看到整条街面的动静，有千里江山尽收眼底的奇妙。我有一个同学就住在过街楼，我去玩过，如愿以偿地扑在窗口看过街景。当衣冠楚楚的大人们进入弄堂，从我脚底下走过时，我真想蹦跳几下，赏他几缕灰尘。

过街楼底下就是弄堂的出入口，过去是有铁门的，大跃进年代拆了。不知从何时起，弄堂口有了违章搭建，一般是用木板搭间小屋，住清扫弄堂的老头，拾破烂的老太，他们没有子女，孤苦伶仃，后来也有公用电话亭和烟杂店。现在老头老太不见了，多了一些水果摊、服装摊，人进人出的时候得小心点，别碰倒了摊头引起争吵。过街楼下有这类生意，整条弄堂就热闹多了。讨价还价，吆喝，吵架，打情骂俏，流行歌曲，构成了弄堂生活的情调。

有一天我和一个老司机聊天，问起他家住在哪里，他不由得脸红了。他说，不算太挤，就是有点坍台，因为住的是过街楼。我很奇怪，第一次听到有这样的说法。他又补充说，过街楼以前都是看弄堂的人住的，有钱人家从来不住过街楼，悬在半空中不像样呀。

石库门老了，上海人的面孔上皱纹多了，它究竟有多老呢？抬头看一看过街楼吧。在顶与窗之间，当年工匠没有留下姓名，却大模大样地留下了建筑年份：1920、1923、1933……它倒没有倚老卖老的意思，但喜欢涂几句诗的年轻人也许会说：它是历史的见证人，它俯瞰着上海从黑暗走进光明。

而我，更愿意说一声：您好，老伯伯！

灶披间里的闲言碎语

有了石库门房子，就有了上海人家的“近代化”厨房。但自从石库门搬进了七十二家房客，灶披间就成了一个是非之地。从我懂事那天起，灶披间里的肥皂剧一直峰回路转，高潮迭起，精彩纷呈。油烟灶披间，社会大课堂。我在这里学习上海方言，学习虚与委蛇、虚情假意、虚张声势、旁敲侧击、指着秃贼骂和尚，当然也学习厨艺，虽然一直没能学到大妈阿姨们的精明。

石库门房子的灶披间在底楼，从后门进来就是，几户人家合用，阴森森、潮叽叽、四面墙头墨擦乌黑，拉着横七竖八的电线，上面织满了蛛网，八九个平方要挤五六只煤球炉，墙上还挂着摇摇欲坠的柜子，里面除了油盐酱醋还有潜伏着的蟑螂，在巴掌宽的空隙里还要设法塞进一张小桌子，切菜剁肉。按照心理学家的说法，人与人之间的距离一近，就会产生不安，发展到后来就会构成威胁，擦枪走火不可避免。油锅升腾之时，为争夺地盘而引发的战争不宣而起。你今天占我一寸，我明天夺回半尺，你扔我的钢精锅，我踢你的煤球炉，最后大打出手，子女一起上阵，邻居纷纷相劝。关键时刻，娘舅挺身而出。娘舅者，居委会阿姨也。中国最底层的芝麻绿豆官对辖区内的人员知根知底，善于做群众工作，一语点中对方死穴。来了，她们咋咋呼呼地来了，拿了竹尺和粉笔来丈量地皮，划分边界，计算精确到厘米。还有什么意见吗？没有，那就这样办吧。再吵，我就要叫户籍警来了。于是，风停雨歇，云开日出。如果娘舅主持公道的话，一般能换来三五年的和平，双方也会舔干伤口相互拥抱。从本质上说，上海人还是能遵守豪猪法则的。我在上世纪七十年代看《参考消息》上以色列跟周边国家争夺土地，忍不住哈哈大笑。从厨房角度纵览国际形势，诚如老子所言：治大国若烹小鲜啊。

上海人的灶披间还是一个灵敏的信息源，多少小道消息从这里散播。12 号亭子间里的阿跷打了他后爸的一记耳光，他的后爸送进医院就一脚去了。14号前客堂的阿玲在厂门口捡到一个弃婴，有三条腿，送到医院人家不收，认为是她自己养出来的，准备将包袱掼给政府，最后她只好抱转来抚养。23号前厢房的好婆在弄堂口捡到一只军用背包，里面有好几千元钞票，拿到银行一验，是假钞……还有国际新闻：尼克松总统访问上海，在国际饭店吃了一盆绿豆芽塞肉丝。海尔塞拉西皇帝来到上海，那条大狼狗价值十万元。西哈努克在城隍庙吃了一碗鸡鸭血汤，饭店杀了108只鸡……

当然，温馨的一幕时时也在灶披间上演，李家阿嫂包荠菜肉馄饨，送大家一碗。张家姆妈摊了草头饼，大家尝尝。张老伯伯孤老头一个，躺在床上两天没吃东西了，大家也会熬了粥喂他吃。刘家的饭焦了！快点相帮端端开。上海人，都是一根藤上结的瓜，藤烂掉，瓜也瘪掉。也当然，不妨碍大家暗里将对方的家底打量，过年吃点什么？或者女儿回娘家烧哪几只菜？

等到煤球炉消灭，用上了液化气，居然也会将放钢瓶的小柜子锁上。上海人啊，就这个德性！那有什么？水龙头不早就上锁了？

后来，上海人有了独家厨房，从三平方开始逐年升级，到今天，七八个平方不稀奇，有人还学外国人的腔调，开放式，双门冰箱，老长的料理台，结果油烟乱窜，弄得客厅里的电视机和音箱迅速氧化。土豪家的厨房里还装了大屏幕电视机，还有高保真音响，酒吧台直接从五星级饭店驳样，在厨房里吃早餐似乎很有情调。级别更高的土豪家里还分中餐、西餐两种厨房，大得可以跳舞。上海人的厨房，海威！

但不管多大的厨房，我发现极少有人在窗台上放一瓶鲜花，咸鱼咸肉倒是挂了不少。请了小保姆的主妇还时不时地瞄上一眼，养媳妇偷吃热豆腐，这句老话从来就不是空穴来风。

上海人家的厨房，是认识上海人的窗口。

东台路

对于东台路，我有一种复杂的感情。我的老家就在崇德路上，与东台路北端形成丁字形交接，读小学起，就有许多同学住在这条路上。是的，东台路西侧还有一所建筑外观不乏异国情调的学校，在岁月更迭中一会儿是小学，一会儿是中学，它见证了新中国的猝不及防的生育高峰和教育资源紧缺的窘境。我在这个水泥壳子里读了三年初中，后来又延长一年，毕业时算高中学历。天晓得！我们的英语水平还不及今天古北地区外国人家里的小保姆。我在这所学校里唯一的收获，也许就是对法帝国主义的直接"认识"。它的前身是法租界南安巡捕的兵营，五层楼钢筋水泥结构，教室高阔轩敞，左右两面钢窗，采光极好，红缸砖地坪，磨石子楼梯，黄铜扶手，还有一个硕大的用于供暖的烟囱，尽管教室里的热水汀始终是冷冰冰的。安南人，就是今天的越南人，殖民时代法国人招募小个子越南人来做城管，与红头阿三分管上海滩两大租界。

学校是这一带的制高点，登楼顶而眺望全市，顿时涌起一览众山小的豪迈。有一次我们一帮小赤佬捣蛋，将地砖撬起来企图砸烂它，地砖反面刻着法文，看不懂，但忙了半天彻底失望，这薄薄的地砖居然纹丝不动。"帝国主义真厉害！"这是小黑皮的感慨。

毕业后，自由自在的日子一下子终结，有的去了农村，有的留在上海，大家惶惶然作鸟兽散。又过了若干年，小黑皮在东台路开了一家古玩店，店址就是自己沿街面的家，无需房租，算是创业。读书时小黑皮成绩一塌糊涂，开古玩店实在是逼上梁山，他连清朝十个皇帝都说不全，还是我教了他一个口诀，勉强记住，并在同行间炫耀一番。是的，当时在东台路开古玩店的差不多都是回城知青、下岗职工、无业市民。但是上海人相信，不识字不要紧，只要识人头，就可以咸鱼翻身。很快，东台路热闹起来，家家门面开店，马路两边投摊，明清瓷杂、朱金木雕、钟表

东台路古玩市

相机、文房四宝，眼睛一眨水银泻地！二十余年，繁荣繁华，东台路成了上海的旅游景点，城市名片，外国人来上海，指名要来此淘宝，虽然他们基本上都是买假货的。我亲眼看到港台人士在此扫货，影星们出手尤其凶猛，比如刘德华、罗大佑等人由上海这边的“带路党”引导冲进一家古玩店，叫老板将一百多只旧手表统统拿出来，略作打量，分作四堆，每人拿下一堆。罗大佑春风得意地说：老货就是好！他们买鸟食缸也是这套路数，兜底抄起，坐地分“赃”。短短一条东台路啊，做洋庄生意还可以吃几年，但港台人淘旧货成精，经得起这番横冲直撞吗？

有一次我在大德堂看到靠墙排列着数十块“金砖”——就是所谓铺在华阁崇殿里的地砖，两尺见方，密致坚固，叩之有声，侧面钤有“大清乾隆四十年苏州……造”等字样，书法家用它练字，省纸省墨，风雅得紧，我寻找它也有些年头了。但老板索价四百，那是二十年前的钞票，我嫌贵走人。惦记了一个月再去，东西还在，但老板说前天刚被一台湾人“一枪头刮进”，我只能扼腕长叹。

于是假货纷纷出笼，假的金砖也烧造成功，康熙乾隆的印戳子随便敲，看上去很美。小黑皮告诉我：“东台路后来主要做游客生意了，假货卖起来爽气，利润高，真货卖不过假货，卖真货的朋友后来都退出了。”他们都去哪里了？上海现在有四十多家古玩城，掘到第一桶金后，他们就在这里盘踞，斯文得紧，号称收藏家。

当然也确实有公认的收藏家从东台路走出来，比如高阿申，以研究明清瓷香炉名扬四海，他还向上海博物馆捐过文物，墙上密密麻麻刻了历年来捐赠者名单，最后一个是他。

在城区改造的大背景下，古玩街的黄昏来了。新天地开始新一轮扩改，将我的母校一口吞了，并连带吃掉半边东台路。一条古玩街只剩半边，这生意如何做得下去？我母校这块地皮有历史，含金量高，有一次与瑞安集团高层一起吃午饭，罗康瑞透露自己的宏伟蓝图：造一幢浦西最高的楼。我听了，正在切牛排的手不由得颤抖了一下。罗总还跟身旁的区长说：希望政府能放宽对容积率的限制。罗总也是香港人，罗大佑也是香港人，同一片蓝天下，想法怎么会如此不一样呢？

大德堂

东台路古玩市场正在“雪崩”，今天这幢房子推倒了，明天这一排窗口用砖头封死了。沿街两边的摊棚就像足球赛上罚任意球时拼凑起来的“人墙”防线，勉强站成一排，碰着罚任意球高手，难免捉襟见肘，摊棚后面就是一大片废墟。一夜春雨，碎砖头堆里就蹿出了碧绿生青的野草。生意难做，生意照做，三三两两，老板多过淘宝客。双休日人会多一些，阳光将摊棚的轮廓切割成黑白分明的块面与光斑，来拍照的小青年脸上写着兴奋，有点幸灾乐祸的样子，女孩子站在摊头前拗造型，背景是美丽牌香烟月份牌、毛主席“大招手”、清宫十三朝画像、搪瓷的青天白日大徽章……历史文化的信息在这里混杂，真真假假，分不清楚。老外对混杂的信息表现出浓厚兴趣，他们赶在这条街被夷为平地之前来捡个便宜。讨价还价的时候，悄悄出现在人群中间的有外国媒体的记者，尤以美女记者居多，看上去比上海美眉更痴更疯。东台路上的一砖半瓦，都成了上海的注脚。

街角上摆开一桌麻将，两男两女热火朝天，还有几个旁观，香烟发来发去，他们都是古玩店的老板。生意清淡，就将店门虚掩，打麻将的同时也交换着信息。关于动迁和赔偿，关于这条马路的转身。他们用上海话跟我说：谈得拢的都走了，谈不拢么只好再屏下去呀。这门生意做不成了，阿拉吃饭哪能办啊？噢，侬问这些人？——其中一个打扮蛮风骚的女人用双目向我示意：侬去跟伊拉打个招呼就懂了，侪是河南人，卖的是一包垃圾！东台路的名声侪被伊拉弄坏脱了。

不远处传来一阵沉闷的声响，一股黄褐色灰尘冲天而起，小青年从摊棚里探头一望，便尖叫着四处逃窜，又一幢房子倒了。但另一间铺子里的上海老克勒绝对淡定，继续拉他的二胡《步步高》。

周六的下午，在阳光下一路吹来的微风传递着春天慵懒的气息，街上仅有的几棵梧桐树爆出了鹅黄色的嫩芽，大德堂里陆陆续续来了好几十人。

大德堂，应该是东台路上规模最大的一家古玩店了。它不是摊棚，是正儿八经的店铺，红砖墙面的石库门房子建于上世纪二十年代，据说曾经是八仙桥信大祥绸布店老板的私宅，砖缝一丝不苟，坚实而体面。四开间门面，用五根红柱子撑起门面，屋檐挑出，檐下悬一块木匾，白底黑字，名人手迹，门口再蹲一只明代风格的石狮子，威风凛凛。不过，大德堂最威风的辰光已经过去了。

大德堂是东台路的门面。在上海市城市规划展示馆里，东台路在市中心城区的建筑模型中显得微不足道，但大德堂却标示得一清二楚。

大德堂在九十年代初开张，其时东台路还不成气候，刚刚从经营蟋蟀和花鸟的马路市场转型过来，为了尽快聚集人气，有关方面允许马路两边设摊，鼓励沿马路的居民破墙开店，管理费和租金都是很便宜的。阿凯告诉我："当时开店都要考执照的，考之前学习的内容包括文物法规和税务知识，不少人考不出，执照就不发，补考。这个辰光蛮严的，现在摆摊头的这些人还有执照吗？"

在东台路上，阿凯是一个响当当的人物。他整天猫在店铺里，从来不立在店门口，立店门口太没腔调了。他说，有立升的老板只消坐在店里吃吃茶谈谈山海经，就会产生强大的磁场，识货朋友就会自己跑进来，要么看东西，要么送东西来。过去老北京琉璃厂的老板都是这样的，跑出去要被人家笑话的。

东台路生意稍许做得像样一点的老板都知道大德堂里有好东西。但他们一般也不会贸然闯进去，他们知道大德堂最外面一间铺子里，玻璃柜子虽然积了厚厚一层灰尘，但里面的东西绝对够分量，以自己的实力，买不动，再说阿凯也不一定肯出手。

客人一拨拨汇聚大德堂，阿凯和他的哥哥忙不迭地搬移椅子，敬茶递烟，满脸欢喜地打着招呼。客人中有京昆名角、评弹名家，还有名票和书画家，还有电视台的节目主持人，还有一些既不会唱也不会说，但海上掌故、名人轶事无所不知的"活档案"。这一天，是大德堂一年一度的海上雅集。阿凯从开店那年起，只要人在上海，都会举办一次，时间就在春天。今年迟了几天，他前一阵在日本淘宝，一批名人字画、文房四宝、案头清供以及日本茶道所用的竹编花篓都回流至上海了。日本人的花篓编得真是精细，各种花纹不厌其烦，刷了好几层朱漆，底部用墨汁写了匠人姓名，毕恭毕敬，应该也有两三百年了，居然卖到好几万一只。

阿凯告诉我，开始，这个雅集是由大德堂与吴越人家一起办的。上海中年以上的市民都知道，吴越人家是一家面馆，还有好几家分店，虽然是一碗面的生意，却不寻常，老板吴越人有心打造一家有文化特色的餐饮企业。上海滩有这个传统，做生意轻利重义，从容不迫，晓得功夫在诗外，老板雅好书画与收藏倒更费心思，吴越人也是这样的人。阿凯与他投缘，各有分工，他人头熟，负责联络各界名流，提供场地，布置环境，晚上一顿饭则由吴越人张罗。折子戏、弹词，说说唱唱，笑点多多，之后纸砚笔墨伺候，书画家上场露一手，墨宝都交给吴越人处理。后来吴越人因病去世，迎春雅集就由阿凯一人操办。

阿凯做古玩生意，跟他的家族有点瓜葛，他外公徐梦华，在旧上海商界也算举足轻重的人物，五金生意做得风生水起。1949 年以后，以资方代表身份出任中国五金机械公司上海分公司副经理，是上海市一、二、三届人大代表。在发家之初，徐梦华就开始收藏古玩了。阿凯是 1963 年出生的，在他的最初印象里，外公家里盛饭盛菜的瓷碗都是官窑器，象牙筷、银筷都是一捆捆的，日本瓷器档子低，用来装酱油装米醋。他外公还喜欢旅游，每年春节不在家里守岁，今年去五台山，明年去三清山，这个时候中国老百姓还没有旅游的概念，所以那些地方人烟稀少，他倒乐得清静，玩得尽兴，回上海后还要写游记，但他从来不发表这些文章，反倒鼓励同行的朋友写作，还请人为朋友誊写稿子，托报刊的朋友发表。阿凯的外公还是一个美食家，有一次他做蜜汁火方，方方正正的金华火腿要上笼屉蒸三次，滗汁三次，加冰糖三次，每次开锅香气四溢，馋得阿凯口水直流，心里急得不得了：怎么还没做好？

他外公家在方斜路，独门独户石库门房子，有三四间房子专门用来堆放古董字画，“文革”一来，第一波抄家就锁定徐梦华。扫“四旧”成果巨大，古董字画约有两万多件，稀里哗啦装了 18 卡车，浩浩荡荡运到阿凯不知道的地方去。

阿凯说："接下来我再到外公家去，情况不对了，一下子搬进来七八家人家，个个是红眉毛绿眼睛，看到我就像看到贼一样，老吓人。外公和公婆只能住在一间亭子间里，连一对高脚铜痰盂都抄走了，老人家晚上睡觉要吐痰，只能吐在一只马口铁罐头里。工资停发，每月拿20元生活费。最气人的是，搬进来的人家好像都是五金交电系统的造反派，咔嚓一记将外公家的电线剪断，还说反动资本家没资格用电，所以外公一家只能点蜡烛。即使如此，外公白天接受批斗，晚上回到家里还要借着微弱的蜡烛光写毛笔字。外公在抄家时以抄写毛主席语录为由，从造反派手里留下几锭乾隆老墨，他叫我帮他磨墨，跟我说：学好文化顶顶要紧，这是做人的根本。可惜我年纪小，不能理解。再说这个时候文化都成了'四旧'，扫地出门了，学它还有什么用？所以我从小读书就不用功。"

阿凯贪玩，与外公见面的机会不是很多，特别是后来外公去干校劳动了，见面次数更少。不过有一次，外公从郊区干校回来，带了一只十斤重的阉鸡，做成白斩鸡，叫阿凯和他的哥哥一起去吃，"那个味道实在太好啦！外公一边吃，一边跟我讲白斩鸡的做法，我只管闷头吃，哪里听得进！"外公的乐观、达观，给阿凯留下深刻印象。

1973年，邓小平复出，有关方面给阿凯的外公有限地落实政策，但方斜路的住户搬不走了，他们就只能住到嵩山路去，这条弄堂只有三幢房子，另外两幢分别是吴湖帆和冯超然的。1975年，阿凯的外公在郁闷中谢世。"文革"结束后，阿凯的外公第二次落实政策，发还了6卡车古董字画。"抄家时是用四吨卡车装的，发还时用两吨卡车，大部分古董字画都不知去向了。比如有些青铜器、瓷器都在上海博物馆，那里的负责人就跟我们说：这些东西如果还给你们，展柜就空空如也，不像样了。这个意思就是让我们向前看，不要跟国家为难。其实，外公在'文革'前就多次向国家捐献文物了，1958年向中国历史博物馆捐赠过一批，文化部颁发了褒奖状，文化部长沈雁冰亲笔签署。1960年至1964年间先后四次向上海博物馆捐赠青铜器、陶瓷器、砚台等文物169件，图书4798册。回头说发还抄家物资时，我们叫了卡车去九江路外滩的仓库认领，上海文物商店的一个人就跟我母亲说：这几卡车东西你们拿回去也没啥用，卖给文物商店吧，给一万元钱。我母亲不肯，还是运回来了。不能发还的东西至少在三分之二，要么算捐献，要么算低值易耗物品折算，比方讲一只红木台子算两元钱。这样拿到一千元，我母亲都用它去接济外公的朋友。”

抄家物资运回家，纸板箱还来不及拆开，文物商店、旧货商店、旧书店的人就闻讯而来，挤了满满一屋子，希望从这堆东西里挑一些收购。阿凯印象中，像边寿平、吴昌硕、徐悲鸿等名家的画，明清的官窑瓷器、商周秦汉的青铜器和唐三彩、晋瓷、宋瓷就这样得而复失了。阿凯的外婆不识字，又是小脚，家里事不管的，一切由阿凯的母亲打理。有几次，文物商店的征集员说：这只鸡油黄的大碗和这只蒜头瓶不错，拿回去请领导看看再定价格。但一去就没有音信了。后来文物商店办展览，阿凯看到这几件东西都摆在显要位置，有点得意，有点惆怅。

古董字画卖了一些钱，加上发还的钱，最后都分给亲戚朋友，自己所剩无几，阿凯的父亲赵君邦是大境中学的历史老师，看看情况不对，赶紧刹车。他对阿凯说：“祖宗传下来的这批东西都是宝贝啊，再也不能贱卖了。我们不是不爱国，但这些古董都拿到广交会上去赚外汇了，都被外国人低价买走了，将来我们要研究中国文化就没有实物了。”

过了几年，阿凯中学毕业，读了两年建筑工程学校，又在淮海路做了几年个体户，1988 年出国潮中，他父亲就让他去日本留学。但二十郎当的阿凯在短短半年时间里，将带去的 6 万美元花了个精光，其中一半是借给朋友的，至今都没有要回来。阿凯的父亲怕他在那里虚度年华，就将阿凯送到东京荣丰斋学生意去。荣丰斋在日本古玩界的地位非常高，相当于中国的荣宝斋，其时与阿凯一起进荣丰斋的还有两个上海人，他们是文物经营单位派出的，属于“国家队”，只有阿凯是体制外的。阿凯在那里学古董鉴定，但更在意这门生意的规律与秘密，在那里没有专人教他，一切全靠偷看，自己领会。“别人鉴定古董，只会说好或坏，我要求自己弄明白为什么这件东西，一转手可以获利数倍甚至几十倍，哪只手在起如此神奇的作用？”阿凯对我说。

阿凯在荣丰斋学了几年，接触到了数以万计的古玩字画，练好了身手，视野大大开阔，学会了日本人待人接物的那一套，也积累了丰厚的人脉关系。特别是荣丰斋的老板佐野丰进，比阿凯大9岁，19岁来中国学习古玩鉴定知识，每年两届两次广交会他都会来疯狂扫货，并在中国内地各大城市编织关系网，他后来成了阿凯的好朋友，将许多业内秘密告诉他，并为他此后在日本拓展业务提供了很大帮助。

1994年早春二月，羽毛渐丰的阿凯回到上海执掌大德堂。早在一年前，阿凯的父亲就在东台路租下两个店面，并从阿凯外公曾经开过的两家商号中各取一字，构成了“大德堂”的堂号。不过起步并不顺风顺水，阿凯一连19天吃白板，一笔生意都没做成，到了心灰意懒的第20天，苗头来了，有个客人买了他几件字画，包括谢稚柳的一张花卉，这笔生意共计27000元，阿凯高兴得不得了，似乎印证了“三年不开冲，开冲吃三年”的老话。还有一次，他认识的一位古董商以500元买进一块田黄印石，但看不准，阿凯知道这是真货，而且是田黄中的极品，就不动声色地翻了个倍吃进。过了几天，台湾一位古董老板知道了，找到阿凯，愿意出12万元收购，九十年代初的12万绝对是天价啊。还有一次，他在文物商店里看到一块白玉带皮摆件，标价才5000元，阿凯当机立断买进。当天下午，这件东西还没有焐热，又是一个台湾古董商走进大德堂，一看就叫好，以15000元买走。为什么这个台湾人愿意买我的东西而没有直接去文物商店呢？阿凯想了半天，终于想明白了：一定是东台路的市场效应在起作用，或者是大德堂被人视作老字号，那么我阿凯一定要将大德堂的信誉度进一步提升。

为了这个信誉，阿凯从来不卖假货，店里偶尔也会上几件新东西，但一定跟顾客说明白：是现代工艺品，不是古董。所以开业至今二十多年，大德堂没有一次因为售假而起纠纷。大陆与港台的文化界、演艺界大腕一来上海也喜欢往大德堂钻，王刚、冯小刚、张铁林、董桥等都是常客。书画家江兆申最逗，他的一帮学生每到过年都要送老师礼物，江兆申就跟他们说：在上海，我就认大德堂的东西，学生听了赶紧往大德堂跑。江兆申庶几成了大德堂的“托”！有一次，美国影星施瓦辛格在一帮保镖的簇拥下来到大德堂，阿凯一高兴就送了他一口大缸，施瓦辛格就举着这口缸从东台路穿过。

这些年来，在中国经济向好，投资方式多元，民间收藏持续升温的大背景下，古玩市场出现两极分化的局面，一方面是赝品不断出现，作伪水平越来越高，另一方面是收藏家对传承有序的精品珍品的要求越来越强烈，特别是名人收藏的遗珍，不惜加价数十倍而得之。阿凯就利用自己在日本的人脉关系，每年东渡数次，从日本私人藏家手里征集古董字画，然后送到国内信誉良好的拍卖公司上拍，获得相当可观。嘉德、西泠、工美、匡时等每年都要来大德堂征集拍品，结账也比较爽气。

大德堂在二十年里得民间收藏升温之天时，得东台路之地利，得古董征集与出货渠道之人和，生意做得风生水起，国内外许多电视台来东台路拍片子，大德堂是绕不过去的"故事"，阿凯的传奇是一个具有典型性的案例。

后来阿凯将房管所管养段的一间房子的使用权买下来，又分几次承租了管养段的木工车间和仓库，也消化了房管所 8 名员工，现在大德堂的面积有 430 平方米。但即使如此，在搭了玻璃天棚的天井旁边前后厢房里，古董字画、家具石雕等还是堆积如山，连插足都很困难。也因为老房子墙体酥松、漏雨渗水等原因，有不少挂在墙上的名人字画都发霉了。对东台路古玩市场的动迁，阿凯的内心相当矛盾。东台路基本上属于露天市场，马路两边的摊棚是违章建筑，城区改造和市场规范是情理之中的事，但大德堂若要搬离东台路，还能延续这样的人气吗？这条世界有名的古玩街哪天不复存在了，对上海的城市历史、商业文化以及风情风俗等都是一个不小的损失，所以在东台路古玩市场即将消失的消息传开后，不少市民都为之惋惜。

阿凯说："我们今天面临文化大繁荣、大发展的历史机遇期，像东台路这样的市场其实是可以用更智慧的办法保存下来，发挥它的提升城市影响力的作用。退一步讲，如果这条马路另有他用，那么我也希望大德堂能在这里延续它的生命，这里属于新天地板块是吗？那么这幢房子我愿意继续租，或者买下来重建，与周边环境相协调，锦上添花，除古董生意外，我会将更多的力量用于文化传承，比如开一家裱画铺，开一家装订线装书籍、印刷花笺金笺的作坊，开一家专做中装旗袍的裁缝铺，还可以开班，传授古董鉴定、茶道、花道、书法、围棋等知识，让更多的民众走进来，分享传统文化带来的快乐。大上海寸金寸土，但我们不能被高楼大厦圈在密不透风的天井里，绿化要有的，广场要有的，低一点的建筑、有文化内涵的活动场所也是要有的，让大家透透气，不然要把人憋疯的！”

天色渐暗，客人到齐了，茶也喝了三道，琴、阮、板、鼓都响起来了……

阿凯的父亲是从医院里偷偷溜出来的，手背上布满了打吊滴的针眼，看到满房间的文化界名流，又是唱，又是笑，高兴得不得了。他跟我说："阿凯，就像九纹龙史进，心高气傲，爽快憨直，好结交江湖朋友。大德堂是大家的客厅……哈哈！”

杀牛公司

老画家贺友直每个星期一次在夜光杯上的专栏我是必定要看的，图，画得传神，文字，写得有趣，老先生对这个世界的看法都体现在一笔一画里了。前两期他画了外国坟山和杀牛公司，我看了很亲切，因为我生于兹长于兹。外国坟山就是今天的淮海公园，老先生讲得没错，但不尽其然。在我刚刚读小学的时候，外国坟山在西边还保留了一小块，约有两亩地的样子，用一人多高的红砖围墙圈起来，油漆斑驳的大门上挂着一把生了锈的铁锁。有一次放学，我跟一帮同学翻墙进去探秘。嚯！野草长得半人高，墓穴半埋，整齐划一，厚厚的墓碑却横七竖八散落一地，墓碑上刻有新月形图案和英文字母。夕阳西下，虫鸣唧唧，小赤佬我第一次体会到了什么叫做荒凉。

不久，这块坟地就被铲平了，起了两幢盒子式的居民楼，不知道居民在夜里是不是听得见呜呜鬼叫。

杀牛公司的所在地，老上海称之为南阳桥，前门在西藏南路，后门在崇德路与柳林路的交汇处。小时候上幼儿园，每天由姐姐领着从杀牛公司后门经过，再穿过一条弄堂到西藏南路。弄堂过街楼下有几个聋哑人摆了一只修鞋摊，生意不错。前不久我特地从这条叫作文元坊的弄堂里穿过，过街楼下面的一口水井居然还在，沧桑啊！这个时候，杀牛公司后门每天会有马车得得赶来，车上装一个椭圆形大木桶，杀牛公司会从一根贴着墙头的管子里放出肉汤，接到木桶里。热气腾腾的肉汤呈混浊的牙黄色，腥膻异常浓烈，路人捂住鼻子匆匆走过，但对我这个难得吃一趟肉的小赤佬而言却是极大的刺激。姐姐告诉我，这个肉汤是送到乡下头喂猪的。

杀牛公司大概是法国人在租界创建的，解放后就成了肉类加工厂，它在前门有一个门市部，五开间门面。小时候老爸经常给我两角钱，叫我去买一包猪头肉或者夹肝，补充中饭小菜。当时的猪头肉还加了点硝，肉色微红，味道极香。夹肝生在猪肝旁边，窄窄一条，加五香粉红烧，嚼起来蛮有劲。还有糖醋小排、桂花肉、方腿、红肠等，弹眼落睛的是酱汁肉，油光锃亮，方方正正，在长方形搪瓷盘子里排得像一个等待检阅的仪仗方队。我们吃不起，只能看看。有一天中午我正好在排队买猪头肉，看到队伍前面有个交警买了一斤酱汁肉，打开纸包就在路边一块接一块大嚼起来，这天大概是他发工资吧，猛补油水。我看在眼里，馋吐水答答滴，心想等我长大了，上班领了工资，也放开肚皮吃他一斤酱汁肉！

现在杀牛公司要拆了。太仓路东抵曙光医院，朝右一偏，顺着拓宽了的崇德路从这里与西藏路接通。今年上海书展期间，我参加了一个新书研讨会，“在京海派”出版界老前辈沈昌文先生从北京赶来，他在发言时讲到出租车司机居然不晓得有个南阳桥杀牛公司，我马上向沈老汇报，请他方便时去看一眼，再过几天它就要消失在上海版图上了。

其实，即将消失的何止是杀牛公司！整条崇德路也在发生翻天覆地的变化，将成为新天地的“第二季”。我老家在131地块，绝大部分居民都搬走了。小时候常常听妈妈讲“勒格纳路”这个老拗口的路名，就是崇德路在法租界时的前身。这条路在靠近东台路古玩市场的地方还有一个安南巡捕的兵营，解放后成了邑庙区第一中心小学，再后来成了卢湾区第三中心小学。等我读中学时，它摇身一变又成了凌云中学，这是特定时期的应急措施，我就在这里读了四年，三年初中再拖一年，毕业时算高中学历，真是天晓得！登上五层楼平台，极目远眺，大上海一览无遗。现在这幢钢筋水泥大楼也要拆了，听说瑞安集团要在此建造一幢浦西最高楼。

学界刚刚关注过上海开埠170周年的话题。这个兵营要是建成上海租界史料馆就好了，但又一想，上海历史博物馆到今天还没落实馆址呢，租界史料馆就省省心吧。

手艺三人

上周回了一趟老家，邻居像报道新闻一样争相告诉我：小皮匠、刘师傅、独眼龙死了。在两个月之内，这三个人前脚跟后脚地离开了人世，从凌乱而拥挤的弄堂里抬出去。

这三个都是响当当的手艺人，曾经是我们六合里的骄傲。

小皮匠，在弄堂过街楼下摆个小摊，修鞋，我上小学时，他就在这里摆摊了。起先，他在另外一条弄堂口学生意，三五个皮匠师傅围着一井坐着，清一色的哑巴。还在我上幼儿园那会，天天要经过这条弄堂，就看到他低着头绱鞋，做好的黑面布鞋挂满了雪白的墙，很好看。有时候哑巴唔唔啊啊地跟他讲什么，我想他其实也听不懂，主要靠手势。后来他自己单挑了，转到我们这条弄堂来，大家都叫他小皮匠。小皮匠头发白了，还是小皮匠。

小皮匠修皮鞋有一手，最风光的时候是在“破四旧”的辰光。那时候我已经读小学二年级了，学校突然停课，我们将书包一掼，像一群逃出笼子的小鸡，满街飞去。看红卫兵烧资本家的皮沙发，烧棺材店，烧庙里的木头神像，还看他们追着人家的裤脚管就是一剪刀，脱下阿飞的尖头皮鞋扔得老高。我们在一旁起哄，真是开心。

有一天我发现小皮匠在摊头前竖了一块木牌，上书六个字：尖头皮鞋改圆。哦，小皮匠也革命啦？

很快，有人拿了家里的尖头皮鞋请小皮匠改。还不能大明大方地拿来，用报纸包好，或塞在布袋里，左右看看没人，朝小皮匠手里一送。小皮匠改好的皮鞋就摆在摊头上，我看到过，真是妙手回春。尖头一刀截掉，兜拢来的圆头多少显得有些生硬笨拙，如果是白的、黄的、咖啡的或者其他花里胡哨的颜色，还要染成黑的。总之，经过小皮匠的手，皮鞋就可以穿着上街了，没人再追着你脱下来。有些人从街上捡来尖头皮鞋请小皮匠改，但付不出工钱。小皮匠也有对策：改两双，留一双，工钿就免了。捡来的皮鞋反正不要钱，两双换一双，值。

改一双皮鞋可能比新做一双还吃力，好在小皮匠年轻力壮，还找到了窍门，生意很不错。后来上山下乡了，知识青年也会到他这里来买皮鞋——那时候买皮鞋要凭票，式样单调，选择余地很小。而改了圆头的皮鞋，前身是进口货，皮质好，穿在脚上光鲜，下雨也不怕。靠这个，他赚了不少钱。

我搬出六合里是在“上世纪末”，那会儿，小皮匠已经七十多岁了，皮鞋摊还摆在过街楼下，他的生意却发生了方向性变化：专门替人定做皮鞋。脚有些畸形的人，需要特殊规格的皮鞋，皮鞋店里没有，他做。有些外国人喜欢手工制作的皮鞋，给他看一张外国画报上的照片，他也能做下来。小姑娘的高跟皮鞋别掉了后跟，他能配，一点也看不出修过。只是他喜欢偷偷摸一下小姑娘的脚。小姑娘为此杀他的价钿，他也只好吃进。

小皮匠死于哮喘。这是老毛病。弄堂里的老人告诉我，这是长期在弄堂口干活，被穿堂风吹出来的。

小皮匠摆摊头时，喜欢看过路人的脚。他总是摇头：“现在的皮鞋，图个好看，穿几日就走形了。过去的原版进口货才叫皮鞋，穿到死也是这个样子。”有人问他自己做过的皮鞋哪双最好，他说：“我改尖头皮鞋最有本事，全上海第一。”

小皮匠的老婆早几年死了，有一个儿子，分开住。儿子过来整理遗物，发现柜子里还留了一双尖头皮鞋，男式的，硬皮底，烫了金色的花体英文，鞋面居然还是紫罗兰色。过去的上海人真敢穿！想来是小皮匠当时舍不得改，舍不得染，或许他认为改好了也没有人买来穿吧。他儿子离开弄堂时，倒是穿了这双尖头皮鞋。“像个新官人”！老人们说此话时，有点气不过的样子。“一房间的鞋楦头，都不要，被收旧货的人要走了。”

小皮匠原来姓张，我现在才知道。

刘师傅是在饭店里烧菜的，立灶头。跟一般厨师不一样，他人精瘦，脸庞暗红，浑身上下一股油烟味，整个人就像一条风干的老腊肉。他工作的饭店擅长京帮菜，刘师傅的拿手菜是扒熊掌。我很小时候就听弄堂里的老人说，他上北京给某位领导烧过这道菜。后来运动来了，有人审问他为哪个走资派烧过，他只好坦白，这是骗人的。只给谁谁谁——都是些资本家、演员、画家——烧过。

我从小爱好烹饪，成家后也向刘师傅请教过几道菜的制作秘诀，他问我是不是准备开饭店？我发誓不是，他就放心了，说了几个关键程序。我起火一试，果然有点石成金的功效。刘师傅的手艺可不是吹的。

刘师傅退休了，在家闲不住，到一家私人饭店当顾问，但现在法律不允许卖熊掌了是不是？他的独门秘籍快成屠龙之术了，憋得团团转。有一次，一个广东食客跟他说，他有朋友在中山开饭店，专营野味，也从东北搞来一些熊掌，问刘师傅想不想露一手？刘师傅听说工资开得还蛮高，心动了。

去广东的火车上，刘师傅跟同行的旅客吹起了牛皮，一个小青年自称是吃遍天下的美食家，听说他聊起如何做熊掌，当即表现出强烈的兴趣。刘师傅也留了地址和手机，约定到了中山，可以到饭店找他，痛痛快快吃一顿熊掌。“我要让你体会一下做乾隆皇帝的感觉。”

到了中山，刘师傅亮出了绝活，红扒熊掌确实有皇家风范，老板很满意，食客也很满意，不少人开着豪车专程来中山吃熊掌。半个月后，那个小青年果然寻来，见到刘师傅——如果不是熟客，服务小姐是不会透露秘密的——点了一盆红扒熊掌，吃一半，一半打包，说是回去让老婆分享。刘师傅当场夸小伙子懂得疼老婆，还悄悄塞了他一只烧鹅左腿（鹅常以左腿独立，肉紧实，最好吃）。

谁想到，第二天风风火火来了一帮戴大盖帽的人，一句话也不说就直扑厨房，打开冰箱门，扯出一只蛇皮袋。倒出一看，是几十只冻得绷绷硬的猪脚爪。同时，那个自称美食家的小青年也带了三五个人，扛了摄像机赶来拍录像。一看猪脚爪就傻眼了，他问刘师傅“昨天我吃的熊掌在哪里呢”？

刘师傅说：“熊掌啊，你昨天不是吃了嘛？”

“是啊，我说是生的原料，在哪里？”

这时饭店老板过来，把那个小青年狠狠推了一把：“什么熊掌，我们是守规矩的饭店，从来不卖野生动物。”

刘师傅这才连击自己额头：中了共军的奸计，什么美食家，记者！

青年记者瞪了刘师傅一眼：“昨天你明明说是熊掌嘛，你骗我是不是？”

戴大盖帽的工商局干部上来责怪那个记者多事：“你的情报不准嘛，害得我们白跑一趟。我们是掌握市场情况的，这是一家先进企业，又是利税大户，你不要见风就是雨，破坏这里的投资环境。”

青年记者从口袋里掏出一个塑料袋，里面还有几片脂肪冻起来的肉片：“那你们看看，这到底是什么？”

刘师傅一看头就大了，这就是昨天他吃剩的熊掌呀。不过工商局的干部就是有水平，他们很仔细地看了看，还嗅了嗅，然后肯定地回答：“是猪手，的确是猪手。”

青年记者急得头顶冒汗：“明明是我昨天在这里点的熊掌，你们……”

工商局的干部笑眯眯的很有风度，“这个师傅是哄你的，跟你开开玩笑。这里的猪手很有名，顾客都叫它赛熊掌。”

“对，老子这里的猪手就是赛熊掌，这是我们店里的招牌。”老板也说。电视台的摄像抓住机会给了他一个特写。

青年记者像只斗败了的公鸡那样走了，留下一地鸡毛。刘师傅看到电视台里的摄像和工商局的干部都在捂住嘴巴偷笑，只有老板瞪了他一眼。

刘师傅回上海了，灰溜溜地把自己关在家里不敢出门，连工资也不敢向人家要。

刘师傅后来在一家小饭店里发挥余热，专门烧猪脚爪，他将红扒熊掌的技法移植到猪身上，略加增删，一炮打响。打出的招牌就是“赛熊掌”。小饭店生意火爆，吃猪脚爪要排队。我亲眼看到有人开了奔驰、宝马来吃猪脚爪，这也是我们这条老街最最风光的时刻。

刘师傅怎么会死的？弄堂里的老人告诉我，听说有一天晚上高兴，多喝了几杯，躺下后食道反流，胃里的东西回上来堵住了呼吸道，两脚一蹬走了。还有一个老人补充说：那天晚上他吃了猪脚爪，猪脚爪性粘，最害人了。

刘师傅也喜欢看人，人家老板发了，肚皮腆出来了，神气啊，他却摇头：“别看他天天在花天酒地，其实没吃过好东西。燕翅鲍算什么？差远了！跟熊掌比，垃圾。”

最后讲一讲独眼龙。相比之下，我比较同情独眼龙。独眼龙出生很苦，爷娘死得早，他独自一人住在冬寒夏热的三层阁上。他跟一个师傅学穿牙刷，风雨无阻，天天串街走巷，拖着颤音喊：穿牙刷……

我读小学时，许多家庭还在用骨柄牙刷，当时塑料牙刷还属于稀罕物。牙刷用到脱毛了，朝外沿翻卷了，就得请师傅重新穿过。独眼龙技术不错，先在牙刷背后用小刀拉出三四条纵向的沟槽，露出植入鬃毛的小孔，蜕去旧毛，穿上新的猪鬃，最后剪平整，牙刷就可以继续使用了。新三年，旧三年，缝缝补补又三年，这是艰苦奋斗的好传统，当时大力提倡。独眼龙从来不在自己弄堂里穿牙刷，他一早就背着木箱子跑到外面去了，我在弄堂里看到穿牙刷的手艺人都是外来的。

后来塑料牙刷普及了，骨柄牙刷退出历史舞台，再也没有人穿牙刷了。独眼龙穿什么呢，他穿板刷。过去没有洗衣机，洗衣服、洗被单要铺在一块木板上，抹上肥皂，用板刷来回刷，双休日天气晴朗，家家户户纷纷端出脚盆洗衣服也是弄堂一景。杂货店里有一种棕毛板刷卖，但后来又出现了尼龙板刷，好看，耐用，更胜一筹。独眼龙就穿这种时髦的尼龙板刷。

当时物资供应紧张，尼龙丝也是紧俏货，独眼龙是如何搞到尼龙丝的呢？他到港口去，码头上停泊着轮船，用缆绳带住岸边的缆桩。缆绳有两种，一种钢丝缆，另一种是尼龙缆。他就悄悄解下尼龙缆绳，割一段下来就可以用穿许多板刷了。有一次被码头工人发现，打得半死。

好在后来尼龙丝有卖了，他不用再去做贼。他穿的尼龙板刷很耐用，买一只可以用两三年，所以他的生意总不见起色。后来他才知道，日本人的家电产品为什么看着漂亮，却不耐用，不是他们做不好，而是不愿做得太好，寿数是限定的，商品的更新速度因此加快，老板可以赚更多钱。独眼龙知道这个秘密时，已经是九十年代，他老了。他跟我分析原因时，满脸沧桑，感慨万分。

独眼龙靠穿尼龙板刷养不活自己，就帮人家穿棕绷。二十年前，上海人家还有些是睡棕绷的，有一种用尼龙绳穿的棕绷在坊间流行，它比传统的棕绳棕绷好看，弹性足，坚固耐用，消费者很认可。如果传统的棕绷坍下去了（上海方言称“坍”为“藤”），也可用尼龙绳在底下纵横绷上几十道，紧一紧，可继续高枕无忧。

独眼龙转行了，穿绳的原理一通百通，难不倒他。独眼龙穿棕绷的手艺相当了得，远近闻名，请他穿棕绷的人要排队，特别是新结婚的小青年，到这时就客客气气叫他爷叔了。

独眼龙在弄堂里穿棕绷，棕绷的框架用四只方凳搁平，一道道尼龙绳像画格子似地穿起绷紧，这比穿牙刷更具技术性，也需要更大的力气，表演性也强，故而看野眼的人也多，不排除还有些人想偷点技术。反正，穿棕绷也是八十年代末上海弄堂一景。上海弄堂里做写字台、做沙发、做玻璃橱、做喇叭箱，都是风俗性很浓的风景。

独眼龙为了穿得更紧，还发明了一种工具。这也是从码头上看来的，码头上有绞车，绞缆绳，他参照这个原理截了一根空心钢管，在管子上再打几个眼子，往小孔上插进可以脱卸的小钢棍，缠紧了尼龙绳后，使劲扳动小棍向后转动，就可以将尼龙绳扳得很紧很紧。如此穿成的棕绷，可以在上面跳迪斯科。

弄堂里的阿姨妈妈都夸他绷得好，独眼龙很高兴，更加用力。有一次，尼龙绳绷得太紧了，断了。断头打回来，弹到他左眼上，惨叫声中，眼球当场弹出，血肉一片。他从此成了独眼龙。

我因此更加同情他。但弄堂里的人却从此叫他独眼龙，他居然也应，应得很爽快。其实他有名有姓：王根宝。

独眼龙娶了一个老婆，这时他已经五十多岁了。可惜，不到十年老婆就死了。我因此更加同情他。但独眼龙似乎并不悲伤，喜欢跟弄堂里的女人开玩笑。

独眼龙不能再穿棕绷了，再说后来席梦思流行了，大家都睡席梦思，比尼龙棕绷舒服。那么独眼龙做什么呢？他做假眉毛、假胡子。做成了卖给戏服厂。眇一目者，居然看得更准更细，不能不说是一个奇迹。做这个好像与穿牙刷也有相通之处。他做的假眉毛、假胡子相当逼真，有几个电影导演也来找他。有一次我看到他将刚做好的小胡子贴在自己的“人中”处，却一点也不像日本人，好笑得很。

当然，这个生意太小，必须做大才能过好日子，后来他就做起了假发套。这个市场很大噢，生活好了，吃得好了，秃顶就多。独眼龙做的假发柔软、顺滑、自然、服帖，戴在头上几乎看不出来。他在家里做假发套，操作过程不让人看到。有人戴了墨镜找上门来，他把门帘一放，给客人量尺寸，这个过程也是不能让人看见的，要保护人家隐私嘛。

独眼龙做的假发套出名了，日本人、韩国人、新加坡人都来要货。质量一流，行销中外——这是独眼龙写在店招上的话。

黑发套、彩发套、卷发套，独眼龙还做出了花样。秃头找他，不是秃头也找他。有些姑娘本来头发蛮多的，乌黑、柔顺，但喜欢搞点新花样，戴上独眼龙做的假发套去出席什么酒会舞会，很抢镜头。

他还做过大法官戴的假发套，卷成一团团的，白的，远看像一张绵羊皮。

我曾看到独眼龙的家里——时髦的说法叫工作室吧，立着好几个模特儿，秃头。叫我想起一出戏:《秃头歌女》。

独眼龙喜欢看人家的牙齿，特别是小孩子的牙齿，看了一声叹息：“你看，牙齿七翘八裂的，牙龈严重萎缩，都是尼龙牙刷害的。用猪鬃牙刷就不会这个样子。猪鬃软，跟人亲，不伤牙床。”

独眼龙有钱了，又找了一个老婆。他大概七十岁了吧，独居一室，当然寂寞。

但是新婚第一天他就死了。弄堂里的老人言辞凿凿地对我说。

他跟新娘子——一个年过五十的寡妇——睡下后，刚想亲热，突然摸到新娘子的脑袋，操，是个秃顶！他大吃一惊，正好一口痰涌上来，翻了白眼。独眼龙是被活活吓死的。

做了十多年假发套的独眼龙怎么会被一个秃顶吓死呢？这个说法值得怀疑。他摸过女人的秃顶不计其数嘛。

是啊，是啊，真正的原因是……另一个老人故作神秘地对我说：十多年没有碰女人啦，这就叫心急吃不了热豆腐！

说完，那个老人还捶了我一拳。不过我暗忖，大约是独眼龙做了十多年的假发套，居然看不出老婆就是戴假发套的，这说明山外有山，天外有天，这一点对他打击蛮大的。

三个手艺人是老朋友，我记忆中存着他们在过街楼下皮鞋摊旁下棋的场景。小皮匠因为要做生意，心不在焉，输的次数多，输了就让位，作壁上观。独眼龙是常胜将军，他看棋局的头一直歪着，像一只准备战斗的公鸡。刘师傅喜欢将棋子拿在手里笃笃笃地敲打，他的手掌像一只鸡脚爪。

六合里，一条建造于1922年的弄堂。三个手艺人走了，弄堂里突然变得很清静。据老人们说，副科长以上的人都搬出去了。

阿发老爹

从降生那日起一直到35岁，我与父母一起住在原卢湾区崇德路六合里，六合里处在太平桥、八仙桥、南阳桥三座徒有虚名的“桥”中间。让我获得强烈沧桑感的，并非本人在1993年逃离“故园”时的回首张望，而是近年来每次回去，常常惊愕于翻天覆地的变化。先是马路两边挤满了小吃摊的太平桥，改造成为新天地，这是一个时尚新地标，中国人以为很洋气，外国以为很中国。当然，除了太平湖——其实就是一个小水坑，这一板块的新开楼盘也是热门话题，房价之高，令人高山仰止。后来是靠近济南路的一片石库门房子拆掉后，耸起了济南路8号双子星座，据说有位“国际影星”也在此置业。我离开“故园”后，老邻居们一直盼星星盼月亮，希望新天地这张“大饼”越摊越大，瑞安集团来救他们跳出火海。

也许是这一狭长地带的居民蚁聚，动迁成本太高，瑞安集团迟迟不敢出手。不过前不久，六合里对面的两条弄堂率先启动，引起本弄居民踮足围观。这条弄堂里有一居民名叫王阿发，因为是浦东人，大家就叫他阿发老爹。少年阿发15岁从乡下跑到城里，跟一个老宁波学裁缝，大约是缺少宁波人那种绕指柔的天赋吧，额骨头经常被师傅的竹尺敲肿。抗战胜利后，满师后的阿发在弄堂口摆了一个裁缝铺，但自立门户没几年，解放了，紧接着又“合作”了，被一家稍有规模的成衣店“收编”，我小时候穿的衣服大多数是阿发师傅的“手作”。阿发老爹退休后余热不退，又在弄堂口支起一只小摊，专做中老年服装，据说老西门、唐家湾一带的老太太也会寻过来叫他量尺寸。再后来，阿发老爹眼睛不行了，穿针引线经常地扎破手指，终于收山。

按政策，阿发老爹动迁到浦东康桥地区，两房一厅的新房子与原先终年不见阳光的底楼后客堂相比，当然改善不少。动迁组给阿发老爹三处房源挑选，另外两处在松江，他的两个儿子在户口簿上有名份，一人一套，笑嘻嘻地去了松江，他则选择康桥。为啥？因为一直生活在老家川沙北蔡的兄弟姐妹前几年也都搬到这一带来了。阿发老爹的弟妹们都是农民，当年阿发来上海时他们还小，阿发开起裁缝铺后，经常对他们有所周济。阿发的手艺虽然有点“搭僵”，但也是赚了一点小钱的，就在川沙买过几亩地，让自家人先种起来，地租倒是无所谓的。后来嘛，这几亩地就充公了，阿发晓得强不过形势，打落牙齿往肚里咽，“文革”时有人检举他是“工商地主”，但最终被他逃过一劫。阿发老爹的弟妹是有私房的，但为了世博会，他们的房子被铲平了，也成了动迁户。简单地说，就是上海市中心的居民从A处搬到B处，B处的浦东原住民再搬到离市中心更远的C处去。

阿发老爹与弟妹鸡犬之声相闻，应该高兴才对是吗？是应该高兴的，不过阿发老爹在城里混出道的，见过三教九流，他有自己的算法：“辛辛苦苦一辈子，一夜回到解放前。这个上海人算是白做了，你看，到头来又成了乡下人，而且房子还没有你们住得宽敞。”弟妹们一起劝他：“伲北蔡也是上海人，搬到康桥还是上海人，侬稀奇点啥？再讲伲也不比侬便宜煞，伲的一亩三分地也呒没了。侬养老金比伲的镇保还多来斜气，不要不知足噢。两个儿子住到松江新城去，今后还要靠伲来照顾侬，侬定定心，拿身体养养好，好日脚还在后头呢！”

我跟阿发老爹也讲了一个道理：人，各有各的活法，重在一个过程。当年你来到城里打拼，好歹也做过城里人了，应该知足。你的弟妹一辈子都在地里刨食，计划经济时代到城里来看病，还得自费，侄子外甥结婚，要买自行车、缝纫机和手表，还要麻烦你到处讨票子，农忙时粮食不够吃，还经常要向你讨粮票，他们吃过的苦比你多了去啦！你现在回到浦东住，不是打回原形，不算吃回汤豆腐，而是找到了养老的好地方，你的弟妹几个，也跟你一样赶上了好时代，融入城市啦！我这么一说，阿发老爹连声称是，眉开眼笑。

阿发老爹的经历有相当的代表性。首先，人是“恋巢动物”，上海人恋得特别深，以为正宗的上海人就应该住在市中心，不止交通、看病、购物样样方便，还比较体面。到了外环以外地区，满街都是呱啦呱啦的浦东话，难免会产生身在异乡为异客的落寞感。其次，看看今天的市中心，都是外地人在眼前晃来晃去，街上流行普通话，小陆家嘴还流行“英格利西”，屁眼大的小店，店招上写的都是英文字母，做啥生意也看不懂，这让老上海的“出局感”更加强烈。再次，一起出来混的赤膊兄弟，都在市中心高尚地段扎了根，还吵着换房换车换老婆，而自己只以靠动迁改变居住条件。什么叫无奈，这就是了。

群众的情绪也许小儿科，但我们要认真反思的是：为何城市发展的脚步，总是不经意间把弱者一脚踢开？

在效率与公平无法两全的情况下，你若追求效率，就必须承认公平的模糊。否则你必须为公平付出昂贵的时间成本。你愿意吗，等得及吗？再说很多情况下，公平与效率的关系就像螳螂与车轮的关系。

前不久参加一个会议，从某区领导报告里咂摸出一点味道。在产业结构调整的宏观背景下，各区都在着力发展楼宇经济，吸引国际上赫赫有名的大集团大公司总部落户本区，所以盖高档商务楼就成了筑巢引凤的第一要务。以前费很大劲拆了旧房造新房，而且是一榔子的买卖，得益的是房产商，一不留神还得赔进几个干部。现在聪明了，盖商务楼，凤凰来仪，税收“大大的”，“拉动区域经济可持续发展有了强大引擎。”

朋友要问，不是有些区在自家的黄金地段盖保障房了？我觉得这类样板工程的象征意义远远大于实际意义，恐怕难以复制。真希望经常能听到、看到这样的新闻，而不仅仅是作为政绩供上级考察、供外省参观的样板小区，希望这类黄金地段里的穷人社区，是机会公平和程序正义的最佳实践区，给我们这些已经有了自己一间房的人获得安慰和继续住在市区里的勇气。

经验告诉我们，随着大量商务楼的崛起，GDP 立马发飙。但也要看到，中心城区的空心化越来越严重。君不见，淮海中路东端以时代广场为中心的几幢豪华商厦，开张以来营业额总是上不去，根本原因就是周边的居民都搬到“乡下头”去了，他们的日常生活靠大卖场就能够解决。如此，靠广大群众来拉动内需就有点缘木求鱼了。

前不久东方早报请一批文化名人来谈2010世博年，在一片莺啼燕语声中，唯有王安忆说出了智者真语：“城市让生活更美好，美好的城市首先是人道的城市。好的城市应该是弱者生活的城市……城市需要大楼，但他们是供所有城市人生活、居住的，而不是作为炒楼的资产，驱赶真正的居住者。”

人道，应该是一座城市的核心价值所在。人道城市，应该给每个人以温暖的庇佑，应该是我们安居乐业的基地，是我们远走他乡时，不停回望、时时挂念的家园，是有着许多亲人和朋友的地方。王安忆说出了许多人的心声。不够人道的城市，按照丛林法则弱肉强食的城市，由富人俱乐部拼凑而成的城市，能让生活更美好吗？

新的一年又要来了，报纸上又在讲老百姓的新年希望，比如城市面貌的改善、文明程度的提高、文化交流的开展、国力的强盛，其实社会底层民众的想法是卑微的，也是实在的，希望全家老小身体健康，出入平安，不再被猛冲过来的泥头车撞倒，不再被屡屡开挖的道路绊个跟头，不再被不明来源的废气熏倒，不再被有毒食品吃出毛病，不再被诈骗电话转走卡里的存款，房价不再疯涨，物价走得慢点，公民应有的权利得到保障，相关信息再透明一点，然后在生活上有一点一滴的满足，就行了，就值得在晚上看看中国达人秀，嗑嗑香瓜子了。

吃有吃相

很久以前，在知书达礼、三代同堂的大家庭，吃饭是全家团聚、增强家族认同感和维系感情的生活内容，是大人议事的当口，也是对孩子实施训诫的良机。客堂中央放一张结结实实的红木八仙桌，长辈坐北朝南，儿子媳妇两边坐定，老祖宗最疼爱的小孙子享有特权，坐在他们身边。餐具也有所区分，比如在我家，祖父有专用的象牙筷，祖母则用系着细细链子的银筷子，其他成员就用乌木筷或红木筷，我专享一双漆木筷，筷头尖尖，筷杆上画了花鸟，是我最初接受美术教育的来源。这些细节都体现了敬老爱幼的传统。

菜上来了，荤菜要摆在长辈面前。老人不动筷，其他人是不能开吃的。吃饭时小孩子不能说话，嘴巴不能发出粗鄙的吧嗒吧嗒声，筷头不能像无人侦察机那样在菜碗上游移盘旋，也不能一手执筷一手执匙左右开弓，饭粒掉下得马上拾起来送进嘴里，这些都是老规矩。

我有一邻家小妹，32 岁了还没把自己嫁出去，爷娘急得头发也白了。有一天家里来了一个小青年，一身名牌，大包头前冲三。从弄堂口走进来，邻居们交头接耳，眼睛放电：18 号里二楼前厢房的黄家是不是来了毛腿女婿？看看，看看，机关枪、手榴弹、炸药包一个不少，应该是的。邻居小妹的爷娘备了一桌好菜好酒招待，立体声音箱喷出来的音乐喜气洋洋。但事后得知这个时尚青年吃相不好，两条胳膊像大吊车那样支在桌子上，还不停地抖腿。搛菜就搛菜吧，筷子却要在菜碗里兜底翻，就像盗墓贼在挖秦始皇的墓。还好吹牛，听上去他们家专门给南京军区修理保养坦克车和装甲车，观音菩萨生日那天一家门去普陀山烧香，坐的还是东海舰队的导弹驱逐舰。这番话吓得小妹爷娘眼睛发直，浑身发抖。小青年喝高了，最后冲进灶披间里呕吐，一股酸胖气直冲云霄，四邻八舍摇头不止。从此，这个小青年就再没有进过我们弄堂。

以前我家还有几只金边高脚碗，逢年过节时请出来，专门盛大菜，郑重其事地放在其他盆子中间，有点鹤立鸡群的样子，这样大家都能搛到。我家还有一把粉彩的倒流壶，是专门给祖父盛黄酒的，从壶底一个口中徐徐灌酒，但不能多灌，超过警戒线，酒就会从倒流口里一泻而净，这个壶在提醒人们不能贪杯，适可而止。家里还有几个粉彩温酒器，盖罐形状，中间可放一个小酒杯，壶中注热水，祖父在冬天也能喝到热酒了。喝了冷黄酒手会抖，这个道理在我读《红楼梦》之前就知道了。

现在城市居住格局有所改变，八仙桌退出了历史舞台，西式的长桌似乎更受人们欢迎。但许多人不知道，长桌是为西餐分食制设计的，在设家宴的时候，男女主人分坐在两端，以便照应客人。中餐的合餐制不适宜用长桌。现在还有所谓中式的长桌，好像是八仙桌的加长版，中西合璧的思路，那么两头两脑就必须放置一本正经的官帽椅，两旁边宜放没有扶手的灯挂椅，有人不懂这个道理，一律放官帽椅，结果大家坐起来，椅子们就会“打架”。

还有一点我觉得日本人做得比我们好，中国人搁筷子是纵向的，筷头对着对面的人，而日本人搁筷子是横向的。这是对别人的尊重，值得我们学习。日本人搁筷子有专用筷搁，隆重一点的还有锦缎筷套，中国一般家庭没有这小玩意儿。他们的汤匙也有专用的匙碟。其实他们都是从中国学过去的。

上海人很要面子，过去请客吃饭，在饭店里绝对是一道风景，照老一辈小说家的说法是，酒足饭饱后结账，大家一定会争得面红耳赤。最后，总有一人付账，那表情是悻悻然的，而没有付账的那几个人，在角落里偷笑，仿佛捡了个大便宜，那种生动的场景让人想象起来是会忍俊不禁的。这就是上海人，在表面上竭力要维护争当老大的腔调，但真的埋单后又有点患得患失。现在好了，这样的场面很难看到了。首先是请客吃饭成了一件平常事，兜里的钱也多了，埋单不成问题。二是即便聚餐，如果是青年人，那就实行 AA 制，各人付各人的，谁也不欠谁。这种付款方式，使人际交往变得务实，并从某种程度上说，最大程度地维护了人的尊严。

一度，自助餐在上海非常流行。这是从国外引进的消费模式，客人可放开肚子吃，直到大肚圆圆。精于算计、又趋新务实的上海人赶来尝新，目光精准地挑选价位最高的龙虾、生蚝、牛排、烤乳猪，将盆子堆得小山样高。回到座位上，那个形象简直像个山大王，吃相当然不会雅观到哪里去，浪费的现象颇为严重。后来舆论对此提出批评，上海人自己也觉得不像样，不上台面，动作有所收敛。再后来，食物大大地丰富了，上海人的胃口也越来越小，吃自助餐的新鲜劲也过去了，再进这样的餐厅，要装得见过大世面的样子。

我认识一个阔太太，每次与小姐妹吃自助餐，都能捎带些东西回来，比如虾饺、蛋挞、斑节虾等。其手段之“闪”，不仅骗过目光如炬的服务员，甚至连一起大快朵颐的小姐妹也莫知莫觉。这些食物拿回家，自己又不吃，也不喂狗——宠物自有它们的狗粮，搁冰箱里，三五天后扔掉。她家里有的是钱！但每遇吃自助餐，她还是照拿不误，成了习惯性动作了。

上海的必胜客有一个规矩，配套供应的简餐中有一道色拉，这道色拉由客人自行去取。也就是说，一只巴掌大小的盆子，你随便装，只要它装得下。这道“智力测试题”大大挑逗了上海人的兴趣。你去看吧，那些穿着时尚的美眉是如何操作的，她们先是将黄瓜片排列在盆子边缘，这样就增加了盆子的直径，然后铺一层生菜叶，进一步增加盆子的直径，再然后一层层叠加其他东西，一直堆成尖尖的宝塔，一盆直抵人家两三盆。抖抖豁豁端回桌，同桌人鼓掌喝彩。既没有违反规则，又争取到利益最大化。这就是上海人的本事。

我有个朋友在新加坡吃过自助餐，同行的同胞也差点出洋相，以国内的脾气去开洋荤，盘子里堆得山高。偏偏那里的餐厅有规矩，挣死没人管，就是不能浪费，盘子里有多余的食物要开罚款单。于是那个天吃星只得把食物拨在汤里，撒腿就溜。我朋友还说，有一天，他们在德国汉堡一家餐厅吃饭，德国除了香肠和啤酒，其他食物都不咋地，于是他们抛下几大盆菜抽身要走，被餐厅服务员拦住，说他们虽然拥有对食物的享用权，但吃不完就等于浪费了公共资源，要罚款。他们不服，服务员打电话叫来一个人，自称是资源部门的公务员，拉长了脸跟他们普及了一下法律知识，于是只得认罚。

中国人在吃的方面造成的浪费，早已触目惊心，为什么得不到有效的制止？周作人有一句话还是蛮有道理的：中国生活的方式现在只是两个极端，非禁欲即纵欲，二者互相反动，各益增长，而结果则是同样的污糟。八十多年过去了，这种污糟并没消除。有些人在家里吃得近乎寒酸，省下钱置彩电、空调，这不说禁欲也够得上节欲了。而一旦吃起“老公”或似乎没有礼节上约束的自助餐，就原形毕露，贪比饕餮，说他纵欲不算过分吧。我在快餐店里看到每个顾客吃得从从容容，干干净净，这是吃着“独一份”的缘故吧。现在有些企业以定食招待客人，我以为是开了好风气，也是杜绝浪费的好办法。

我妈妈跟我讲过一个故事。过去有一富豪，家里金山银山，唯一的遗憾就是老婆生不出小人。后来领养了一个小瘪三，给他穿新衣，住新房，教他吃大菜，还请了家庭教师教他讲英文、弹钢琴、跳交谊舞，一心想把他打造成石骨铁硬的上海滩小开。这个假子在蜜糖罐里慢慢泡大了，看上去“蛮登样”啊。过十八岁生日那天，富婆请了许多人来开派对，将自己一手打造的高富帅隆重推出。假子满面春风，得意洋洋，跟人家千金小姐跳舞，还当众秀钢琴。衣香鬓影，珠光宝气，香槟美酒，好不风光！好了，宴会开始，主宾入座，音乐起，上冷菜，假子拿起象牙筷朝自己胸前一戳。嗯？这个不经意的动作被一位老太婆识破，跟身边一贵妇人说：这个小赤佬是叫花子出身。为什么？因为叫花子流浪街头讨饭吃，哪来桌子凳子，筷子有长短，只能在自己胸口上笃笃齐。

哇，原来如此！一个不经意的动作就露出了马脚。

夏三冻

读初中时在课堂里高声朗读大先生鲁迅的谐趣杂文《夏三虫》，满教室的捣蛋鬼都情不自禁地摇头晃脑起来："夏天近了，将有三虫：蚤，蚊，蝇。"最后三字，抑扬顿挫，响遏行云。

捣蛋鬼为何觉得有趣？我想夏三虫即使在大上海，即使在爱国卫生屡掀高潮的年代，也被我们惊愕地亲历，它们吃我们的血，我们全城通缉它们，不共戴天，你死我活。再想想伟大的文化斗士也深受三虫之苦，不免有点幸灾乐祸了。

白驹过隙半个多世纪，上海人的居住条件大大改善，爱国卫生运动也大见成效，偌大的上海，蚊蝇虽然还在苟延残喘，但要找一枚快乐的跳蚤，比抓小偷更难。于是，铿锵有力的《夏三虫》从大脑内存中清除，也情有可原。

现在，夏天又来到人间，行走在骄阳下，不免想念旧时上海人在夏天的消暑妙品，比如"夏三冻"：冰冻地栗糕、冰冻绿豆汤、冰冻酸梅汤。读者诸君或许会噗哧一声笑出来：这三样算神马东东？土得掉渣！是的，我关注的吃食都是寻常之物，价廉物美，喜大普奔，这是我一贯的立场与态度。你再想想，今天的冷饮市场，差不多被可口可乐与哈根达斯瓜分，传统的冷饮难道不应该缅怀一把吗？

先说冰冻地栗糕。地栗，就是荸荠，也叫马蹄。扬州名菜狮子头，据说肉糜里就加了马蹄，故而松软鲜美。地栗是植物中的蝙蝠，算它水果吧，却冷不防地在菜场里露一下面。算它菜吧，与它配伍的只有猪肉片，但甜津津的不送饭，也上不了桌面。在冬天，我们家有吃风干地栗的习惯，风干后的地栗甜度是增加了，但剥皮更麻烦，得用小刀扦。

冰冻地栗糕则是另一回事。大热天，它是点心店里的亮点。记得小时候在淮海路一家点心店品尝过。冰冻地栗糕连汤带水盛在小碗里上桌，半碗冰冻薄荷糖水中沉着几块浅灰色、半透明的地栗糕，送入口后，给牙齿一点轻微抵抗。块状物中间嵌有粒粒屑屑的白点，那是切碎的地栗（夏天不是地栗的收获季节，可能是罐头货）。但更大的甜度来自它的糖水，薄荷味有股渗透力很强的凉意，在齿间徘徊片刻后直沁脑门。服务员教导我说：这是用薄荷煎的汤。

后来我在家里也尝过邻居老太太送来的自制冰冻地栗糕，那时谁家都没有冰箱，自制的凉意就不如店家供应的那么般充足。当然，美味当前，不必客气。再说邻居老太太还将自制冰冻地栗糕的方法传授给我了，那表情，犹如江湖上的武林高手将衣钵相传一样庄严肃穆。我认真听，牢牢记。关键是一种叫作洋菜的东西。但洋菜不是蔬菜，只在南货店里有卖。它到底是什么？老太太的知识在这个当口不幸穷尽了。后来我果然在南货店里看到了洋菜，它被学术性地叫作“琼脂”，样子像干粉条一样毫无姿色，价钱倒不便宜啊。后来有人为了控制成本，索性用马蹄粉来做糕，加汤不加汤两可。

上中学后，我有一同学家境较好，也讲究吃喝，我得着一个机会就将知识产权化为成果。事先还通过查词典得知，琼脂是从一种海藻中提炼出来的。那会儿市场上没有地栗，我就用西瓜的白瓤替代，切粒代用，琼脂用水煮化了，倒在铝质盘子里冷却——那时候普通人家没冰箱。一小时后凝结了，用小刀切块。同时，薄荷水也煎好了，加很多糖。几块糕盛一碗，加薄荷水，吃吧。薄荷味照样直沁脑门。

我在同学家做过好几回冰冻地栗糕，名声大噪，同学的家长也夸我做得好，并不吝啬糖。

要到十多年后，冰冻地栗糕的下一代——果冻，才横空出世。

冰冻绿豆汤，上海人家都会做，加红枣、红莲子、加百合都可以，消暑败火，功效一流，但味道都不及店家里的好吃。何也？当然自有秘辛。饮食店里的绿豆汤，绿豆选优，拣去石子杂草，浸泡两三小时，先大火再转小火，煮得恰到好处，颗粒饱满，皮不破而肉酥软，有含苞欲放的撩人姿态。沉在锅底的原汁十分稠密，呈深绿色，一般弃之不用。这掐分掐秒的技术活，没三年萝卜干饭是拿不下来的。夏令应市，细瓷小碗一溜排开，绿豆弹眼落睛，淋些许糖桂花，再浇上一勺冰冻的薄荷糖水，汤色碧清，香气袭人。如果汤水浑浊如浆，就叫人倒胃口了。冰冻绿豆汤不光有绿豆，还要加一小砣糯米饭。这饭蒸得也讲究，颗粒分明，油光锃亮，赛过珍珠，口感上富有弹性，颇有嚼劲，使老百姓在享受一碗极普遍的冰冻绿豆汤时，不妨谈谈吃吃，将幸福时光稍稍延长。

加糯米饭的另一个原因，今天的小青年可能不知，在计划经济年代，绿豆算作杂粮，一碗绿豆汤是要收半两粮票的，但给你的绿豆又不够25克的量，那么加点糯米饭，以凑足数额。在以粮为纲年代，必须对消费者有诚实的交待。

我有同学中学毕业后在西藏中路沁园春当学徒，我有一次去看望他，正好一锅绿豆汤出锅，他汗涔涔地将绿豆盛在一只只铝盘里摊平，用电风扇吹凉。他师傅从锅底舀了一勺绿豆原液给我喝，又加了一点薄荷味很重的糖浆，那个口感虽然有点糙，但相信是大补于身的。

最后说说酸梅汤，一提起此物，老上海就会说：噢，北京有信远斋，上海有郑福斋。

不错，上海的酸梅汤是从北京引进的。上世纪三十年代，南派猴王郑法祥搭班子在大世界演戏，大热天没有酸梅汤解暑，不堪忍受，于是与人合伙，在上海大世界东首开了一家郑福斋。老报人陈诏先生曾在一篇文章里写道："想当年，大世界旁边的郑福斋，以专售酸梅汤闻名。每当夏令，门庭若市，生意兴隆。花上一角钱喝一大杯酸梅汤，又甜又酸，带着一股桂花的清香，真沁人心脾，可令人精神为之一爽。如果再买几块豌豆黄之类的北京糕点，边喝边吃，简直美极了。"

我在小时候也喝过郑福斋的酸梅汤，味道确实不错。骄阳似火，行道树上的知了拼命地叫着，我和几个哥哥躲在树阴下喝。钱少，凑齐一只角子买一杯，几张嘴轮着啜，那个寒酸劲，如今想想比酸梅汤更酸，但也俨然成了一份可贵的记忆。

上世纪八十年代，酸梅汤在市场上基本绝迹，洋饮料大打出手，争霸天下。

前些天约了三五知己到静安寺附近一处饭店吃饭，看到邻桌每人前面放了一杯深红色的饮料，而且是杯身带棱的那种老式玻璃杯。一问服务小姐，才知是酸梅汤。我要了一杯，一咂嘴，那种熟悉的冰凉的酸甜感一下子滑入咽喉，直沁肺腑，浑身舒坦。于是大家伙每人都要了一杯来喝，也像我一样尖叫起来。

问了服务小姐，又知道这里的酸梅汤是饭店自制的，依据的是店老板家传秘方，正宗“古法泡制”。每年定点收购上等青梅，在毒日头下暴晒数天，直至皮皱汁收，然后由加冰糖和桂花等辅料熬制乌梅汁。熬好的乌梅汁沉郁墨黑，放在缸里散发着清香，每天根据天气状况兑成一定量的酸梅汤，冰镇后出售。有些老顾客就为喝这一口来这里吃饭。有些小青年肚量大，可以豪情满怀地一口气喝四五杯。

“夏三冻”远去矣，但老上海还在时时想念它们。在它们后身，不仅有色彩缤纷的果冻，还有冰冻鲜橘水——其实就是三精水（与果冻一样都是由糖精、香糖、色素合成的），还有刨冰、冰霜以及更加靓丽的冰沙，但味道都不及“夏三冻”来得纯正厚实，所以我挑这三样来写，不仅有卫生和营养的考量，更有格调与品位的要求。

最后，让我们一起以朗读《夏三虫》的腔调读出“夏三冻”，它们是：地栗糕、绿豆汤、酸梅汤！

泡饭和它的黄金搭档

在上海人的食谱中，泡饭的定义很简单：隔夜冷饭，加热水煮一下，或者用开水泡一下，即食。有人从这个定义中读出了一个潜台词：寒酸。没错，上海人曾经寒酸过，但寒酸并不是上海人的错。相反，在上海人的记忆中，泡饭充满了温馨的细节，甚至可以说，一碗看似平淡无奇的泡饭，铸就了上海人的集体性格。

泡饭具有极强的草根性，是寒素生活的写照，是艰难时世的印记，但它与奶油蛋糕构成了一枚银币的两面。

银币的比喻，一定会招致外省人的讥笑：什么银币！充其量也只是“货郎与小姐”吧。其实，早就有人以泡饭为题嘲笑上海人了，比如梁实秋在“雅舍谈吃”这类文章中就写到，有一次他到上海投宿一位朋友家，早起后朋友请他与一家数口吃泡饭，四只小碟子，油条、皮蛋、乳腐、油氽花生米，“一根油条剪成十几段，一只皮蛋在酱油碟子里滚来滚去，谁也不好意思去挟开它”。上海人的寒酸，被梁实秋一笔写尽。不过，要是梁老前辈在世的话，我倒要告诉他：端出四只碟子来吃泡饭，排场相当隆重呢！放在今天，上海人请你下馆子是毛毛雨，请你在家里吃，并由老婆大人素手作羹汤，关系就进了一层，要是再请你吃碗泡饭，那就是铁哥们了！梁公，有呒搞错！

吃泡饭，并不是上海人的主动性选择。上海在从小县城向大都会快速膨胀的过程中，导入了大量移民，移民的涌入推动上海告别农耕社会，进入工业社会。在江南农村，像我的家乡绍兴，早上是吃干饭的，上海郊区的农民也是忙时吃饭，闲时吃粥。而在上海城区，工人阶级一大早赶着去轧公共汽车上班，根本没有时间烧饭熬粥，大多数弄堂房子里也不通煤气，老清老早生煤球炉不仅麻烦而且浪费，那么当家主妇就会前天晚上多烧点饭，第二天早起开水一泡，让一家老小匆匆忙忙扒几口，嘴巴一抹出门，该上班的上班，该上学的上学。

当然，上海的工人阶级也可以到街头巷尾叫一碗阳春面，叫两客生煎馒头，或者买一副大饼油条再来一碗热乎乎的豆浆。但事实上，还是吃泡饭的日脚多。像周立波在脱口秀里所说的一根筷子串起十根油条的豪举，确实值得在弄堂里秀上一把。

隔夜冷饭直接吃，既伤胃也伤心，在秋冬天里必须煮一下。再讲上海人虽然穷，也不会吃冷饭团，那是瘪三腔。煮过的隔夜冷饭变得又软又烫，一碗入肚，浑身热融融。在夏天，冷饭可以不煮，开水一泡也相当烫嘴，米粒颗颗分明，入口无比爽利。我要说明的是，冷饭一泡就吃，最好是大米饭，黄糙糙的籼米饭还是要煮一下再入肚。所以在计划经济时代，上海自有一套生活密码，吃开水泡饭是值得小小夸耀的。有那个年代，上海居民每人每月只有8市斤的大米定量，余下的定量只能买比黄脸婆的脸色更不招人待见的籼米（上海谓之“洋籼米”），谁家若是天天吃开水泡饭，要么他们家人人有只打不烂摧不垮的铁皮胃，要么他家有路道搞到计划外的新大米。

彼时上海人家烧饭都用一口钢精锅，煮开后收水，最后小火烘干，这个过程会产生一层薄薄的锅巴，上海人谓之“饭糍”或“镬焦”，烧泡饭的冷饭中带几块“镬焦”，特别香，也有助消化。

接下来我要说，泡饭之所以成为美食，是因为有过泡饭的小菜，上海人的花头经就出在这里。过去上海几乎每条小马路都有一两家酱油店，旧时称作“造坊”，店里有酱菜专柜，玻璃格子内琳琅满目，走近，一股咸滋滋的香味扑鼻而来，这就是酱菜香。萝卜头、大头菜、什锦酱菜、白糖乳瓜、崇明包瓜、糖醋蒜头、仔姜片、乳腐、醉麸等，还有一种螺蛳菜，长不盈寸，中有螺纹，小巧玲珑，微胖而一头略尖，像上海爱吃的小江螺蛳，咬口极脆，是酱菜中的小精灵。白糖乳瓜是酱瓜中的“白骨精”，家里有人生病了，胃纳差，才会买点来过粥。每斤9角6分，经常吃是败家子行为。上海人家吃得最多的还是乳腐，豆腐发霉长毛后实现华丽转身。这一家族分红白两种，方方正正，表面沾有点点酒糟，酥软鲜香，老少咸宜。还有一种玫瑰乳腐，腌制过程中加入大量玫瑰花瓣，花香袭人，售价每块一角，而当时食堂里一块炸猪排也只卖一角，这也正应了一句老话——“豆腐肉价钿”。有一次我跟弄堂里的年长朋友登上一条海轮去看望他当了国际海员的同学，在船上蹭了一顿工作餐，每人一客饭菜，三荤两素，但更让我张口结舌的是每张桌子的中央放了一大盘玫瑰乳腐，无限量供应，当即起了坏心，想带几块下船。玫瑰乳腐在我家不常买，父亲偶尔买来后必定洒白糖、浇麻油，算是改善伙食，但每次都要被节俭的母亲数落一顿，弄得他好生没趣。当然，争议最大的就是臭乳腐，能吃臭乳腐者，必定能吃法国忌司。我就是臭乳腐控，臭乳腐上桌，鱼腥虾蟹统统退居二线。后来吃到忌司，别人视为畏途，我赛过老鼠跌进白米囤，哪怕味道最冲的蓝纹忌司，抄起来就是一大块，法国人见了也甘拜下风。与乳腐异曲同工的是醉麸，也是用豆制品烤麸发酵后做成，切成小方块，加花椒盐、加白酒，酒香沉郁，价钱不便宜。现在有厨师用此物做菜，别饶风味。

在我读小学的时候，街头还留有一种简易小木屋，酱菜专卖，台板上整齐排列一只只钵头，上面盖一块厚玻璃，走过路过，就会带走一丝香气，每天早饭、午饭、晚饭准时开张。当时上海人吃泡饭是一种常态。

上海人午饭、晚饭也会吃泡饭吗？吃！有白米饭吃就很不错了！

后来生活改善了，首先在过泡饭的小菜上体现出来。除了酱菜，咸蛋、皮蛋也是泡饭的良朋益友，皮蛋以有松花者为佳，咸蛋以高邮出品者为上，夏天吃最爽口，磕出小洞，筷头一戳，红油吱地一下喷出来，什么叫幸福？这就是！上海人还会自己做点过泡饭的小菜，比如干煎暴腌带鱼、干煎暴腌小黄鱼，还有一种骨刺很多、身板极薄的黄鲇，油炸至两面金黄，连骨刺一起嚼碎，满口喷香！祖籍宁波的上海人家还喜欢吃龙头烤，此物就是今天在饭店里现身的九肚鱼，半透明，肉中含大量水分，中间穿一条龙骨。渔民收获后下重盐晒干，送到上海南货店里出售，油炸，极咸，手指长一条即可送一大碗泡饭。油氽花生米也是过泡饭的恩物，又是很好的下酒菜，上海人就此送它一个美名：油氽果肉。对了，花生米还可以与苔条一起炸，俗称苔条花生，那是相当高级的了，上酒席也很有面子！蚕豆上市了，剥出玉色的豆瓣，温油氽过，洒盐，松脆，滋润，过泡饭一流。

日子继续好过，就吃起了咸鲞鱼蒸肉饼子。去南货店挑一条身板硬扎一点的咸鲞鱼，斩成头尾两截，加猪肉糜一小饼，讲究点的再敲一只咸蛋，旺火蒸透，筷头挑开，有说不出的鲜香。泡饭搭档，此物当列前三甲。咸鲞鱼我喜欢吃“三曝”，邵万生里的货色最佳，售价是凡品的三四倍。肉色桃红，肉质微腐而不烂，是咸鱼的最高境界。至于宁波人须臾不离的清风鳗鲞、黄泥螺、醉蟹、醉螺、蟹糊、虾酱等，口味一个比一个重，均是绑架泡饭的“黑手党”。

能干一点的主妇还炒一些时令小菜犒劳家人，春天，笋丝炒肉丝加点豆腐干丝，莴笋上市时，凉拌莴笋浇麻油，生鲜而松脆。夏天胃纳稍差，榨菜肉丝就是开胃良方。秋天萝卜干炒毛豆子，毛豆子要炸至皱皮，萝卜干以浙江萧山出产最佳，切丁共炒，再淋一点点酱油，加一小勺白糖收汁，吃时咕叽咕叽响，令人欲罢不忍。冬天新咸菜上市，炒肉丝冬笋丝，鲜爽清香……

今天，上海人的早饭有N种选项，可以吃生煎、吃小笼、吃小馄饨、吃菜肉汤团、吃锅贴、吃面筋百叶汤配烧麦、吃咖喱牛肉汤配葱油饼、吃鸡粥配白斩鸡、吃葱开面配鸡鸭血汤、吃焖肉爆鱼双浇面、吃全麦面包、吃鲜奶蛋糕、吃……或者像周立波那样一口气买十根油条，但泡饭是永远不会背叛的。小时候特别馋，盼望过年吃大鱼大肉，初一早上吃宁波汤团，初二早上吃八宝饭，初三早上吃糖年糕，到了初四早上就吵着要吃泡饭了，这就是泡饭的魅力！早些年，有好几次我跟同事去旅游，坐在火车上，一路上那帮叽叽喳喳的上海女人，居然将几大盒冷饭带上车厢，饭点一到，开水一泡，再掏出几包榨菜，那还了得！大家扔掉面包蛋糕，抢来吃，十分乐胃。有些人很早出国留学，牛奶面包总吃不惯，回国探亲最想吃的就是一碗泡饭。有些大老板身价数亿，有时候还会叫保姆用开水泡碗冷饭解解馋。这是上海人的味觉基因。

虽说今天已经到了吃啥有啥的好时光，但上海人还是守住了吃泡饭的底线。

吃泡饭不宜上大荤，不宜浓油赤酱，不宜汤汤水水，像干烧明虾糖醋鱼、走油蹄髈咖喱鸡之类都不适合。泡饭有自己的朋友圈。过泡饭的小菜应该简约清洁、干脆利索，以咸鲜味为主，这才能将米饭香衬得清清白白。如果要我列举泡饭的十大黄金搭档，按个人的嗜好程度应该是：油氽果肉、咸带鱼、咸鲞鱼蒸肉糜、乳腐、清风鳗鲞、咸蟹、咸蛋、油条、毛豆子炒咸菜、萧山萝卜干炒毛豆子。若有遗漏者，请多多包涵！作为一个被泡饭喂大的上海男人，在此先鞠躬致歉！

最后我要告诉大家，我有一个朋友，入行四十年的糕饼师，在烘焙协会举办的各种赛事上摘金夺银，横扫一切，其气概不亚于当阳桥头的赵子龙。他做的奶油蛋糕无论巴洛克风格还是魔幻现实主义，都赏心悦目，吃口温雅，令人销魂，连法国、日本同行都要敬他三分。有一天我问他早上最喜欢吃什么？这位吃遍全球的糕饼师斩钉截铁地蹦出俩字：“泡饭！”

看，泡饭造就了最好的奶油蛋糕！

同门兄弟一道炒

现在研究上海方言的专家们都在收集童谣，不知有一首童谣听说过没有："炒——炒——炒黄豆，炒好黄豆炒青豆，炒好青豆翻跟斗。"同时还要辅以动作，两人一组，面对面手拉手，边唱边大幅度摇晃，唱到最后一句顺势将身体翻转身来，要求双方四只手继续拉紧，谁先松手就算输，通常情况下没有一对玩家能坚持到底的。于是在嘻嘻哈哈中散伙，进入下一个轮回。

童谣虽然大多是无义的，但有时也是现实社会和儿童心愿的映射。上面这首童谣极具喜感，因为它涉及食物，无论炒黄豆还是炒青豆，哗啦哗啦的声响以及随之而在石库门弄堂里飘散的香气，都是令人垂涎三尺的，难以忘怀的，也是值得为之翻一翻跟斗的。

我们家里炒过黄豆，那是在青黄不接的春季，菜场里的蔬菜供应不足，得很早就去排队，排队也不一定买得到，甚至得凭户口簿获得有限的配额。这时妈妈就会从缸里舀出一大碗黄豆，洗净，沥干，投入铁锅里炒至喷香微焦，空口当零食吃，嚼起来咯巴脆，香气扑鼻，但妈妈只能给我一小把，因为她接下来要将炒熟的黄豆在石磨里磨成黄豆粉，拌了盐就可以当菜送饭送粥了。一大早，妈妈烧好一锅粥，筷头粘上一点黄豆粉，吮在嘴里很香很香，很快就将一碗粥喝完了，暖洋洋地上学去喽，我不知道妈妈在身后望着我远去的背影叹息呢！

黄豆粉拌盐还有一个很幽默的名字：福建肉松。

青豆是小豌豆晒干后的形态，它是奢侈品，不常进门，若有，也须在水里浸泡一夜使之发软，沥干后炒熟，加盐，搁小碟子里成为佐茶小食，与青浦朱家角的熏青豆有异曲同工之妙。不过我们家连最次的茶叶也经常断档呢，哪有钱炒青豆？

经常炒的是麦粉和米粉。炒麦粉很简单，就是用小麦粉炒熟，拌上白砂糖，冷却后存在瓶子或铁皮箱里，吃时舀两勺在大碗里，沸水一冲，用筷子急速顺时钟搅拌，眼瞅着它慢慢胀发成厚厚的糨糊状，吃起来满口喷香。放学后喊饿，妈妈就冲一碗给我点点饥。炒米粉稍许复杂些，大米洗净晾干，在锅里炒熟，呈微黄色，冷却后在石磨里磨成粉，但不必太细，带点粗糙的颗粒更佳。吃时也用沸水一冲，加糖。因为它的原材是大米，胀性更足，口感更佳。我家邻居老太太还发明一种吃法，她小心收集起橘子皮，在煤球炉的炉膛里烘干后加在炒米里一起磨粉，这样的炒米粉冲开后就有一股香味。

炒麦粉或炒米粉，在上海人的口中，一律叫作“炒马粉”。这个“马”字没有另解，就是“麦”字。

还有一个邻居大叔参加过抗美援朝，跟邱少云还是一个师的，他跟我说：“炒米可了不得，为抗美援朝立了大功。我们那时在雪地里打埋伏，一天一夜不能动，飞机在头上飞来飞去，你若一动他就扔汽油弹。饿了，吃一把炒米吃一口雪，天亮后军号一响，几百个人从雪堆里跳起来冲啊，硬是把美帝国主义打到三八线后面去。”

我妈有时也会奢侈一下，在炒米粉里加入黑芝麻粉，一冲，不仅香气浓郁，吃口也好多了。我们读中学时要下乡劳动，家长担心孩子吃不饱，就会准备一袋炒麦粉或炒米粉塞在行李袋里带走。其实到了农村，无论男生还是女生，饭量都出奇地大增，要吃满满一饭盒呢，挺个四五小时不成问题，所谓肚子饿，其实就是一个“馋”字。晚饭吃过，看过星星，吹过牛皮，偷偷地抽过香烟，三三两两回到寝室里，打开行李袋翻出炒麦粉或炒米粉吃。青春年少，夜色温柔！

捱到下乡劳动结束，回上海的前夜，大家兴奋得横竖睡不着，突然想起行李包里还有存货，便一骨碌钻出被窝，每人将自己的炒麦粉或炒米粉统统倒在一个洗脸洗脚通用的搪瓷脸盆里，一热水瓶沸水飞流直下三千尺，搅成混合式糨糊。草屋里没有桌子凳子，七八个饿死鬼就跪在乱哄哄的草垫子上，围着脸盆大开杀戒。突然门被一脚踢开，是班主任来查房了。“老师，来一口吧！”班主任眼睛一瞪：“看你们这副吃相，简直就是一群猪猡！”

骂归骂，他还是一把夺过我的汤勺在脸盆里挖了一勺吃：“吃了就睡啊，明天一早六点钟就要集合，谁要是赖被窝，我就来拔萝卜！”

吃到脸盆见底，汤勺刮了再刮，舌头舔了再舔，心满意足地熄了油灯放平，有人还意犹未尽地放出大话来：“等我当了学徒，领了第一个月的工资，请各位兄弟吃一顿猪油黑洋酥炒米粉，吃到爬不动！”

无论炒麦粉还是炒米粉，不管加不加糖或黑洋酥，都增强了同门兄弟的凝聚力，十年二十年后见面，酒酣耳热之际聊起那糨糊一般可稀可稠的美食，虽然有点难为情，但心里一直暖洋洋、暖洋洋。

后来，食品店里有一种牛骨髓炒面供应，是“炒马粉”的2·0版，价格老贵了，我家根本吃不起，最后还是在同学家里尝了一小碗，果然香腴至极！

昨天，与上海电影制片厂制片人吴竹筠兄一起吃晚饭，他正在经营一家特色面馆，生意不错，还想恢复儿时吃过的美味，比如炒麦粉。我一听就来劲了：“炒麦粉档次太低，吃口也差，得做成炒米粉，胀开后在碗里加一把花生碎、五六颗葡萄干、两朵核桃仁，再用蜂蜜兜头一浇，就像卡布其诺上面的图案一样。对了，浇成一个M，麦粉米粉打头就是这个字母，但不能跟麦当劳一样噢，我们是中国制造！”

“对了，中国制造！从牙牙学语的小毛头到七老八十的老头老太都爱吃，就这么定了。”竹筠兄大声应道。

昨日的鲜花，昨日的焰火

开学后不久，就是国庆了。

那时候好像不太在乎中秋节，月饼也不是随随便便吃的，八分钱一个的苏式小百果含在嘴里不敢嚼，也舍不得咽下肚里。没钱买月饼的人家就自己摊几只青菜馅的面饼，馋馋嘴巴。而国庆节就不一样了，大家都一样放假，共和国的礼炮为每个公民轰鸣，共和国的鲜花为每个公民绽放，共和国的彩灯为每个公民闪烁。

在物质贫乏的年代，与中秋节看月亮相比，国庆节无疑彰显着一种革命的力量与热情。

在我读书的那会儿，几乎每年的十月一日都要举行国庆大游行。早在九月份，我们一帮小学生就会蹿到人民广场去看人家排练，一个方队几十甚至几百号人，肩扛手提各种道具，顶着还很毒的毒日头，在领头的指挥下，步伐整齐地行进着，并作出各种姿势，一出差错，推倒重来。那时候，根本没有矿泉水一说，眼瞅着豆大的汗珠哗哗地淌着，濡湿了衣衫，就是没水喝。心想：国庆大游行可真辛苦。

看过排练，也就知道今年的国庆大游行中会出现一个怎样的方队，与同学吹起来似乎也有了资本。

不过，即使看过排练，到正式看大游行时，感觉就是不一样。首先是早早地赶到延安中路人民广场某个出口处，抢占有利地形。这个早，大约在清晨六点左右。前排席地而坐，后排就从家里搬了方凳、椅子而来，再后来者，就只能爬上行道树或攀着商店的遮阳篷，赛猴似地。

天亮后，警察跑来维持秩序，清道，路面变得非常宽敞。再过一会，挂在大树上的高音喇叭响了，雄壮的进行曲震动着窗户玻璃，人群中出现了骚动，千万颗脑袋都往一个方向使劲："来了，来了！"

果然，走在最前面的是扛国徽的仪仗队，然后领袖的巨幅画像，再后面是红旗方阵，然后按工农兵序列出场。

我看到好几回国庆大游行，印象中有一次民兵方阵中出现了重机枪，十几挺重机枪啊，每挺重机枪由五六个壮汉抬着，他们昂首挺胸，如班师归朝的勇士，那家伙也跟电影里看到的苏式重机枪一模一样，乌黑锃亮，枪口凝聚着十月的阳光。大家喧哗着，并为枪膛里有没有子弹争论不休。还有一回，出现了导弹模型，小孩子也为是不是真家伙而争得快打起来。还有一次，大彩车上架起了一排类似导弹的大家伙，但细看之下，原来是上海铅笔厂生产的中华牌铅笔模型。

那时候，彩车上展现的都是工农业及科技界的最新成果，比如万吨水压机、双水内冷发电机组、万吨巨轮等，也有四个人也抱不过来的玉米、比圆台面还大的向日葵和足以压死一头牛的南瓜。

眼看着这些伟大的建设成果徐徐逼近，我们心潮澎湃，激动无比，吃饱穿暖看电影不要钱的幸福日子马上就要来了！

还有一次，游行队伍行进至末尾，出现了一个奇怪的方阵，他们是身穿黄色袈裟的和尚和身穿灰色道袍的道士，还戴着奇形怪状的帽子，手里拿着什么我已经记不得了，反正他们个个神色严肃、目不斜视。而观众都笑了起来，还有人向他们扔石子，一个老人出面阻止："这是党的政策，我们要允许僧侣阶层的存在。"

呵呵，"僧侣阶层"！我记住了这个新词儿。

不过，喜庆的日子也会出些小乱子。我记得大约是在 1964 年，我刚读一年级，我与哥哥两个人站在一张方凳上观看游行，因为方凳太小，两个人须抱成团才不至于掉下去。就在一群姑娘手举大红扇载歌载舞通过时，只觉得头上一道白光闪过，紧接着听到了哔哔剥剥的声响。抬头一看，电线杆上蹿起了一缕青烟，几根电线不停地暴出蓝色的火星。顿时，马路两边的人像潮水一样溃退。我们脚下的方凳早像塌方一样倒了，我被人挤出很远，两条腿根本不管用，在人群中像一片树叶一样被人拥啊拥啊，一直拥到了淮海公园门口。回头看，哥哥在后面招呼我，再一看，他光着两只脚——鞋子掉了。

后来父亲到派出所找鞋，找来的鞋子不是哥哥的那双，而且一大一小，只能凑合着穿。他说派出所里收集到的鞋子足足有两箩筐。

掉了鞋的哥哥后来有一年也参加了国庆大游行，而且作为仪仗队走在队伍前头，那次我也去延安中路看游行，但没看到他英姿勃发的形象，非常失望。事后问他，他说走的是另一条道。

到了 1971 年，我在读中学，露脸的机会来了。学校从初二的学生中挑选 40 人，与另外两所中学的 80 人组成一个方队，参加国庆大游行。那会儿我已经身高 1.6 米了，脸蛋也不像卡西莫多那样丑陋，平时刷标语之类的活也干得卖力，作业按时上交，深得老师的欢心，关键是家庭成分，不属黑五类，所以被选上了。

我们要扮演的是学工学农，批判资产阶级的革命学生形象，落到我们身上的具体任务就是学工，所以每人都得穿上白衬衫、工装裤，扛着与人一般高的模型榔头，跟着雄壮的进行曲走，在某几个点上将榔头砸下去。动作并不复杂，但 40 人步调一致，各人之间保持一定的距离，做起来倒也不容易。所以从开学开始练起，一直练到国庆前一天晚上。

国庆节终于到了。按照规定，我在清晨五点就赶到人民广场西侧的大沽路集合点，这是我有生以来第一次起那么早。妈妈怕我受风寒，不由分说地将一件毛衣往我头上一套。一路小跑到集合点，内衣已经湿透。到一家点心店吃了大饼油条加豆浆，天色渐渐转白。然后大队人马涌到人民广场，在白线划好的指定地点与兄弟学校的队伍汇合。带队老师过一会就叫我们去厕所放下包袱，而那个公共厕所真是人声鼎沸，喜气洋洋，一股股膻味很浓的热气直往上蹿。

太阳升得很高了，空气开始颤抖，毛衣早就脱下交给老师了，从工厂里借来的工装裤实在太长，裤脚管卷了三道才露出白跑鞋。

主席台上的人（不是马天水就是王秀珍，反正他们后来都倒霉了）讲完话，音乐就响了，游行队伍开始通过主席台，我看到了步伐整齐的解放军方阵和步伐次整齐的民兵方阵，接下来就是老花头，国徽、红旗、鲜花、彩带和巨大的农作物模型。轮到我们出场了，尽管平时练到可以倒走不走样，此时此刻，心里还不免有点紧张。经过主席台时，我一个动作没做好，在整个方队的人都将榔头准点砸下时，我还傻乎乎地扛着它。

一溜人马出了广场，分作四小股部队，有的往外滩，有的往南京路，我们这一小股直奔西北方向而去，到曹家渡后作鸟兽散。

后来我听说兄弟学校有个老兄，站在彩车最高层，手举毛选模型像个“山高人为峰”的英雄好汉，一路上却给一泡尿憋得满脸通红，到了终点，立马找厕所，但裤子还没解开，人就倒地不起了，送医院急救，终于没能回阳，活活地让一泡尿给憋死了。

二十年后，我据此经历写了一个短篇小说，题为《青苹果》，发表在《小说界》上。在小说中，那位老兄因为出身不好，精神上一直很压抑，得着这个机会后极为珍惜，仿佛为家庭赎身，结果因为一泡尿而献出了花季生命。但他的父亲——一个摘了右派帽子的知识分子，对儿子的死很麻木，还认为他为这个家庭增添了一份荣耀。更让人难过的是，那天游行时，那位老兄穿的白衬衫还是他母亲向邻居借来的。

国庆大游行过后，还有一个精彩节目，那就是放焰火。

我们有两个选择，一是赶在天黑之前进入人民广场抢占有利地形，不然一到华灯初上，实行交通管制，谁也别想进去。但此法有一个不便，得饿肚子，当时没有肯德基，也没有汉堡包，面包也买不起。另一个选择比较可行，就是爬到屋顶上，好比饭后乘凉，不亦快哉！只是屋顶下面的人家有意见，但为了共和国的生日，一般也就忍了。

七点钟到了，只听得北边（我家住人民广场南面）传来了隆隆之声，在屋顶上似乎也能感觉到地动山摇，紧接就是几朵焰火骤然绽放。但还没到正式绽放程序，只向天空试探一下而已。再过几分钟，正式开始。隆隆响过，夜空一片灿烂，红的紫的蓝的绿的白的黄白，像是有画家打开了调色缸，一笔笔的鲜艳夺目，一道道的流光溢彩，渲染着节日的压轴大戏。隐约间还能听到人民广场播音员的声音，这个叫作万紫千红，那个叫作百鸟朝凤。我最爱看一种开始是百花吐蕊，然后拖着蝌蚪似的尾巴变了紫色花絮。百鸟朝凤也不错，先是噌噌噌地一路上蹿，用足毕生的力气绽放，焰火散尽处，会听到叽叽喳喳的声音，真赛过百鸟啁啾。还有一种焰火在绽放过程中貌不惊人，但亮点全在熄灭后，你会在夜幕中看到一朵朵小白花飘飘悠悠，有经验的人马上站起来大喊："降落伞！降落伞！"

那个季节一般刮北风，降落伞就慢慢地向我们飘来，小白花渐渐变大了，清晰了，看得见上面的绳子了，有人拿来晾衣服的竹竿，准备拦截它。一个降落伞呼地一下掠过我们头顶，另一个眼瞅着近了，但一阵怪风吹来，它一拐弯飞到淮海公园里去了。还有一个，嘿，被路边一棵大树挂住了，许多人围上去争抢。总算有一个被我们的竹竿勾住，瓦片碎处，降落伞下面缠着的水果糖就瞬间被瓜分殆尽。

降落伞是用棉花纸做的，柔软而有韧劲，细嗅之下还留有一丝烟火味。邻居黑皮身高马大，一把抢得后转手送给我了，我知道，其实他是在讨好我的姐姐，我也就照单收下，并一直珍藏着，也不知道能派什么用场。降落伞就这样伴随着我们度过了多彩的少年。

风　筝

现在，每当我走过人民广场，就会抬头仰望碧空，看一眼高高飞翔的风筝。我爱风筝，并不仅仅因为它们的美丽式样与飞翔的姿态，还因为，在我的童年，在那个孤苦和迷茫的年月里，它给了我安慰和希望，还有痛苦，我愿意把风筝当作终生的朋友。

大约是在1967年的春天，如火如荼的时代，大人们都去“与人奋斗”了，大中学生也外出串联了，在令人昏昏欲睡的大白天，整条弄堂里只留下我们小学生呆在家里闲得无聊。学校停课，校门紧闭，通过门缝往里张望，操场里的野草长得半人高，揪出来的反革命分子像走马灯地上街游斗，看大字报成了市民们的消遣。于是，我们一伙小学生就放起了风筝。

二十年后，我在一篇散文里这样写道：“春风召唤我们爬上了屋顶，于是骚动的城市上空就飘起了风筝。”

当时的小学生是身无分文的，但做风筝的资源不难找到，我们从街上捡来传单，红的绿的色彩很丰富；从造反队的办公室偷来糨糊；再从竹篱笆墙上扯下竹片，剖成一条条的竹丝，作为风筝的骨架。只有系风筝的线稍稍伤点脑筋。开始我和几个同学偷家里的棉纱线，但它显然太细了，风筝上天后它就断了。大头从家里偷来他母亲绱鞋底的鞋底线，成了，再大的风也不能把风筝吹走。只是时间一长，他付出了代价，有一天我听到从他家里传出一个女人的训斥声，还有鞋底痛击屁股的劈啪声，凭我的经验，大头挨打了。第二天见到大头，我表示深切的同情，但他断然否认了此事。大头是很有风度的。

问题是一开始我们做的风筝质量不高，经研究，我发现是骨架太重的缘故，于是将竹丝劈得再细些，可是从竹篱笆上拔来的竹片已经发脆，劈细后经不起弯折，也容易断。后来我发现倒马桶的筅帚是不错的骨架材料，因为马桶筅帚用的是新竹，留有青皮，稍有弹性，不易折断。于是我在天井的大门后拔来好几根筅帚竹丝，放在煤炉上烘烤弯曲，做成了一只蝴蝶形状的风筝，白纸做身子，红纸勾条边，金纸剪成圆点做成花斑。当这只美丽的风筝飞上蓝天后，屋顶上发出一片欢呼。

初尝战果后，我又做了不少蝴蝶风筝，弄堂里的其他风筝爱好者也请我做，包括一些大人，我也从此获得了一个“蝴蝶迷”的绰号，其实我知道这个绰号是《林海雪原》里一个坏女人的，但还是有点小得意。

当然，我为这个“蝴蝶迷”的绰号也付出了代价，邻居阿姨阿婆们早就痛恨我们了，一伙人爬上屋顶，踩坏瓦片，造成屋漏，已是罪大恶极，现在好，抓住一个典型岂能让他漏网？她们向我母亲告状：一把新的马桶筅帚买来才几天，就变成了瘌痢头，根据革命群众揭发，罪魁祸首就是我。于是，老规矩，一顿痛打。我很配合，扯开嗓门号啕得非常夸张，让左邻右舍听个真切，并窃笑。

我姐姐在事后教育我：“你这个人怎么这么傻，马桶筅帚是干什么的不知道吗？你还不怕脏，粘纸头的时候还用手指放在嘴里舔，想想也恶心死了。”

后来我不再做中看不中用的蝴蝶风筝了，原因是当时放风筝的人多了，一块空域往往会升起几十只风筝，我们的风筝在天上好好飞翔时，别人的风筝就来“格”我们。所谓“格”，就是敌我双方战斗机在空中格斗的“格”，他们用大风筝的线来缠绕我们的轻量级风筝，将我们的风筝线扯断，眼睁睁看着自己的风筝随风远逝，欲哭无泪。为反抗空中霸权主义，我们也赶制了几只巨型风筝，增强战斗力。

做巨型风筝，是大头大显身手的时机。他比我更大胆，偷来人家晾衣服的竹竿，劈成竹筋，做成的风筝足足有桌面那般大。式样虽然笨拙，像一块古代士兵用的盾牌，但战斗力可与B-52型轰炸机比美，第一个回合，就把人家三只风筝斩于马下。我们欢呼，我们歌唱，庆祝反抗霸权主义的胜利，我们在屋顶上高呼：毛主席的革命路线战无不胜！打倒美帝国主义！

除了B-52型，我们还做五角星风筝，但因为五角星没有尾巴，一上天就打转。还有老鹰风筝，它是我从人民广场学来的。当时有一些老头在那里放正规的风筝，形状有老鹰、蜈蚣、燕子等，蜈蚣风筝由几十节组成，在空中像一条巨龙，雍容华贵，从容不迫，看得我非常眼馋。当它落地时，我发现它每一节都非常精致，一个圆形切面，两边粘着鸡毛。奇怪的是，有个老头就用其中一节也能放上天去，真是神乎其技。我凭肉眼看了几回，也做成了老鹰风筝，用墨汁画了老鹰的羽毛和眼睛嘴巴，非常好看，摇摇摆摆地也上天了。我还做过一种筒型的风筝，它没有骨架，就用一张纸卷成一个圆筒，屁股吊一根纸质的中国结似的尾巴，用线扯着一路狂奔，也能飞起来。

现在，我正在敲击电脑键盘，飞快地写下这篇文章，心潮却久久不能平静。想当初，运动正在深化，社会上继续混乱，我们正当风华正茂，抬头望去，天空是彩色的，承载着美丽的遐想。风筝实现了我们飞翔的梦想，也代表了我们的心，一颗迷茫的心，就像断线风筝一样，不知会飞到哪里去。当时的马路上就有这样的风景，电线上到处都是破残的风筝，任凭风吹雨打。

有一天晚上，我从大头家窗口走过，听到一片哭声。大头又挨打了？细一听，是他母亲的哭声。回到家里，姐姐神色严肃地问我："今天你跟大头一起爬屋顶放风筝？"我回答："没有，我今天到人民广场去看人家辩论了。"姐姐于是告诉我，大头爬上屋顶放风筝，一脚踩空，从屋顶摔下来，死了。

我脑子里顿时一片空白。这种痛苦，这种惊慌，现在想起，还像针刺一样。

第二天，仿佛是为了一种凭吊，我爬上屋顶，仰望天空，一片沉重的铅灰色，竟然一只风筝也没有，整条弄堂也一片死寂，唯有远处有只野猫在看我一眼匆匆离去。从此，我再也没有做过风筝，也没有放过风筝。我在一篇发表在《文汇报》上的文章里这样写道："多少年来，我一直为小伙伴的死而难过，现在我明白了少年大头的死实际上是一次悲壮的殉情。他的灵魂已附在美丽的风筝上，消失在那天的上午，却永远留在我的心中。"

再后来，我将这个伤感的情节写进一部中篇小说，发表在 1992 年某一期的《小说界》上，享受头条尊荣。在我的感情里面，也算一次补偿吧。

一群彩色的蚂蚁

计划经济时代，中国人在穿着方面别无选择，统一、呆板、寒酸、笨拙，困难时期，“新三年，旧三年，缝缝补补又三年”，等到条件有所改善，那么先是“不爱红装爱武装”，全民皆以绿为美，后来工人阶级领导一切，又一窝蜂地蓝，由是，外国人将中国人讥讽为“蓝蚂蚁”。

不过上海人既喝豆腐浆，也喝咖啡，既吃大饼油条，也吃面包蛋糕，在如此荒唐的“审美环境”之下，聪明的上海人极力冲破供应匮乏造成的重重困难，顽强表现自己的才华与个性。从上世纪七十年代初起，在副统帅自我爆炸后，政治气候有所降压，那么尽管南京路、淮海路上的商店橱窗里还在强调“革命化”，上海人在穿着方面开始展现另类的面目。当然，标新立异的企图，是一股股流淌在城市角落的暗流，交错、重叠、融合，没有主张，没有口号，没有引导，一切靠眼观六路耳听八方，自己领会，自己发挥，在细雨润物般的气氛中实现“和平演变”。而作为中学生，因为缺乏必要的审美训练，只知道盲目追逐时风，力求在成千上万只丧失个性的蓝蚂蚁中做一个彩色蚂蚁，结果闹了不少笑话。

我刚进中学那会，革命的浪潮还在惊涛拍岸，满街芸芸众生，几乎看不到一个穿红衣服的人。服装店的橱窗，挂着一群女民兵屹立山头操作加农炮的宣传画，一行大字气贯长虹：中华儿女多奇志，不爱红装爱武装。走进店堂一看，所有的衣服都按尺码堆放在货架里，颜色不会超过十种。

“正装”如此单调，小青年就在便装上动脑筋。比如运动衫，因为打着运动的旗号，似乎有了花哨的理由。运动衫有两种，一种是圆领的，一指宽的蓝白条纹相间，其实是海员们的内衣。“文革”前有一部电影《海魂》，电影讲述我人民解放军海军官兵以鱼雷快艇打掉蒋匪帮炮舰的故事，那几个船沉之后泡在海水里坚持开党小组会议的英雄就是穿这种内衣的，湿透了的条纹衫紧紧裹住受伤的躯体，却挡不住鼓鼓囊囊的栗子肉将男子汉的雄性风范展露无遗，后来这种内衣就有了个“海魂衫”的别名。另一种是有领子的，俗称“小翻领”，而领子若是装了一条拉链，则叫“大翻领”。能穿一件“大翻领”，其“酷度”不亚于今天穿一件正卡的“阿迪达斯”。

与此相对应的是运动裤，俗称“线裤”，穿在罩裤里面。但为了表示自己拥有运动裤，就让运动裤露出罩裤的裤脚管一寸许，以此为美。还有人一口气穿三条的，层层叠叠地外露，样子非常滑稽。

我五哥去黑龙江农场后犹如一只放生的小鸟，迟迟没有平安家信，老爸老妈急了，连发三封“哀的美敦书”催促。不久那浪子终于千里飞鸿，还遵嘱寄了一张照片，照片上的上海知青就一口气穿了四件“小翻领”，一大叠领子翻在下巴两边，赛过一叠馄饨皮子。那张照片是在北安县县城照相馆里拍的，布景画得十分拙劣，一片萧瑟的江面，一丛芦苇加几块顽石。五哥已经失去了当年咬破手指写血书的豪情，坐石头上表情复杂，外加一头乱成鸟巢的头发，看上去就像一个刚刚上岸的美蒋派遣特务，把一家人和邻居们都笑翻了。

当时，学生中最最时髦的装束是这样搭配的：黑裤子，而且将屁股和裤脚包得很紧，所谓“黑包裤”；其次是白跑鞋，也就是田径鞋。但穿也不好好穿，将鞋带抽了，“舌头”塞进去，当作拖鞋穿。今天小姐女士穿皮质的高跟拖鞋，可以从当时的白跑鞋找到渊源。如果是男生，再配一顶军帽，最好是部队里发的而非商店里买的那种，并将帽沿捏出一条很挺括的边沿来，或者内衬一圈硬纸，就跟张灵甫一样神气活现。

有人也可以说，这样的穿着是对当时令人窒息的政治气氛的反拨。哈哈，那是扯蛋。如此装束的主流，以学校里的小流氓为主体，他们吹着口哨在街上大摇大摆，感觉非常好，他们懂什么反拨？另外，摇摆在时尚与规矩之间的女学生也会在裤子上稍作手术，改得瘦削点，穿上身后就有点窈窕淑女的意思。

等我上初二，社会上又流行一种很奇怪的装扮方法。其时也，学生装又重出江湖。那是一种竖领的服装，有胸袋一只，下边是两个大贴袋，小青年穿了确实比较帅气。五四时期，学生装是新进青年的标配。还有一种就是具有经典意义的中山装。当时无产阶级阵营里的革命领袖也时常脱了军装换上这种服装，于是大家都穿。但中学生又不好好穿，嫌式样老气，就想出一个办法，将海员制服上的钮扣钉在中山装上——我到现在还弄不明白，当时的人对海员会如此感兴趣。

但实际效果又如何呢，海员制服的钮扣是橘黄色的，也有灰色的，钉在蓝色的中山装上，非常扎眼，很不协调。但时尚是从来不讲道理的，大家以为时尚，就流行开来了。

要命的是，商店里还没有海员制服钮扣出售，得从有关方面“讨”。我就从同学那里讨得一套，大钮扣五粒，小钮扣（钉在袖扣处和口袋上）若干粒，钉上后怎么看都觉得神气，朝气蓬勃，意气风发。

穿上钉了海员制服钮扣的中山装，足蹬雪白雪白的白跑鞋，就是那一年的时尚。要是再叼一支大前门，那简直酷毙了。

读到初三，军用棉袄进入我们的日常生活。这种草绿色的棉袄被绗了一根根一寸半宽的直线条，以防止棉花内胎滑落，腰部还有一根类似皮带的布质勒带，可以束身保暖。我从连环画上得知，这种棉袄最初是抗美援朝时志愿军战士的御寒装备，穿着它，可以十几小时趴在雪堆里不动，侦察敌情或打埋伏非常管用，足见它的保暖性是不错的。从当时的连环画看，在朝鲜战争中，与战友们一起潜伏在冰天雪地中的邱少云，就是穿着这样的懂经棉袄被美帝国主义飞机投下的燃烧弹烧死的，还有黄继光，也是穿着这样的懂经棉袄去堵枪眼的。到了民间，它又被彩色蚂蚁们改造了一番。有人用绒线编结一个领子缝在上面，看上去就漂亮多了，脖子也可免受风寒。

由于中学生们海员情结仍在发酵，也有人将黄钮扣钉在棉袄上的。

后来，女同学在灰色或蓝色的两用衫上也缝了绒线领子，而且更加宽大，有一种裘皮大衣的风韵。

与军用棉袄同时登场的还有“懂经鞋”。“懂经鞋”本来是相当平民化的松紧鞋，用黑色直贡呢做鞋面，很妥帖地覆盖着脚背，沿口左右有一对对称的松紧带，白塑料底，穿着相当舒服。这种布鞋在七十年代较长时段内风行一时，直到今天还有卖。不过总有人将好事弄坏，把这种体现劳动人民朴素本色的布鞋叫作“懂经鞋”，意为懂经人士所穿。所谓“懂经”者，很难用具体词汇来解释，大约特指某种什么都懂点、世故人情俱通的那类人吧。

再后来，有一种出口到阿尔巴尼亚又遭退货的米黄色咔叽裤子在街头流行起来，它相当的宽大，插进芦柴棒似的双腿后会产生一种神奇的飘逸感，配上藏青色的中山装会形成色彩上的强烈对比，以当时的审美标准来看，是能够博得较高回头率的，若换成今天的眼光，啧啧啧，绝对是老土一个。

与这种裤子对应的，则是“阿尔巴尼亚花”。这是绒线衫编结的一种图案，聪明的上海姑娘从难得一见的阿尔巴尼亚电影里看到女主人公穿着一种很漂亮的绒线衫，就破译了它的编结方法，然后演绎成上海街头的风景。

等我临近中学毕业时，上海人在穿着上似乎又跨越了一步，比如那年夏天突然出现了“越南衫”。这是一种布料自制的短褂——短褂是北方词汇，上海人只说短衫，做法极其简单，去布店选一块廉价的碎花棉布，对折成长方形，上面一刀，裁出领圈，两旁两刀，裁出袖口，领圈和袖口上缝上白色的花边，成了。因为它省略了前门襟，属于很凉快、很随意的便服，让身体获得有限的解放，女孩子们就特别喜欢。当时电影中的越南女民兵都穿着这样性感的便服与美帝国主义浴血奋战，故而就叫“越南衫”。有些女同学穿着它走进校门，灰色的校区内突然亮丽起来，我发现男同学们也普遍活跃了。由于穿着随便，或者有一点性感（当时这个词还极陌生），在有些卫道士的眼中就成了可怕的诱惑。不久，学校里的有线广播就响起了义正辞严的警告：从明天起，任何人都不准穿越南衫进入校门。

阶级斗争这根弦绷得真紧！

当时有句话常被工宣队员挂在嘴边：“阶级斗争松一松，敌人就会攻一攻。”因此，学校里常常会发起一场突然袭击，戴红袖章的学生分列校门两边，检查到校学生有没有穿奇装异服，有，则请回家换了再来。当然，被请退的学生当天都不会再来学校的，换了标准服装再来课堂等于服软，要被同学们起哄的。

我班有一个女同学，浑身一股泼辣劲，抽烟，骂人，打群架，样样来，据传已经有了一定的性经验，上海人称这路朋友为“拉三”。有次遇到这般隆重的检查后，干脆回家换了她哥哥的中山装来学校，穿也不是好好穿，而是像老干部那样披着，大摇大摆进来，有个男生多看了一眼，被她抽了一个巴掌。

我还记得那时候，学校里来了一拨机关干部，他们是按照有关指示下放到学校担任教师的。我们的班主任是电影局的干部，复员军人，写得一手好字。他给我们第一面的印象是：穿一件洗得发白的军装，下身是一条黑裤子，足蹬一双部队里发的黑皮鞋。下了课，女同学都说他“卖相不错”（当时还不说“帅”）。

有一次他穿了一件灰色的两用衫来上课，一进教室，就引起一片窃窃私语，他自己也笑了，解释说那件军装洗了，临时换上这件衣服。再撩起衣襟看看，也觉得这件灰色的两用衫与自己一贯形象有冲突，第二天就换了旧军装来上课。这一回，大家觉得他又“活过来”了。

那时候，学校里常年设有大批判专栏，大字报贴得铺天盖地，今天批“师道尊严”，明天批“读书做官论”，每个教师人心惶惶，乌鸡对豆眼。有一回，学校里突然贴出一批大字报，标志着教师们的新一轮窝里斗开始了。我正在“奇文共赏析”时，听得旁边有人哼哼冷笑一声，转眼一看，是英语老师任某。这位青年教师平时穿着比较出挑，据说她有海外关系，家境富裕。这种情报，总是在学生中传得极快。大字报上说她经常穿奇装异服上课，到了夏天还要喷洒进口香水，毒害青少年。比如格子呢大衣的钮扣只有三只，只只比酱油碟子还大！那天她正穿着这件短大衣，我偏头一看，果然有三枚硕大的钮扣，但还不足以与酱油碟子一拼。她注意到我在验证大字报的内容，就白了我一眼说：“真是吃饱了。”

一切从一只喇叭箱开始

经过几十年的艰苦奋斗，米老鼠终于在好莱坞星光大道上留下一对硕大的梅花爪印，那个留着八字胡的沃特·迪斯尼才会故作深沉地说：一切从一只老鼠开始。

现在，上海人也可以这么说了：一切从一只喇叭箱开始。

直至今天，上海人的家居布置案例已经无可争议地成为全国人民在奔小康的过程中不可或缺的初级教程。

如果模糊地界定，我们这拨人的青春岁月开始于《红灯记》里的痛说革命家史，但是必须说明的是，京剧中李铁梅高举红灯的形象，只能压抑白袷少年的雄性激素，直到交响乐伴唱《红灯记》横空出世，在小提琴和长号的激扬旋律中，我们才昂首进入迷茫的青春期。

上海人对西方文化的亲和力，似乎是与生俱来的，并没有因为十年动乱而丧失殆尽。现在，交响乐既然可以为样板戏伴唱，那么钢琴协奏曲《黄河》随后就汹涌而至，还有更具西洋味的弦乐五重奏《海港》。老百姓并不深究这路艺术样式的政治意义，而是敏感地觉得，西洋乐器也是可以表现“喜读了全会的公报”后的激情的。

于是，一阵暧昧的风轻轻地在猩红色的城市上空飘过，青少年在父母的诱导下血脉贲张地学起了小提琴，还有长笛和单簧管等洋玩意儿。在西藏中路音乐书店（已拆）里，三角钱一张的塑料薄膜唱片现刻现卖，跟今天麦当劳里做汉堡包一样。后来，居然出现了技巧很花哨的小提琴独奏曲《千年的铁树开了花》。

因为音乐，上海人开始寻找更能体现音响效果的媒介，于是，喇叭箱以一种可爱的笨拙精神出现在逼仄的生活空间。

在物质匮乏的年月，喇叭箱必须自力更生，几块松木板就能钉成一只箱子，甚至有人在走投无路时偷了老娘的洗衣擦板。最后一枚螺丝扭紧后，上色，罩漆，喇叭口前覆一块喇叭布，这种交织着缕缕金银线的布料在浙江中路、牛庄路几家交电器材商店里有售，无需布票。当时，这一带还是电子元器件的大本营，成千上万无线电爱好者在这里读到了线路板之外的人生。

喇叭箱意味着专心致志的享受，那就必须有一种休闲的姿态对应，于是，上海人开始做沙发。同样用杂七杂八的木板建立起稳定的框架结构，再从蓬莱路或虬江路一带淘来弹簧、棕丝和人造革，七弄八弄也成了。上海人将自己深埋在沙发里，倾听交响乐样板戏，以资产阶级生活方式接受革命传统教育。

再后来，知青们拖着疲惫的身躯回城了，本来就显狭小的住房更加紧张。搭了阁楼（不是一本男性杂志的名字，而是将一层楼切割成两层），凭户口簿排队购买包括水泥壳子板在内的废旧木料，然后做成捷克式家具（我至今也搞不清楚为什么把两边侧板正面边缘中间突出的那种很拙劣的式样叫做捷克式），同时，清漆、泡力水的供需也被大大拉动。一度，抽屉锁和门上的碰珠脱销。今天我们还能从万体馆的外墙立柱上看到捷克式家具的影子。从中国历史看，向来都是建筑影响家具，而在轰轰烈烈的上世纪七十年代中后期，家具居然影响了建筑，这很值得研究的。

接下来，上海人硬是在很小的房间里挤出一只角，安放一具装饰橱——因为三面装玻璃，也叫玻璃橱——陈列咖啡具拉丝茶杯长毛绒玩具洋娃娃唐三彩马无锡大阿福。这是上海人家中的亮点，台型不台型，主要看这只橱。

做好家具，知青们就要结婚了。

生活稍有改善后，轮到我们这一代人也要像小公鸡一样寻找对象了，当时女方开出的条件一般是：三转一响（自行车——以上海牌为佳、手表——也是上海牌为佳、缝纫机——蝴蝶牌或蜜蜂牌，加一只收音机——以红灯牌三波六管为宜），新房内要有三十六只脚——这是对一套家具的约定俗成的度量。如果这条件满足了，女方才会觉得嫁出女儿没吃大亏。就像童话的结尾——从此，他们过上了幸福的生活。

准备结婚的队伍过于庞大，而国家正在短缺经济时代徘徊。买家具必须排队，光有户口簿不够，还要结婚证书。我就是拿了红派司挤进金陵东路艺林家具店后门一条小弄堂里的，那里早已有大群人像潮水般地排山倒海，每个人头顶上升腾着阵阵热气，就像刚出笼的馒头。我还算幸运的，前一拨人——天可怜见的，只能买半套，买了大衣柜就不能再买五斗橱。有人排队也买不到，只能开后门通路子，送点香烟送点酒——当时的风气真让人怀念。

好了，谢谢邓公，三十六条腿凑齐了，喜宴也就摆开了场面。

再接下来，福利分房在各单位渐次拉开序幕。通过种种手段，吹牛拍马、虚张声势、鼻涕眼泪、苦肉计加美人计以及红面孔白面孔交替变脸的游戏，终于分到了一小间房子。原先的栗壳色家具显得老土了，扔，引进充满时代气息的组合式家具。这种家具的好处和坏处都在于像游泳池里的更衣箱，正好贴满一堵墙。它有效地利用了空间，以便腾出空间放一对沙发厂出品的真正皮质转角沙发。我们可以坐在正宗的沙发上看彩电，或与亲朋好友商量去深圳还是去日本。胆大的先驱者要脱离体制的羁绊，寻找一个新的旧金山。

到了上世纪九十年代，先富起来的一部分上海人，抢先一步改善了住房，他们是新一代冒险家，在居住空间上似乎也体现了为人表率的积极性。只不过这种积极性受到了“现代化等于全盘西化”的错误观念误导，于是，上海人的家居布置出了两个洋相：一个是酒吧台，不管房间面积如何，也不管主客有无嗜酒的习性，一进门先做个酒吧台，主客隔着吧台两两相对，酒吧台上面内置两三盏射灯，投下一片刺目的青光，这确实与西方电影里的酒吧情景相吻。但时间一长，以酒代茶的生活方式在推行过程中遇到经济实力、酒量及假酒等方面的层层干扰，袖珍酒吧台就成了聋子的耳朵。第二个洋相是壁炉，过去上海的洋房或新式里弄房子里是有壁炉的，但在新中国建立以来的半个世纪里，为了厉行节约，为了与资产阶级生活方式诀别，更因为煤与柴是计划供应的，激情燃烧的壁炉被迫收起最后一抹火苗，烟囱也被麻雀做了新巢。在住房改善之后，有一部分上海人重拾壁炉梦，买来石膏或大理石的壁炉架，往墙上一贴，成了。烟囱在哪里？没关系，商家适时推出仿真壁炉柴堆，往炉膛里一塞，通了电，很快变红发热，满屋子北欧情调，速溶咖啡冲好后，主人频频观察窗外，盼望天降大雪。但是这种壁炉毕竟属于违章建筑，石膏、大理石的质量又太差，没几年就露出破绽。

在一番血淋淋的拼搏后，更多的上海人告别了以亭子间和三层阁为标志的狭小空间，入住以客厅、餐厅、主卧、次卧、书房及双卫生间为基本格局的新房，人均居住面积超越港澳，盖过台湾，向欧美国家逼近。在内部环境方面，也就是在家具布置上，呈现两路风格，一路是西式的，又分出宜家的简约型和仿巴洛克的豪华型。另一路是中式的，也分出以海派的实用型和古典的明清豪华型。

宜家的简约风格颇能赢得小资的青睐，因为北欧人性化的设计在提供方便的同时，也给了主人诸多借口以掩饰装潢预算的不足。而靠政策、机会、市场潜规则及灵活的推销方法在社会第二次分配上完成原始积累的暴发户们则更愿意用繁复无比的欧洲古典式样（以达芬奇为代表）来撑满空间，这与他们的美学知识仅限于维纳斯或蒙娜丽莎有关，更与他们希望借助西方文化的强势符号来满足虚荣、企图进入主流社会有关。

要论中式风格，海派两字依然是打遍天下无敌手的秘辛。上海人在西洋家具与中式家具之间寻找到了平衡，东借点西偷点，达到了人性的、家常的又不乏新潮的视觉效果。因为实惠——这个词是非常有弹性的，也因为保守，使用期限可以比较长。先进的材料和加工手段也为这种折中主义方案提供了可能。这几年，与新天地周边的新造楼房一样，新艺术运动的一些元素也开始回潮。

而明清家具美学与经济价值的再次发现，肇始于上世纪八十年代中期，醉心于中国文化的老外们是始作俑者，他们从民间广泛收罗这些被人遗忘的老家具，赋予它们新的生命，布置新居或转运到国外，大大获利。这一波狂潮让中国人惊醒过来，于是文化人后发制人，而且下手更狠更准。这种风气也被乐于追逐时尚的、有一定艺术经验的、很在意被人肯定的上海人感受到，他们从虹桥路一带买来老家具，或请店家老料新做，于是居室里胀满了古典风尚。四件柜、翘头案、官帽椅、香妃榻、罗汉床、架子床、霸王帐大方桌……盛世年华，遗风雅调。若是再弄件唐装穿穿，玩个茶道，烧炉棋楠香，小叶紫檀或老密蜡的摆件那么随便一扔，就更加牛逼了。

呵呵，生活就是这样，在轮回中沉沦，在轮回中提升。一切从一只喇叭箱开始。

茶馆，童年故事的背景

在我老家崇德路与普安路相交的那个丁字路口，以前是有一家茶楼的，它好像没有什么正式名字。听大人提起，就叫“饼干厂楼上”，因为很久以前它的楼下开过一家饼干厂，后来成了一家食品店。提笼架鸟的老茶客要上这家茶楼，得从楼下一家老虎灶旁边上楼梯。老虎灶门前常年堆着一堆煤渣，泼了水，风就不能把煤灰吹得昏天黑地。每当放学回家，我喜欢从老虎灶面前走过，这样就能听到楼上传下来的说书声，有时说书先生冷不防地将惊堂木一拍，把我吓一跳。看我这个样子，倚在灶头旁的老头子就笑了，问我想不想上去看个稀奇。

终于有一天，我约了两个同学上去看了一眼。因为地处街角，茶楼的店堂就呈扇型展开，靠窗口一溜八仙桌，中间还散置着几张，每张桌子周围都坐得满坑满谷。堂倌提着紫铜水壶在桌子中间脚头轻快地穿梭着，将一线白亮的开水精准地穿进一把把紫砂壶里。说书先生是个老头，瘦如干柴，晃着一件竹布长衫，正唾沫横飞地说着《三国》。茶渍斑斑的白桌布上搁着一把紫砂壶，每当他猛拍桌子时，壶盖就会跳一下。大概还不过瘾，手里的折扇一会儿哗地展开成了一片云，一会地呼地收拢变成一杆枪，看得我们眼花缭乱。时已初夏，茶客喝着茶，散漫地聊着天，似乎没在听他说些什么，这个时候关羽要是和刘备打起来也不会有人在意。靠窗的几个老头打起了盹，发出轻微的鼾声，口涎把胡子弄得湿湿的。再仔细看，说书先生长衫的腋下也湿了一大片。唯一不知疲倦的是窗外笼子里的小鸟，叽叽喳喳叫个不停。

带有苏北口音的《三国》并不好听，我们很快就下楼了，相比之下，在弄堂里玩官兵捉强盗更有劲些，但是那个情景却永远印在我的脑子里了：窗外挂满了鸟笼，在密密匝匝的树阴下，在微风的扫拂下，这些鸟笼轻轻地摇摆着，鸟们得到了主人的宠爱和大自然的照拂，叫起来更加欢畅了。所以我常常在一个人时想象我的老年，骑一辆自行车，车把上挂两个鸟笼，笼子一定要有绣着白花边的青布遮盖着，以防小鸟受到惊吓。到了茶楼，停了车，提着鸟笼上去，找一个靠窗的老位子，把鸟笼挂到窗外，并将对外的那扇布帘撩起来，让小鸟看得见野景而与相邻的同类隔绝，这样它们就不会为了争鸣而叫得精疲力竭。这些小鸟通常是百灵、画眉、腊子、八哥、秀眼，那时候谁要是养一对中看不中用的芙蓉，真要被同好笑死了。

读三年级时，突然有一天，这个茶楼一点声音也没有了。有几个老茶客不知情，还提着鸟笼来喝茶，被一帮红卫兵截住，一把夺过鸟笼就往地上砸，鸟笼散架了，小鸟惊飞了。几天后，有个老茶客在十字路口想把他的小鸟叫回来，他把一个钮扣大小的铜哨子含在嘴里，发出的声音非常婉转，他叫一声，树上的小鸟就应一声，但始终不肯飞到他的肩上来。再后来，有个红卫兵抄起一把气枪把树上的鸟都轰跑了，那个老头据说后来也郁闷死了。

从这个时候起，街头的茶馆就像是遭了一场漫天大火，没了，只留下老虎灶还在为人民服务。

到老虎灶泡开水，是每个有石库门房子生活经历的上海人的温馨回忆。特别在天寒地冻的三九天，拎着汤婆子向那个亮着灯光的老虎灶走去，那里已经有三五个人排着队了，因为泡开水的人大多，水来不及烧，此刻的水还不见气泡，灶头上的师傅把紧了铜龙头硬是不肯让未沸滚的水出售，一分钱里可见传统的职业道德，如今说来是有点迂腐的。在有些老虎灶，一到夏天还设汤盆供客人洗澡。在灶头的后半间屋子里，一块布一隔就是澡堂了，在农村用来采红菱的那种腰子型大木盆，嘭地一下掼在地上，灌满了热水。一般都是老头，跳进去泡得浑身酥软，然后满脸通红地将布帘一撩出来，在临街摆开的桌子上喝一壶茶。

我喜欢看灶膛里落下的星星点点的煤屑，在水里发出轻微的声响，我也喜欢看屋顶上的烟囱窜起星星点点未燃尽的木屑，在深沉的夜色里像一个个快活的小精灵。所有打赤膊的老头都有层层叠叠的赘内，个别还有满身的刺青，青龙白虎，让人看了害怕，可是老虎灶里的师傅例外，他也是胖胖的，见人熟，爱说笑话。还有，他一定喜欢喝茶，手里托着一把包浆很亮的紫砂壶。

后来，泡一瓶开水要三分钱了，老百姓很有意见。没过几天，干脆要一角钱了，老百姓发现提意见没用，干脆不响。再后来，成片的老房子被推倒，在留守老街的老虎灶里，煤球炉换成了煤气灶，烧水比以前方便多了。但汤婆子又被一种扁扁的电炉子代替了，谁还会去泡水冲汤婆子呢。我结婚时，妈妈知道我向来怕冷，就给了我一个汤婆子，但一直没用过。泡开水和泡汤婆子的人少了，老虎灶的生意越来越清淡，只好关门。终于到了新世纪，老虎灶的大限到了。前几天看到报纸上披露：黄浦区“最后一个老虎灶”在湖北路浙江路交会处，正好在程裕新茶庄隔壁。泡开水的人少了，它在那个寸金之地难以维持下去，程裕新茶庄就把它吃了下来，扩充为茶室。

后来我看到一份统计资料，清宣统元年上海有茶楼 64 家，到了民国八年，这个数量达到 164 家，随着城区地域的拓展和人口的膨胀，至抗战胜利那年已经发展到六百多家，到了解放前夕又有长进，至少有八百家。而在林林总总的茶馆中，就有许多像我老家那种老虎灶兼具书场功能的茶馆。

后来又有朋友告诉我，黄浦区内“最后一个老虎灶”不是程裕新隔壁的那家，它仍顽强地挣扎在黄浦区温州路牯岭路口，它是老虎灶，同时也兼着茶馆。高楼大厦后面的那两条小路，狭窄而潮湿，那个老虎灶也由一对老夫妻承包着，设备——请允许我在此引用一下公文语言——自然相当简陋，老虎灶向建筑工地上的工人和临时租住老房子的外地人供应开水，但泡水的人毕竟与以往石库门的原住民不可同日而语了。那个茶馆则是从老虎灶旁边辟出半间屋子来，摆了一张桌子，天晴时也可移至户外。茶客中，年龄最大的一位已有九十高龄了，而住得最远的一位，家在龙柏小区，赶到此处来喝一壶茶，路上就要消耗一个多小时。这老人喝着茶，有一搭没一搭地闲聊，轻松自在，无拘无束，脸上的表情十分安详，偶尔也会谈起不愉快的话题，比如家庭矛盾和社会丑恶现象，也是通脱的，带着自我排解的意思。我不知道这个老虎灶还能开到几时。

在我们这个现代化步履匆匆的城市里，高楼大厦如雨后春笋般地耸起，商业街日新月异地发生着让海外游子惊叹的巨变。在商品经济的大潮冲击下，那种富有人情味的茶馆如一片烂木头，永远地搁浅在海滩上了，取而代之的是新式茶坊的崛起，它是消费新亮点，是快节奏、功利性的现代生活的注脚，是白领阶层的社交场所，收费当然比较昂贵，一般退休职工就只能过茶坊而咽口水了。

二、后厢房·栀子花

所有一切弄停当，养在一只青花大海碗里的水仙花一声不响地开了，寒冬腊月光线不足的后厢房就弥漫起淡淡的幽香。接下来老爸买来红纸，裁成长条写春联，他是照着毛主席诗词写的，一般选的是“春风六亿”、“天若人间”、“红雨青山”等，比较没有火药味，假如写“金猴奋起千钧棒”或者“冻死苍蝇未足奇”，总归有点煞风景吧。

1949年·沈家纪事

65年前的今天，上海正处于“天翻地覆慨而慷”的历史转折点，往前一星期，一批仁人志士倒在了黎明前，往后一星期，市民们扭起秧歌欢唱“解放区的天”。个人的命运处在如此跌宕诡谲的大变革中，往往如一片树叶在急流中沉浮，身不由己，不知所措。这几天，媒体对历史档案的深入解读颇让人感慨，这就让我想起我们家的小历史，种种细节记一点下来，聊作大历史的补充吧。

我父亲是那个时代的外来移民，他从绍兴来，先到湖北路大上海胶鞋店当店员，后在亲戚朋友的帮助下，到八仙桥金陵中路的永兴胶鞋店当经理。抗战胜利后的1947年，他在南车站路108号租了一间店面，把永兴胶鞋店的股份拆出来，开了家胜利胶鞋店，雇有两个职员，一个学徒（这是老人家在他的自传里写的）。

这家小店就在南车站路与徽宁路的拐角上，砖木结构矮平房，一开间门面，下面是店铺，上面搭一只阁楼住人。那个时候我还没有出生，一切都是父母与二哥在我懂事后点点滴滴告诉我的。

1949年初夏，蒋经国限价已告失败，供应匮乏，物价飞涨，人心惶惶，胶鞋店的生意陷入困境，“1500双胶鞋亏蚀殆尽”，为了挽回败局，父亲请来一班吹鼓手，爬上屋顶，吹了一天的“大减价”，但由此产生的利润还不够支付吹鼓手的费用。父亲还特意请人拍了一张照，这是我日后看到的关于我家与资本发生瓜葛的第一张珍贵的照片。四五个大男人身穿长衫，手持铜喇叭和大鼓，略显笨拙地坐在老虎窗前的形象，深深地印在我的脑海里。

如果非要说吹吹打打产生了广告效应，那就是在几天后，小店又度过了惨淡的一天，父亲与伙计正在上排门板，冲进来一个蒙面大汉，一支手枪硬绷绷地杵在父亲腰眼上：识相点，钞票拿出来！父亲吓得浑身筛糠，双手举得老高，马上叫伙计将放营业款的木匣子递给他。天可怜见，那里面真的没多少钱，而况是见风就跌的金圆券。大汉不满足，顺手将柜台上的红木算盘也掳走了。

父亲去警局报案，警员要父亲描述一下抢劫者的面目，他当时哪里敢正眼看啊，只会反复说着三个字：勃郎宁！

损失营业款顶多全家饿一顿，还不至于成为覆巢之灾，真正的打击是在两天后。那天乌云密布，北方枪声响得紧迫，父亲不时看到有人慌里慌张沿着南车站路向南跑。顾名思义，南车站路是根据火车站命名的，这个车站，是沪杭线上的一个站点，我后来知道它与江南制造局有点关系，淞沪抗战爆发时，侵华日军的轰炸机将它当作军事目标，炸得七零八落，战后又重建一过。解放前夕，这个车站就成了国民党逃兵的诺亚方舟。到了那天下午，小街上所有店铺都上了排门板，街面一片萧条。我们全家——父母和大哥二哥——都躲在阁楼上，老虎天窗也不敢打开。

突然有人急促地拍打店门，父亲刚想下楼看个究竟，店门已被一脚踹开。一群国民党逃兵将一个货架拉倒，抢了胶鞋就给自己换上。这群逃兵也真可怜，臭脚丫子皮开肉绽，流血流脓。他们穿上不甚合脚的胶鞋，继续往车站末路狂奔。父亲看着扔得满地都是的那堆破鞋，欲哭不能。但形势不给他充分表达感情的时间，后来跟上来的一批逃兵，继续闯进小店满地找鞋，新胶鞋没有了，他们就在前轮逃兵扔下的鞋中寻找尚可对付的二手鞋穿上，继续南逃。天黑后，小店共“接待”了四批逃兵，留下的破鞋一批比一批烂，一批比一批臭。父亲终于认识到这些破鞋没有任何价值，就干脆扔到门外去，他的想法是，若有叫花子看中的话，也算物尽其用了。

第二天黎明，上海迎来了解放。一切都像电影里拍摄的那样，解放军战士睡在马路上，南车站路也有那么一小队——因为这条街上就有一个警局需要接管。父亲开门看到，那堆烂鞋还在，解放军战士穿的是草鞋。

父亲文化程度初中，在那时也算秀才级别了。他为小报写过稿子，意气风发地抨击过社会弊端，这些旧报纸也成了我家的“珍档”。江山易帜的那几天，所见所闻震撼了他。不过经过国民党逃兵的洗劫，他破产了，解放后他经二叔介绍进了永丰橡胶厂，二叔是这家厂的股东之一。又过了几年，公私合营，永丰厂并入正泰橡胶厂，父亲成了工人阶级一员，后来又当起了厂校教师，火红的岁月里他写了大量新民歌，歌颂总路线、大跃进等，要不是“文革”突然降临，他就顺利加入上海作家协会了。

“文革”一来，家里被抄，父亲被贴了大字报，罪名之一：“资敌数批”。造反派的逻辑是这样的：你让国民党逃兵穿上新胶鞋逃出大上海，不就是资敌吗？不然解放军完全可以全歼汤恩伯残部。

父亲在他写的交代中又提及一事：1949年秋天，驻扎警局部队的一位勤务兵去老虎灶泡开水，两手提着四只竹壳热水瓶路过我家门口，二哥正与一群小伙伴趴在地上打玻璃弹子。他一起身，撞翻了其中两只热水瓶，滚烫的开水浇在身上，当场惨叫一声昏过去。此时天已转冷，他身上穿着毛衣，否则烫死无疑。但即使如此，手臂上还是留下一大块终身不去的伤疤。父亲写道：解放军纪律严明，要判这个勤务兵三年官司，我不忍心叫战士断了前程，到区政府求情，结果小战士关了一个月的禁闭就放出来了。

父亲想赞美新政权，造反派却读出了刀光剑影：你难道还想反攻倒算吗？父亲于是又被批斗一场。

直到今天，天气再热二哥也穿着长袖单衣，臂膀上的伤疤很深，也很刺目。

父亲的遗产

人间五月，芳菲繁盛之时，父亲却离开了我们。父亲生前留下遗嘱：丧事从简。一则是因为正值“非典”时期，二则是缠绵病榻多年，也没有多少积蓄了。现在我才知道，也就是几千元而已，整修一下在杭州南山公墓的归宿——那是十一年前做好的双穴，母亲在那里等他——也就差不多了。但是从前几年起，父亲就将自己的作品剪报手抄了几本，在封面上题了字，分赠给我们六个子女。“谢公最小偏怜女”，父亲将一本剪报的“正本”留给了我。

黑色硬面抄里密密麻麻地贴着父亲于上世纪五六十年代发表在《解放日报》、《文汇报》、《劳动报》、《新民报》、《诗刊》、《上海文学》、《萌芽》等报刊上的诗作。这些诗作烙下了时代的印记，内容是歌颂大跃进的，赞美总路线的，但在父亲笔下，倒没有声嘶力竭的口号，大多生动描写了第一线劳动者的精神风貌，朴素的感情至今灼热。留给二哥的是一本诗集，是以父亲的一组诗《在跃进的日子里》命名的，是父亲与另三个工人诗人的作品合集。父亲的组诗刊发后，时任文化部长的茅盾先生还在《诗刊》上撰文予以肯定。那本薄薄的诗集，内芯纸张灰黄而粗糙，比今天的草纸都要差许多，是大跃进年代最真实的信息承载。

与哥哥姐姐们相比，我算是幸运的，因为我可以说是父亲辛勤笔耕的目击者，当时的情景至今历历在目。通常是休息天，有时是下了班，他披着一身风尘赶回家——这多半是接受了很急的稿约。灯下，他在饭桌上铺开稿纸，心中念念有辞地书写着。父亲在位于杨浦区的正泰橡胶厂上班，不是每天回家，故而我有点小兴奋，耐不住旁观他捻须苦吟的沉寂，故意弄出点声响来，以期他的垂怜。但他不理我，直至我跑来跑去引起地板颤动，致使他将字写得走形，才抬起头来呵斥我。但当他写完最后一个字将稿纸装入信封内，脸上马上春风和煦了。诗作见报后，特别是收到五元、十元的稿费，可聊补无米之炊，他便在饭后往床上一靠，打开收音机听一段评弹，便是最大的犒劳了。

比较而言，我更爱读父亲发表在《儿童时代》、《小朋友》这类杂志上的新诗，一是因为有插图，助我理解和想象，二是这些诗浅白易懂。记得有一首是这样写的："妈妈养鸟不喂米，一群小鸟飞呀飞；妈妈种花不用泥，四季花开真希奇；妈妈开动印花机，百花开放百鸟飞；印出匹匹新花布，万紫千红真美丽。"这首诗卖了几个关子，给我留下了深刻印象。此外，还有一首诗里，父亲把并不美观的套鞋比喻为"黑鸳鸯"，也让人拍案叫绝。可以说，我是通过读父亲的诗而获得启蒙的，并激发我第一次投稿的意识。好几次我在《儿童时代》上看到有少儿习作刊登，半多是绘画，比较幼稚，我看了很不服气。于是一时技痒，画了一组反映南越游击队伏击美国鬼子的四格漫画，央求父亲与他的诗作一起送交杂志社，但两个月后，他的新诗发表了，我的漫画却不见踪影。直至某天母亲洗换床单，我才意外发现那幅四格漫画"躺"在被褥下，当时我真委屈极了。长期来我一直认为父亲扼杀我的第一篇习作，后来才知道他与美术编辑并不熟识，他是没有办法的。

翻检父亲的遗物，我得知他在 1937 年 19 岁时就在《新闻报》上发表杂文了，次年还写了《我们的忍耐是等死》一文纪念"一二八"抗战，上海沦为孤岛后，也写了不少反映社会底层生活的文章。建国后他改写诗歌，尤其是大跃进那几年，是他的"井喷期"，共发表了 400 余首诗。十年动乱初，家中被抄，造反派们翻箱倒柜大半天，只搜了几本父亲的剪报集而去。后发还时，已大半散失了，如今传到我手中的劫后余存，弥足珍贵。

父亲在上世纪五六十年代是颇为活跃的工人诗人，晚年与我谈及王森、李根宝、谢其规、仇学宝等同道，为自己没有紧紧跟上而有些懊恼，也有些不服气。如今，理论界盘点建国后的文学成果，对工人作者创作的新民歌要么视而不见，要么冷嘲热讽一番，这是有失公允的，放在当时的大背景里，成千上万的工人从扫盲班出来就疾步跃上赛诗台，并对整个蓝领阶层文化素养的提升起到了示范作用，这不是一种应该欣慰的气象吗？更而况他们对人民对国家不容置疑的真诚，尤其是主人翁意识的张扬，即便是今天也应该给予充分肯定的。

父亲的创作态度热情也深深地影响了我们，后来三哥嘉荣成了画家，二哥贻炜和我成了作家，大哥贻忠虽然精于会计，是大学里的总会计师，但文学素养也不差。也因此，我们在送别父亲后领取了属于自己的那一份遗产，觉得这是天底下最有价值的财富。

又想起一件事。进入癸未年后，父亲诗兴再发，写了一首七律投寄到《新民晚报》。我怕编辑不注意，特意跟“银发生活”专版责任编辑、我大学的同学孙钟焜兄打了声招呼，很快，这首《吉羊送来健康春》刊发了。父亲很高兴，嘱五嫂金华将报纸送到曙光医院，给“巧施银刀剜毒根”的那位主刀医生看，因为父亲在诗里表达了对医生的感谢和与病魔抗争的信心。谁知那位“女华佗”并不领情，“诗里又没有我的名字！”悻悻地掷于地上。

弥留之际，我守候在病榻前，因为呼吸急促，父亲已口不能言，我看他似有交代，就将圆珠笔塞在他手里，再将一本杂志悬空请他手书，但呼吸急促的父亲只写了一个“要”字，接下来是一团曲线，牛马莫辨。拔去他的笔，觉得他手上还带着劲，意犹未尽，心有不甘啊。

最忆儿时菜根香

老祖宗传给我们一本书，叫做《菜根谭》。前些日子被人从箱子底下翻了出来，广泛印发。我也买了一本，读几页就不耐烦了。不就是一些陈米烂谷子嘛，“知之为知之，不知百度之”的现代青年还不明白？要说警策，还不如时下流行的俗语诸如“有权不用，过期作废”之类来得惊世骇俗。

不过对于菜根，我是颇感兴趣的，也有着特殊的感情。小时候家贫，一日三餐基本吃素。但妈妈善持中馈，又从故乡绍兴带来了一手加工蔬菜的手艺。每到深秋矮脚青菜大量上市时，就去菜场拖来一筐。那时的青菜真便宜，一分钱一斤！妈妈先将青菜摊在屋顶上暴晒几日，逼去水分，然后一棵棵地抹上粗盐，结结实实塞进一口大缸里。完了吗？没完！妈妈叫我在上面踩几脚。我不敢，因为听别人说过，菜场里腌咸菜的工人都生有足癣，赤脚接触盐水后痛得钻心，就不由自主地加快动作，如此，咸菜才变得特别鲜美。我虽无足癣，但也有顾虑，如果痛得“马不停蹄”，那多狼狈啊。妈妈不跟我多啰嗦，一把将我抱起就往缸里一栽。哦？非但不痛，赤足踩在生脆的菜皮上还凉丝丝的怪舒服呢！踩实后，母亲再抱来一块石头压在上面。一个月后咸菜慢慢转成灰黄色，还有混浊的黄水滋出来，就可以吃了。生的吃，煮着吃，炒着吃，爱怎么吃就怎么吃。因为自己亲“足”踩过，吃在嘴里别有一番滋味在心头。吃到缸底，咸菜带有微酸，更加开胃。

妈妈的本领不止于腌咸菜，她还会把青菜投入沸水锅里氽一下，捞出后用线一棵棵地串起来暴晒成淡菜干，切碎后放进一只甏里，用油纸封严。来年开春青黄不接，抓一把煮汤，又香又嫩，再浇几滴麻油，味道自然更好。青菜还有一种更加简便快捷的腌制方法：小青菜或雪里蕻切碎，拌上盐放在大碗里，上面压一瓶水，次日就可以吃了。这种暴腌咸菜有轻微的辛辣味，与百叶丝一起炒，或者烧豆腐，或者拌豆腐干丝，再加春笋嫩丝，味道更佳。

妈妈还晒过马兰头干、刀豆干、豇豆干，和肉一起烧，有农家风味。米苋老了，她就扛回一捆米苋梗，切段，装甏，加入臭卤，过一段时间蒸着吃。闻着臭，吃着香。吃完了米苋梗，臭卤还不肯倒掉，扔几个菜头进去，也是很下饭的菜。妈妈还会做霉百叶，正宗的叫法是霉千张，据说周总理生前也爱吃。

妈妈加工蔬菜时，我很乐意当她的下手。妈妈挽起袖口，露出结实的手臂，显得十分愉快和满足，她在大把大把洒盐时又是那么的慷慨！妈妈说：能吃咸菜的人，什么事也难不倒他。妈妈的手艺我没学会，但这句朴素的“菜根谭”却一直腌在我的心里，时时调味我的生活。

又到霜降大地菜根香的美好时光，遗憾的是妈妈再也不能腌咸菜了。弥留之际，她什么山珍海味也不想吃，就想吃一口咸菜。父亲跑了好几家菜场才买回那种微酸的咸白菜。她艰难地咀嚼着，脸上露出了满足的微笑。她一定在回味大把大把洒盐时的喜悦吧。

我喜欢吃咸菜，吃极臭的霉菜梗、霉千张，而且最好是自家做的。这并非是大鱼大肉吃多之后的矫情，我在物质和精神上都还没有奢侈到这种地步。实在是食性使然，实在是菜根太香的缘故。可惜我的儿子再也没有这样的口福了。

妈妈的毛衣，妈妈的手

很小的时候，我就成了妈妈的帮手。妈妈在里弄生产组绣毛衣，一度集中在弄堂里某间昏暗的客堂或通厢房，几十个阿姨叽叽喳喳地围绕长桌劳作，气氛比小菜场还热闹。这里是比街道工厂还松散的生产单位，也是流言蜚语的温床，差不多每天都会发生钩心斗角的故事，但风浪很快过去，彼此又抱团取暖。后来采取包分单干的形式，也就是每个人可以将活带回家做，隔两三天交，验收合格后记工，每月结账。妈妈当然乐意，可以兼顾家务，更可以发动全家一起做。我姐姐正在读高小，却心灵手巧，成了主力军。四个哥哥中的二哥三哥，一个高中，一个初中，也加入了绣花的队伍。文质彬彬的小伙子啊，怎么去绣花呢！而况我这两个哥哥绝对是读书的料，为此还戴上了度数很深的眼镜。但是没办法，绣花的收入是很低的，起早贪黑地绣，到月底也就是二三十元的进账。两个哥哥知道应该帮妈妈一把，放了学，书包一扔就坐到台子前。我呢，刚读小学一年级，那时候功课少，作业在课堂里就做完了，回家后就要帮妈妈穿线。从整绞的开司米线中轻轻抽出两股或六股，仔细穿进针眼里，不仅要眼力，还要耐心，所以我早就知道“富人要进天堂，比骆驼穿针眼还难”这句阿拉伯谚语的意思了。穿好的线还得团成圈，分类摆放，便于大人取用，让他们绣包花或十字花。对此我是不情愿的，谁不想放学后在外面玩呢，或者看看连环画，涂个鸦什么的。但是我也懂得，家里穷，不允许吃闲饭。

班主任来家访，先检查我的作业，唔，蛮好。又看到我在帮妈妈穿针引线，也蛮好。这个时候的老师通情达理，有烟火气，大多数也是由家庭妇女转型的。

为了帮妈妈绣花，二哥耽误了复习，没考取大学，其实他成绩是很不错的，文科尤佳。三哥会画画，以高分考取了免收学费又有津贴的轻工业学校美术专业。但即便如此，家里还是入不敷出。天冷了，妈妈用绣花剩余的开司米给我结

了一件毛衣。因为开司米是废物利用一根根接起来的，长的十几尺，短的三四尺，线头至少有两三百只。这难不倒手巧的妈妈，她将线头全部藏在里面。但因为用了各种颜色，这件毛衣就特别花哨，一圈红一圈绿。我央求她在领口处用同一种颜色结，她也满足了我的要求，这样我穿上后，看起来还比较像回事。但妈妈又揪着我的耳朵关照：在外面不要将外衣脱了。我知道这是怕被外人发现这个秘密，用公家的开司米结自家的毛衣，这是挖社会主义墙脚。

二哥后来去了新疆生产建设兵团，他的来信就成了家里的头等大事。有一次邮递员在楼下叫父亲姓名：新疆汇款单，敲图章！爸爸在厂里，妈妈去生产组交活了，姐姐在洗衣服，我赶紧从五斗橱里翻爸爸的私印，下楼取了汇款单。二哥寄钱来了，真是雪中送炭啊！但邮递员扑哧一声笑了：你身上这件毛衣真好看啊！我低头一看，脑门嗡地一声响，面孔就烫得可以烙饼。姐姐刚将我的外套脱下去洗，我居然忘记自己穿着不能示人的花毛衣！

好在发现这个秘密的是邮递员，若是被邻居看到就麻烦了。

事情过去很多年了，这一幕我永远不会忘记。十多年后我写起了文章，第一笔稿费是8元，买了半斤驼色开司米，请姐姐给妈妈结一件毛背心，妈妈穿上后很高兴。

二十年前妈妈去世了，她留下一些极简单的生活用品，我挑了一件妈妈穿过的毛衣作为纪念。毛衣是黑色的，元宝花式样，又松又软，像妈妈的身体。对了，那时候妈妈在夏天还要绣花，手臂上都长满了痱子，我给妈妈打扇，给她挠痒痒，妈妈的身体我是熟悉的。二十年来，每年我要太太将妈妈的毛衣拿出来晒一晒，顺便抚摸一遍，有如接触妈妈的身体。这份感觉，比每年清明去杭州南山扫墓更真切。

妈妈的毛衣旧了，毛衣上妈妈的气息也被樟脑丸的味道覆盖了，我请太太拆散了它，重新编结成一件毛衣，而且用粗棒针，结得松松软软，我穿上它，就好像每天又跟妈妈在一起了。有一天下班后，我穿着它在躺椅上看报，不知不觉睡着了。妈妈的手，抚摸着我的肚子。她说：看看，看看，你胖成什么样子啦！

我一喜，一惊，又知道这是梦，但不想睁开眼睛，我的手紧紧地抓住毛衣的一角，可是苦命的妈妈啊，离开我已经二十年了。

五香豆的回味

一不小心在2007年出版了《上海老味道》一书，居然成为我码字以来最畅销的书，重印、再版，不亦乐乎，我就此被戴上美食家的高帽子，也有不少饭店请我白吃白喝。但我更在意的是，经常有读者来信问这问那，互动让我受益并感动。这不，上周有一位兰州读者千里飞鸿，他是在上世纪六十年代随企业一起去支援大西北的，在那里恋爱成家，生儿育女，十五年前退休，无病无灾，近来时常想起小时候的人与事，不禁热泪盈眶。他请我帮他买两斤城隍庙五香豆："网上是可以买到的，但我怕来源不对，只有你帮我去买，才能保证最正宗的味道。"最后他拖了一句："人老了，总是怀念过去的老味道，请你原谅一个老人的固执。"

老人是固执的，但也有道理。城隍庙五香豆驰名九州，国外也有众多粉丝，但假货也很多，城隍庙周边小店里出售的五香豆价格便宜，品质却可疑，只有在城隍庙里的老字号购买，才能获得最好的口感。为解老人乡愁，我特地去九曲桥边上的那家五香豆商店买了两斤，牛皮纸包装也颇有古意。快递过去，几天后兰州那里来电：太好了，就是这个味道！小时候的味道！

写这篇文章，一点也没有为五香豆做广告的意思。但这粒小小的豆，勾起了我的几段少年记忆。

在我小时候，五香豆是我家经常储备的零嘴，但到了十年动乱时期，据说生产五香豆的蚕豆供货紧张，每月也只有两吨，生产任务不足，只好限量供应，那么群众只好排队购买了。接下来是上山下乡高潮，知青想念家乡的理由中，有一条也许就与五香豆有关。我家三个哥哥都去了外地，父亲经常带我去城隍庙买五香豆，因为每人限购两袋，多一个人排队就可以多买一份。有一次我跟父亲赶到城隍庙，天色才蒙蒙亮，购买五香豆的队伍如长龙一般从兴隆食品商店门口拖到手帕商店，再穿过晴雪坊，一直延伸到无锡饭店门口，场面蔚为壮观。最后花了两个小时，总算买到四袋，每袋四角八分，牛皮纸袋上印了毛主席语录："发展经济，保障供给。"我仰起脸来问老爸：既然毛主席有了最高指示，为啥五香豆还要排队买？老爸马上在我头上一拍：别瞎讲，当心被革命群众听到了押上台批斗！好像为了更有效地堵住我这张童言无忌的臭嘴，他解开纸袋给了我几粒五香豆。

五香豆很好吃吗？在几乎所有副食品都要凭票供应的年代，它确实是一种美味。入口甜，甜中带咸，可以盘桓多时，此时口中津液充盈，仿佛波涛汹涌。咬破皮后，牙齿接触到它软而有弹性的豆了，此时味道虽然淡了点，但嚼咬的快感随之而来，最后将豆皮与豆仁细末一起咽下，又回上来一股浓郁的奶香。

我有一个同学，他有个哥哥比我们大四五岁，在那时算是老克勒，梳螺丝头，穿大翻领运动衫、小裤脚管裤子、白跑鞋，每月领了学徒津贴就与朋友上馆子。有时候他也会去熟食店买几包酱汁肉、夹肝、糖醋小排等，再叫几个女孩子到家里一起吃老酒，唱《外国民歌200首》里的"黄色歌曲"。每逢此时，我那个同学就从哥哥那里接过五角钱，像条流浪狗一样蹿到太平桥路边摊头吃碗辣酱面，余下的钱买一包飞马牌香烟，我也有机会分到一支。有一次，那个老克勒突发奇想，自己在家里煮五香豆。他在蚕豆里加了当时很宝贵的奶粉和白糖，煮成后味道是像了，但总是粘手。直到许多年后我才弄明白，正宗的五香豆加的只是糖精、香精，一加糖就会粘手。有一次，同学的这个老克勒哥哥与一帮狐朋狗友去新华电影院看电影，在电影院门口起哄，将一个正在等退票的小姑娘团团围住，你一把我一把地上下其手。问题是小姑娘的胸罩钮扣此时正好绷掉，酿成大祸。警察闻讯赶来一网打尽，这个案子在当时轰动全市，上海人至今犹有印象。拘留所里，同案犯都叫我同学的哥哥顶一把，他确实摸过一把两把，但最关键的一把肯定不是他摸的。这位老兄讲义气，一个人顶了下来。结果呢，不出一个月，枪毙！

那个时候，爱吃五香豆的人还挺多的，比如我读小学那会的班主任祁老师，一个慈祥的老太太，其实也不过五十岁左右，她每天要吃一包五香豆。有好几次，放学后她捧了一大摞作业本回办公室，我被她叫去出黑板报。放下作业本，她先摸出五分硬币，嘱我穿过学校对门的弄堂去顺昌路上大同食品店买一包五香豆，然后拨三分之一给我。我边画边吃，有滋有味。她边吃边批改作业，神情专注，如我有题目答错，她当场叫我改正，然后红笔一挥：5分。她吃五香豆要吐皮，这被我视作浪费。那时，我二哥去了新疆生产建设兵团，她的大儿子也去了新疆，同在农一师。来家访时，她与我妈妈一见如故，从我的脾气性格聊起，再聊到做衣服、腌咸菜，最后聊到新疆垦荒生活的种种，两个人就哭作一团。妈妈经常告诉我，她在菜场排队买豆腐，祁老师使了眼色插进来。祁老师活到86岁，她的小儿子与我同年，前年在老家碰到时还告诉我，他妈妈临死还嚷着要吃五香豆，满口牙齿基本完好。

哈密瓜是甜的

——写在上海知青赴新疆五十周年之际

这一天已经很热了，阳光灿烂，热气蒸腾，锣鼓声从四面八方传来，时轻时重，让我激动，也让我惶恐。这天一大早，二哥去新疆生产建设兵团，爸爸妈妈，好像还有姐姐，都去北站送他，家里只剩下我一个人。我跑到弄堂口，希望看到二哥穿着草绿色的军装，威武雄壮地向我挥手作别。但是我从街的这头跑到那头，汗流满面，还是追不上欢送的队伍。

中午，爸爸直接去厂里上班，妈妈回家了。妈妈对邻居们说：欢送的场面真是热闹，街道的陆书记也去欢送了，还拍了照，我们很光荣。关了门，锅里的饭是冷的，菜是前一天剩下的，我看到妈妈的眼睛又红又肿，她刚刚哭过。

二哥一心想考大学，他文科极好，完全有这个能力。妈妈在里弄生产组绣羊毛衫，每天领一大包生活回家，二哥是她的得力帮手，复习迎考的时间都花在飞针走线中。有一次他的班主任来家访，楼下有人一声喊，他马上从书包里找出课本作复习状。二哥没考上，他将失望深埋在心底，准备第二年再搏一记。可是居委干部三天两头上门来动员妈妈，大道理翻来覆去地讲，还讲到上海人未曾见识的哈密瓜，如何如何的甜。来一次，妈妈就要哭一次，我也觉得烦。最终，二哥报名了，大红决心书贴在弄堂口。我仰头傻看，结结巴巴地念出声来。

我从二哥那里学会了一首歌《我们新疆好地方》，我知道了哈密瓜和葡萄干，但从来没有吃过，歌声一起我就不由自主地淌口水，像巴甫洛夫做条件反射实验时的狗。

二哥来信了，邮戳上刻着阿克苏三个字。他第一次出这么远的远门，一定是太激动了，写抬头时居然把妈妈忘记了。妈妈哭得很伤心，想多了，叫我代笔写封信去教训他。这让我非常为难，我刚刚读一年级，识字不多，再说……妈妈不容我强辩，开始一把眼泪一把鼻涕地口述……从此，二哥写信再也没有出过差错。

有一次妈妈被居委会请去看一部关于新疆军垦农场的纪录片，电影里果然出现了哈密瓜和葡萄，还有欢快的维族歌舞，但很快狂风大作，斗大的石头被吹得满地滚，成排的兵团战士像芦苇一样倒下，只好在戈壁滩上爬行，爬到地窝子朝下面一钻，煤油灯也被大风吹倒了。妈妈看到这里，眼前一黑，不省人事。

妈妈被人抬回家，我不知所措地看着她苍白的脸，默默祈祷。

后来二哥隔三差五寄照片回家，一会儿拉手风琴，一会儿拉二胡，这是他装出来的，他根本不会拉琴。他在信里一直宣称"形势大好"，但连我都能读出字句背后的严酷现实，主要是副食品和日用品严重短缺，于是家里经常要想办法熬些猪油，托回上海探亲或出差的同事带过去。妈妈还做过牛肉干、鱼松、笋脯豆，这些美味在晾晒时，我负责在阳台上照看，防止野猫偷袭。还有肥皂、衣服、文具、书籍等也要不时救济。这个情况直到七十年代中期，他已经在塔里木农垦大学和新疆大学读书了，还没有大的改善。我经常跟爸爸去邮局寄包裹，我打包水平是一流的。

按规定，兵团战士每隔四年才能探亲一次，后来有所松动，可小小突破一下。但天山太远，塔里木河常枯，交通极不方便，火车下来搭卡车，最后换拖拉机或马车，至少要折腾三四天，脱皮蜕壳骨头散架。新疆知青一说起这个，无不感叹蜀道之难。

后来二哥写起了小说，沈贻炜在新疆也算个文化名人，他的同事来我家探访，都引以为骄傲，"秀才"的绰号就是他们起的，并一直沿用至今。有一年二哥回来带了不少葡萄干、哈密瓜干和杏干，这是我第一次吃到条状的哈密瓜干，甜得我浑身颤抖。

八十年代，根据有关政策二哥二嫂分别回到原籍绍兴（还不能回上海）和上虞，当了教师，过了几年"两地书"的日子，后来又双双调到杭州，仍然吃粉笔灰。二哥写作很勤奋，小说诗歌双管齐下，还涉足影视剧本，得过"五个一"工程奖。再后来他的颈椎病越来越严重，影响到了腿脚活动能力，虽然在上海华山医院动了手术，但病情仍不可逆转，行走变得越发困难，还常常摔倒，现在只得以轮椅代步。今年清明我与妻子去杭州给父母扫墓，照例去看望他和二嫂，临走时他要搭我的车子去一个创作中心与导演谈一部电视剧的拍摄细节，我看二嫂出门时提了一只火腿，马上表示谢绝。二嫂说：这是他的扁马桶呀，他要在那里过夜的！

今年，是上海知青进疆五十周年。二哥去新疆（1965 年）那天的情景仿佛就在眼前。但是这个时间长度，似乎比人的一生还长。回上海的新疆知青大概有好几万，都是满头白发的老人啦，他们也想“致青春”，搞个活动叙叙旧纪念一下，但我最怕听到“青春无悔”这样的大话。看看二哥这个样子，他即使像当年那样豪情万丈，我也会哭的，因为那天上午我没有送成他。也不要跟我说哈密瓜是甜的，我早就吃过了。

我的三位兄长

身处阳光耀眼、尘土飞扬、嘈声震耳的城市，每天一早又不得不打起精神去迎接成堆的俗务，竖起耳朵打听别人的故事，然后记录、拍照、码字……不厌其烦之际，呷一口残茶，突然会想起我的三位兄长。他们在百里之外、千里之外，忙着自己的事，但在我的想象中，似乎又投来慈祥的一瞥，越过千山万水，让我的头顶感到一阵舒服的温热和酥麻。

那一天下午，幼儿园突然放假了，那时的幼儿园老师真是任性，说放就放，一群小屁孩就像竹篓打翻后逃出来的小鸡仔那样欢叫着回家了。我到了家里，门关着，叫门，不应，我有些害怕，好在亭子间里的女人及时将我接过去。那里有花团锦簇的五六个女人，将亭子间挤得水泄不通，她们都穿着底很厚、涂着红漆并绘有各种花卉的木屐（上海话又叫作木拖板），叽叽呱呱说着抑扬顿挫的广东话。后来我从妈妈那里知道这些女人都是跑单帮的，整年在外，难得回家。她们像打量一件货物一样将我拨来拨去，问这问那，塞几粒糖给我吃。不一会，大哥出现在门口，道一声谢谢后将我抱回家，切了半只豆沙月饼给我吃。然后不管我愿意不愿意，将我按倒在床上睡觉，他则继续埋头工作，桌上摊着他带回家的一大堆本本。我想他刚才一定太投入了，没听见微弱的敲门声。这是大哥贻忠给我留下的最初印象。

在家里我是“奶末头”，上面有四个兄长一个姐姐。大哥与我都属羊，他大我一轮。大哥尚未在上海船舶学院毕业就被留校了，上午就做辅导员，下午继续当学生，每月有 15 元津贴。每月领了津贴，他就连夜从浦东七号桥赶回家里，将其中的 9 元钱交给妈妈，留下 6 元自己开支。他一直住校，周末回家就成了我的期盼，妈妈照例会烧一砂锅红烧肉加虎皮蛋改善伙食。他常带我外出吃早点，但先要在弄堂口看一下当日的报纸，彼时里弄干部会将报纸夹在一个铁丝网夹当中，挂在墙上供居民们阅读。然后我们就去老西门，在乔家栅吃馄饨或八宝饭。若在夏天，大哥就穿白色的鹅牌圆领汗衫，执一柄蒲扇遮阳，那模样简直就是一个小老头子，其实他不过二十左右啊。

大哥后来调入财务处，他的算盘打得相当利索，但每到冬天，他即使戴着露出三根手指的绒线手套，一双手还是长满了冬疮，又红又肿。不过这还不算职业病，在我看来，他的职业病真是特别，比如在家里吃饭，肩上斜背的帆布背包说什么也不肯卸下。带我外出买东西，出门前必定面壁数分钟，将衣服口袋摸个遍，确信没有东西遗漏才说声“开路”。在商店里只要掏钱买过东西，离柜前必定要猫着腰将周围数平方米场地仔细检查一遍，生怕掉了什么东西。带我去，目的也是多双眼睛。如此紧张的他也引起营业员的关切，大家帮他一起寻找，结果自然是一无所获。

“文革”中，我家里也被抄了，父亲在抗战胜利后借高利贷开过一家胶鞋店，蒋经国一到上海，他就破产了，造反派可不管这些，雇了伙计就是资本家，还要加上“不法”二字。大字报贴在弄堂里触目惊心，大哥铁青着脸回到家里跟父亲讲政策，讲形势，父亲唉声叹气，不敢有任何解释。这时大哥已经是预备党员了，影响大哥进步，老爸一定愧疚。过了小半年，妈妈跟大哥说：你的爹总归是你的爹，你回家还是要叫他一声的，毛主席也没有要大家断六亲啊。

上海船舶学院在七十年代初迁至镇江，大哥回家就少了，但在信里经常对我殷切叮嘱。八十年代开始，全国经济从复苏到勃发，随着院方对大哥日益倚重，他的职业病也越发严重，来上海出差，能住家里就不住旅馆，这样就省了一笔开支。电子计算器普及了，他的包里还塞着一把袖珍算盘。用过的电车票一大把，公私分明，报销单背面贴了车票，再附上自己画的线路图。后来他出任学校的总会计师，大笔一签就是上百万，但去广东出差，接待单位请他吃了一顿早茶，心痛得不得了。有一次跟院长来上海开会，为了找一家便宜一点的饭店，竟在市区兜了两个多小时，一把手拿他也没办法。

看大哥写字也是蛮有趣的，那一串串乏味的阿拉伯数字，被他写得跟印刷体一样清晰漂亮。小学一年级我在田字格内写字，大哥也要求我写得有波有折。我后来写字还算过得去，就得益于他的指导。

有一次我被朋友拖去歌厅K歌，有人点了一支日本歌曲《北国之春》，唱到一句："家兄好似老父亲，一个沉默寡言人"，我差点泪涌，啊呀，这支歌就是为大哥写的！直到今天，我会唱的流行歌曲只有《北国之春》。

二哥贻炜是我走上文学道路的引路人。他读中学那会就立志当作家，一本《石头记》被他读得滚瓜烂熟。六十年代初因为工厂解散，妈妈转入里弄生产组绣羊毛衫，每天领一大包羊毛衫回家，那么二哥、三哥以及四姐就成了妈妈的得力帮手，放下书包就拿起绣花针，一家子胼手胝足，飞针走线，勉强赚点小钱，聊补油盐柴米。大热天，哥哥姐姐的手臂上都被羊毛衫捂出一滩滩痱子，我就在一旁给他们打扇驱暑，二哥为给我鼓劲，就讲故事，从火烧赤壁讲到武松打虎，逗得我哈哈大笑，手下就刮起了阵阵台风。

也许是小说看多了，二哥身上就有一种小布尔乔亚的浪漫与狂热，要求上进没错，冲动也是难免，1965年报名去了新疆，住过地窝子，啃过窝窝头，在"文革"中被拥戴为"秀才"，也被对立的一派团团包围，如林的长矛破墙而入，身边的战友一个个倒在血泊中，他也差点一命呜呼，死去活来的经历，都成了他后来写小说的素材。"文革"一结束，他考上新疆大学研究生，写了不少小说，得奖也是寻常事。我第一次去《萌芽》，第一次去《上海文学》，都是他带我去的。但根据有关政策他还不能回上海，只能回祖籍绍兴，当了几年教师再调到杭州传媒大学。新疆知青跟别处的知青比，一步踏空，步步踏空。

只要二哥在上海，我愿意将刚刚写好的小说给他看。二哥对我的指导很具体，细节、悬念、人物、语言，像针灸一样叫我又酸又麻。写小说是不必教的，但这样的指导有与没有可真不一样。二哥自小说诗歌发轫，转而涉足影视，成绩很大，还得过"五个一"工程奖。十多年前开始情况开始于他不利，在塔里木河岸边落下的颈椎病日渐严重，华山医院的手术似乎也不理想，最后只得坐轮椅。与大哥一样，二哥也是一个不懂享受的人。

三哥嘉荣是个画家，他是有天赋的。北京奥运会的水上项目放在青岛，艺术总监就是他，青岛的市徽也是他设计的。是的，他在青岛，“蓬莱此去无多路，青鸟殷勤为探看”，青岛让我想起青鸟，渤海湾让我想起蓬莱，三哥此去已有四十多年。他在比乐中学那会就是搞宣传的活跃分子，常常将标语带到家里来写。后来考进免学费且有伙食津贴的轻工业专科学校美术专业，当时教学为生产服务，报考美术专业的考生，成绩最好的都让轻校和纺专挑，最后归美专。他后来在一篇文章里回忆彼时的努力：“清晨就到集市画速写，晚上熄灯后还在蚊帐里打着手电筒做笔记、抄书，于是眼镜又成了900度，镜片啤酒瓶底似的。”他的写生稿、设计稿放在家里，我常翻出来看，写生稿还看大不懂，但设计稿真跟今天的电脑稿一样完美无瑕，创意又灵，同学喜欢，我一出手就好几张，他发现了也不责备我。更具吸引力的是外国美术资料，异国风景，裸体美女，藏得再好也被我找出来，然后叫同学一起来偷尝禁果。这些画册唤醒了青少年的性意识。

三哥的学校在江湾五角场，每个周末放假他都选择步行，一小时多的路程让他意气风发，大汗淋漓，省下的车资积起来，到福州路书店换成美术资料。他穿跑鞋，脚汗多味道大，回家第一件事就是用自来水冲洗。他经常带我去看美展，逢到熟人就说：我弟弟，也喜欢画画。我的理解就是他把我当作圈子里的人了。那时新华书店出售一分一张的油画国画宣传画单片，也会分几张给我，我就临摹成素描稿，我对美术的兴趣就是他培养的。

三哥毕业分配去了青岛晶华玻璃厂，这个企业是为青岛啤酒厂配套的。领导安排他在俄制的RD13型煤气发生炉上当小工，落料、打钎和出渣样样干，还跟老师傅们争先，有一次煤气爆炸，烈焰将他的头发眉头烧了，还将他的眼镜架烧化了，镜片掉在地上都不知道，眼睛再遭重创。拿了第一个月的工资，他就往家里寄。信是我收的，一激动就在邻居家里拆开来看，啊，一大叠青岛风景照，海滩浴场、水族馆、栈桥、八大关，天堂一样。邻居小孩争相传阅，没想到信里夹着的10元钱掉在地上，邻居老太捡到了死不认账，气得我妈妈只好在我身上发泄。三哥后来知道了，信里也没有一句责备，反而安慰我。

三哥回上海探亲的日子也是我期待的，他在假期里可以定下心来画几笔了，有时候也去公园写生，这是我在旁边观摩的机会。他功底很好，有一次他准备临摹一幅美国女画家玛丽·卡萨特的《洗澡》，叫我打了一个一米多高的油画框。我一时粗心，长度增加了两厘米，他一路画下来，不多不少正好留出两厘米的一条空白。后来三哥当了青岛市轻工业局研究所的领导，白天忙行政事务，晚上等家人睡下，抓紧时间画画，每天只睡两三个小时，十多年里也画了 48 本画册。

提前退居二线后，三哥的眼睛越来越差，他是想回归老本行的，买了许多宣纸，但一落笔发现眼睛不争气了。青岛有一家医院，还是一战之前德国人建的，眼科治疗水平在全国领先，但三哥做了做晶状体置换手术，改善无多。现在他写大字还可以，视力只有 0.025，只能凭感觉吧，前不久写了几副对联和一幅中堂给我。他在北方生活几十年，受环境影响，又有北碑功底，字的笔画和结体都很有气势。

一个人的一生，一般会受几个人的影响，确定或改变人生的定位或走向。我的三位兄长，一个总会计师，一个作家，一个画家，共同生活在一起的时间不算多，但是他们的一言一行对我的影响是深远的，这里记录的仅仅是几个细节而已，更多的甜酸故事，更多的复杂感情，二十多年前被我写进了中篇小说《冠礼》。他们儒雅、谦恭、好学、朴素，像是旧时代的人、上一辈的人。二十年前，我们家得到有关部门的一份奖状，父亲被人请去作过报告，题目是如何培养子女，我能想象老爸彼时的表情。他当然也会提到我。旧时人夸耀一门四进士，我们家出了一个总会计师，一个画家，两个作家，老爸也可以得意一下子。

网络时代呼啸而来，茁壮成长的独生子女，志趣及价值观的形成，可能受虚拟形象、虚拟空间的影响要更深些，极易走向叛逆、偏激和怀疑，这当然也不都是坏事，但在预料之外的诱惑和打击面前，也可能陷入无法倾诉的迷茫。兄长的价值，此时就显现出来了。

姐姐去了青浦

其实，我并不愿意将家里人写进文章。首先是怕，一开笔免不了动起感情，一泻千里，浪花飞溅，会有好几天沉浸于月落乌啼的往事中，彼时彼景，挥之不去，一直在眼前晃动。岁月无情，我们——我与四个兄长和一个姐姐——都已两鬓飞霜，眼角刻下或深或浅的皱纹。最主要的是父母不在了。哀哀父母，生我劬劳。那份想念再怎么幽深沉郁，都显得淡薄，如遥远的地平线上突然升腾起来的那一缕紫烟，被迎面的强光照成半透明，光与影之间什么也没有了。兄长们，常棣之华，鄂不韡韡，他们在我前头行进，风雨兼程，天各一方，那几个身影也慢慢地变得不那么挺拔，不再那么伟岸，近来的步履还稍显沉重而迟滞。在这样的人生阶段贸然切入，用笨拙的文字来讲述他们的故事，似乎有点不敬。其次还是怕。既然写了，总希望写得真诚动人。真诚，我是有的，动人，只能做到一半。另一半，要靠信息接收方来实现。在今天诉求多元、信息密集、传播迅速、传播方式又倾向娱乐化的时代，我这样的文字能否轻微地触动读者的神经，真的没把握。我们并非豪门，也非名门，只是上海弄堂里的石库门。父母与兄姐，按旧时的说法，都是庶民加顺民，沧海一粟，草木荣枯，既无传奇，也无逆袭，咸鱼翻身也未曾想过。所以别说毫不相干的外人了，就是我们的下一代，有血缘关系的，也不敢保证能让他们感同身受。再说，我所记录的只是我个人的生命体验与观察结果，年龄差距，生活经验，职业习惯，文化背景等因素，都决定了我所书写的内容只能是一个个片断，破碎而凌乱地呈现在一种执著的、突发的回想过程中。

以上这些废话，给自己找到了一个犯错的理由。那么……抱歉了，接下来，我要讲讲四姐的故事。

有一个姐姐是一种幸福。姐姐，一个就够了，如果有两个三个姐姐，做小弟弟的感觉也许会更好，但也许会很糟。读中学时，班里有几个同学，他们上面都有两三个姐姐罩着宠着，但似乎都有一个通病：娘娘腔严重，受不得一点委屈，功课也特别差，动手能力又不强，打架？更不行，还没动手就浑身发抖，他们是全班同学的笑话。这话当然也不是绝对的，我就自己看到的说。

我只有一个姐姐，沈嘉珍，在家里排行老四，比我大六岁，与共和国同龄。听妈妈说，姐姐小时候特别爱哭，但爸爸宠爱她，掌上明珠嘛，怎能不疼？邻居老公公养着几笼小鸟，她看见了不肯走，爸爸就买了一只画眉给她。到我懂事后，爸爸连买鸟的闲钱也没有了，我为此有点嫉妒姐姐。

姐姐隐忍而能干。大哥爱用《红灯记》里李玉和的唱词来夸她："穷人的孩子早当家。"是的，姐姐很早就替妈妈分担家里的重担，劈柴生炉子，烧饭做菜，拖地板擦窗子，洗衣服叠被子，整天忙碌，难得有点空，眼睛就四处张望，想找活干。我从来没见过她在家里做作业，作业在学校里就做好了，放学回家，书包一挂就开始忙里忙外，还没有半句怨言。天黑了，妈妈拖着疲软的身子回家，饭菜就热腾腾地端上桌了。她还要管束五哥和我这两个不懂事而且特别爱惹事的弟弟，但她从来不高声训斥，一次也没有过。

六十年代初那几年，农村饿殍遍野，城市以五十望一百，但粮食和副食品也一再压缩，凭票限量供应，普通人家陷于蔽衣枵腹的境地，我们弄堂里还出现不少人家孩子为争一口食而大打出手的事。而且，计划供应的粮食中面粉比例较大，这让吃惯大米的上海人家颇为不适。很多年后，大哥偶然跟我说起一件事：那段时间，妈妈让姐姐来当家，这等于将难题交给她了。有一次姐姐用黑乎乎的标准粉加了大量青菜末子和成面团，一只只压成菜饼，在法兰盘里淋几滴油，摊熟了每人一个。她是按照每个人的年龄大小来分配的，从大哥开始依次减量缩小。有一次，在外奔波一天的大哥回到家里，色相难看的菜饼刚刚做好，在粗瓷盆子里散发着诱人的焦香，他已饿得眼冒金星，先坐下吃了。但大哥自有风范，挑了个中等的，就着一大杯白开水三口两口吃完。等到姐姐回屋一看，看到属于她的那只饼居然不翼而飞，以为被野猫叼走了，急得直哭。

这段日子我是有印象的，“光荣菜”（卷心菜老帮子）的甜熟味，胡萝卜的膏药味，面疙瘩的焦煳味，还有南瓜的水腥气，一辈子都不能从记忆中抹去，这些今天来说都是健康食品的东西，在缺油少盐的日子里都充当过普通家庭的恩物，实在让人大倒胃口。我当然也不能忘记，少不更事的我，总是吃完了自己的一份还吵着要，姐姐不止一次将她自己的那只饼掰下一块来填我的欲壑。

后来妈妈在里弄生产组工作，每天从生产组里提了一大包袱毛衣回家，照着十字格花样上的图案绣花，第二天交货，验收合格后记账，月头上计件发放酬金，多劳多得。妈妈领衔，二哥三哥充当哼哈两将，四姐成了杨门女将，我在旁边要么打扇造风，要么引线串针输送弹药，一家老小齐上阵，在一盏25瓦的电灯光圈里忙得不亦乐乎，人影绰绰，到头来也只有三四十元钱，紧绷绷地将开门七事对付过去。“文革”祸起，有人认为计件制是旧社会资本家剥削工人的伎俩，起来造反。据说江青到上海后听了女工们的哭诉，也与大家一起流了泪，还说解放十多年了，怎么在上海还有“包身工”？但是没用，一阵乱哄哄之后，生产组里仍然实行计件制，多劳多得。

姐姐勤劳能干，长得也有点“黑里俏”，在弄堂里赢了好名声。而我除了有点小聪明，在家务这方面比较懒，出于阴暗的心理，就爱挑她的毛病。有一次，她做葱油萝卜丝，这道菜在冬天萝卜上市后我们家经常吃，萝卜丝切细丝，撒盐拌匀后腌一两小时，捏紧滗汁，然后熬一勺葱油兜头一浇，成了。但这次她在熬葱油时熬过头了，一团火就腾地一下子从锅底升起来，要不是她急中生智抄起锅盖一盖，可要闯大祸了。她为什么走神？原来正在看一本借来的小说，入迷啦！这件事被我逮着了，有一次她教训我，我就用此事回敬她，她脸一红就不再吱声了。

还有一次好像是冬天，这天难得出了大太阳，大家就抱着棉花胎上阳台晒，有我们家的，也有邻居家的。过了一会，姐姐在阳台上生炉子，炉子先是浓烟滚滚，看不出什么危险，但浓烟散尽后，火苗就呼呼呼地蹿上来，从棉花胎的边角开始，转眼间阳台就成了一片火海。阳台对面正好是曙光医院的二楼门诊室，医生一看情况不妙，马上打电话报警。此刻妈妈正好回家，三步两脚登上阳台，抱起正在熊熊燃烧的棉花胎往弄堂下面抛掷，等消防队员赶来，阳台上只剩烧成焦炭状并余烟袅袅的木栅栏了。

当时我只有七八岁，早就吓成一只呆鸟，看到穿制服蹬大皮靴的消防队员更加害怕，直往门背后躲。

这次尚未酿成大祸的小灾难，善后也相当麻烦。首先，妈妈要将自己家里的棉花胎送到邻居家赔偿，自己家里短缺的棉花胎，还要向有关方面申请补助，得到棉花票后再去添置，当时什么都凭票供应。

这件事也被我逮着了，后来也用此事来跟她顶嘴，弄得她眼泪汪汪的好一阵难过。许多年过去，姐姐大概记不得这个情节了，但我没有忘记，这是我一生做过的许多蠢事中的一桩。

大哥、二哥、三哥很早就去了外地，家里的事，妈妈喜欢跟四姐商量。弄堂里的事，姐姐喜欢跟妈妈讲。有一次妈妈跟姐姐商量着给我做一件人造棉衬衫，两个人凑在一起研究了老半天，一剪刀下去，不好！裁豁边啦，做好的衬衫背后有一条拼缝，我噘着嘴一脸不高兴。姐姐安慰我：多一条缝没啥关系，人家在你前面看不出。先穿上，以后再给你做一件。那年头，以后的事情往往比铁路都漫长。但姐姐以商量的口气跟我说，我感到很温暖。

姐姐让我感到温暖的事当然很多，有时候，骨肉的温暖也会染上时代的色彩。“文革”初起，兴无灭资，破旧立新，店招、路名、校名、大楼名、弄堂名都一夜之间改了，目光所见，一片红海洋。有一天姐姐跟我说：你的名字也是四旧，改了吧。改名？好吧，那改什么呢？她胸有成竹地说：我想过了，改成“沈红骏”好不好？这个……好吧，红色骏马，一路飞奔，马蹄得得，鬃毛飞扬，我马上像阿Q那么欢欣鼓舞起来。新学期一到，老师在课堂上发作业簿，一时找不到我这个人啦！一个学期后，我又改回来了。

中学毕业后，姐姐分配到青浦造船厂当电焊工。三个哥哥都去了外地，为她留在上海创造了一些条件，所以她已经很满足了。这是一个县级企业，只能造水泥船，电焊工在厂里算是技术骨干了，她干得很认真，深得厂领导和师傅们的认可。电焊工穿的跑鞋也是军绿色的，鞋舌与鞋帮无缝对接，防止火星溅伤脚面，鞋底也是绝缘的。她穿得仔细，一双鞋可以穿两三年，多余的新鞋就给我穿。姐姐去了青浦，县城所在也叫城厢镇，她告诉我：青浦还有个小镇叫朱家角，历史上很富裕的，当地人有句话：三泾不如一角。三泾指的是徐泾、枫泾、泗泾。

直到今天，即使从旅游角度看，仍然是这样。

姐姐去了青浦，家里顿时冷清起来。姐姐每周或隔周回家的日子，就成了我的期盼。姐姐每次回家，都要带点当令的鱼腥虾蟹，塑料袋里加了水，袋口扎紧，一路辗转到家，鱼的嘴巴还在翕动，鱼眼亮晶晶的，虾是活蹦乱跳的，须像京剧武生盔头上的翎子，错综而有弹性。所以每逢姐姐要回上海的那个周六，午饭的碗刚刚放下，爸爸就急不可耐地叫我去淮海中路 26 路电车站接姐姐。啊呀，离工厂收工还有很长一段时间呢，再说坐长途汽车到徐家汇再换公交车，路上少说要花一个半小时，急什么！但是爸爸不管，表情决然，不可违抗。我顶着辣豁豁的太阳走到车站，26 路电车一辆一辆停靠，都不见姐姐的身影。想想也是，她不可能在这个时候出现的。时间一长，已经“审美疲劳”的我就躲到树阴下看人家下棋打牌了，等我想起“所为何来”，日头已经西斜。26 路电车接踵而至，却怎么也不像有姐姐会跳下车门的样子了。赶快回家，姐姐已经在剖鱼剪虾准备下油锅呢。

当然，大部分情况下我是接驾成功的。她提着大包小包奋力挤出车门的那一刻，我们的眼神一对接，心里有说不出的快乐！

有一次姐姐还把我接到厂里过了一天。青浦县城的种种情景，大拱桥，石板路，敞篷船，河水的生腥气，小街两边犬牙交错的老房子，湿漉漉的菜市场，欲沉还浮的水泥船壳上布满了青苔，这些都与童年记忆中的故乡绍兴层层重叠，让我激动莫名。在凌乱的场院里，姐姐套上笨拙的白色工作服将焊枪在钢筋上撞出电光的瞬间，灼痛了我的眼睛。

姐姐交上了男友，他在青浦供电局工作，名叫魏增雄。从外貌看，是个精明强干的小个子，蛮般配的。姐姐带他上门，爸爸却不大满意，他也说不出具体意见，但有好长一段日子不给他好脸色看。他实际上是舍不得女儿嫁出去啊！

魏增雄很有耐心，很谦虚，加上有妈妈的认可，爸爸终于接受了他。

魏增雄会拉小提琴，是局里小分队的台柱，有演出经验。彼时我正与一帮同学在鸡鸡狗狗学小提琴。七十年代初，上海兴起一股学小提琴的狂潮，学琴的青少年肯定超过二十万，这是上海“革命年代”中一个饶有趣味的细节。好了，我们有了共同语言，他将开塞等经典练习曲借给我抄录，当时新华书店只有一两本供工农兵学琴小册子，而且是简谱！他还教我如何修琴，如何用五夹板做肩垫。他的指导只能是零打碎敲的，但穴位点得蛮准，两三年里，我的琴艺突飞猛进，可以在同学面前得意一下子了。后来他还从朋友那里借来只能私底下流传的外国名著让我看，哈哈，这等于向一个大烟鬼提供优质云土，我就好这一口。托尔斯泰、屠格涅夫、陀思妥耶夫斯基、巴尔扎克、莫泊桑……他还知道我偏好哪一路的小说。

魏增雄后来就成了我的姐夫。现在他已经退休了，偶尔还拉拉小提琴，吹吹小号和萨克斯，前几年还迷上了篆刻，后来又一头扎进摄影圈，与一帮同好全国各地到处跑，越是人烟稀少的地方，越是要去，背着十多斤重的摄影包，带着矿泉水和冷面包，一走就是好几天。去年他还在青浦曲水园办了一次个人摄影展。此前我还为他写过一篇很客观的评论，以笔名刊发在《新民晚报》上。他是够这个资格的。

回头再说说姐姐吧，有几个细节不能忘记。“文革”中，我因言贾祸，21岁就被打成“现行反革命”，在建国中路27号卢湾分局地下一层又暗又湿的拘留所里关了将近一年，绝对暗无天日。释放那天，也就是戴上“现行反革命”帽子回单位接受监督劳动的开始。姐姐来接我，一手接过脸盆衣服等生活用品，一手将一顶军帽套在我的光头上。一路上她没有一句责备的话，心情很放松，或者故意装作很轻松的样子，她希望我以积极的态度面对现实。说实话我是很迷茫的，没想到在1977年夏天，在中国历史出现大转折的关口，我还要“破帽遮颜过闹市”，且不能“漏船载酒泛中流”。

果然，后来的日子是很难熬的，人世间的势利与白眼也尝了不少，以我的秉性和一贯的自傲，在尊严受到毁灭性打击后，自裁的念头时时泛起，姐姐看出一些端倪，几次劝我面对现实，至少也要为已经受到连累、弄得身心俱伤的父母以及几位兄长设身处地考虑。

补充一点，有一次妈妈对我说，1976 年我们家与国家一样倒了霉，我碰到了牢狱之灾，姐姐遭遇了血光之灾。原来姐姐因意外流产而大出血，救护车一路急驶，从青浦到市区，再晚半小时，恐怕性命难保。妈妈还跟我说：“这一年春天，家里乱哄哄的，磨粉包汤团的心思也没有，果然家里就不太平了。”是的，这是我记忆中唯一一次没有包汤团的新年。

写到这里，我想起了姐姐的公公。魏家伯伯是中国银行的高级职员，他风度翩翩，富有情趣，热爱生活，写得一手好字，始终保持着老上海的尊严与体面。休息天在家里抿个一小盅，桌上一份《参考消息》，加两只小碟子，豆瓣、茨菇片、油氽果肉均是佐酒妙品，也经常骑一辆“老坦克”绕一大圈子到城隍庙吃一碗葱油开洋拌面，为寒素的生活找丁点乐子。姐姐嫁到万航渡路中行别业的魏家后，一直按照妈妈的要求，孝敬公婆，爱护妯娌，手脚勤快，照顾周全，公婆对她也相当满意。魏家伯伯知道我打入另册，却不嫌不避，通过姐姐邀请我得空前去聊天。有一次得知我为某饭店写了店招——此时我尚不知藏拙，也不容推托，便在众目睽睽之下，爬上人字扶梯直接用油漆刷上去的，只是略有点书法意思而已，他老人家却专程赶去看一眼，还提了一点中肯的意见，让我受宠若惊，羞愧难当。有一次我去魏家给姐姐送一点东西，时已近午，魏家伯伯执意留饭，姐姐却轻轻将我推出门外，在肩头上重重一按。回到自己家里，已过饭点，妈妈为我留了饭，听说了事情经过，就说姐姐做得对。

中行别业的大门在靠近曹家渡的万航渡路上，而我一般坐 23 路到万春街下车，再从万春街这条僻静的小路穿进去，抄个近路。此前中行别业与外界有高高的围墙隔开，天下大乱后，被人扒出一个正好可供黄鱼车进出的大洞，行人也就顺理成章地钻了空子。这是一个颇具象征意义的墙洞，在社会秩序以暴力方式进行大调整后，文化的杂糅与交融就不可避免了。

遗憾的是，当我终于获得平反，在我最想将此消息登门禀报的几位长者中，就包括魏家伯伯，但是他已因病驾鹤西去，走得真是太早了！

魏家姆妈很有福气，九十多岁了，长期来吃得清淡，偏好乳腐泡饭，心态也好，说她耳聪目明、思维清晰大概不算夸张吧。今年九·三大阅兵时，她早早坐在电视机前，津津有味地看了全程直播。魏家姆妈一年中的大部分时间住在青浦儿子家，姐姐家是小别墅，有个姹紫嫣红的花园，葡萄棚下的魏家姆妈，身上洒满了金箔般的阳光，笑得很舒坦。

姐姐她自己也是两个外孙的外婆了。她辛劳并快乐着，唯一着急的倒是我们沈家，几位兄长都在外地，前些年老家又动迁了，住了几十年的老屋转眼间灰飞烟灭，连根拔起的感觉让她有点发慌，兄弟几个好不容易聚到上海的时间又很仓促，那么她一定要赶到上海策划、召集一场团圆家宴。还有几个晚辈，何时婚嫁，何时生养，也让她操心。不过我看她倒是越来越有精神了。

姐姐跟妈妈一样，堪为中国妇女的典型，具有勤勉、节俭、隐忍、坚毅的品质。

不写了，收手。以上这些文字要是被姐姐看见，一定会引发她浮想联翩，而且一定会让她长叹短嘘并掬一把伤心泪的。

水仙花开贵客来

在我十几岁的时候，每到春节前的一个星期，印象最深的就是一片忙碌，“破归破，还有三担铜”，那么家里也要像模像样地来一次大扫除，玻璃窗要擦擦干净，地板用老碱水刷一遍，墙头用石灰刷刷白，板壁上的糊墙纸也要换上新的，这种上蹿下跳的活，老爸老妈就交给我了。另外，上海弄堂人家都要磨一缸糯米粉，用来包猪油黑洋酥汤团绝对比干粉细腻糯滑，这个活我也逃不掉。我家祖籍在浙江绍兴，过年有三只菜是必须要准备的：水笋烧肉、黄鱼鲞烧肉、黄豆芽烧油条子。笋干用淘米水浸泡数天至软，也要我切。妈妈一再关照：切得越细越好。其实每到年关，弄堂里自有乡下人掮着长板凳来，伸长了脖颈叫唤：“切……水笋……”，腔调跟磨剪刀有得一拼，但是妈妈要省几只角子，不许我偷懒。满满一大砂锅水笋切好，不但手掌满是血泡，浑身骨头也快散掉了。

所有一切弄停当，养在一只青花大海碗里的水仙花一声不响地开了，寒冬腊月光线不足的后厢房就弥漫起淡淡的幽香。接下来老爸买来红纸，裁成长条写春联，他是照着毛主席诗词写的，一般选的是“春风六亿”、“天若人间”、“红雨青山”等，比较没有火药味，假如写“金猴奋起千钧棒”或者“冻死苍蝇未足奇”，总归有点煞风景吧。写好后要我跟他一道反复读几遍，唯恐写错。贴好春联，弄堂里就响起了鞭炮声，我想下楼看闹猛，被妈妈一把捉住，要我摊蛋饺。心里一百个不情愿，唉，我怎么就像童工一样苦啊！再一想，四个哥哥都在外地，最远两个跑两头，一头在黑龙江，一头在新疆，过年了，他们会不会回来呢？

四个哥哥总有一两个会在这一年的春节回来探亲，我也盼望他们回来。哥哥回来总会带点土特产，家里的伙食也要改善一下。知道他们回来了，上海及周边城市的亲戚也更有理由来拜年了。哥哥们（后来再要加上嫂嫂们），我的七大姨八大姑还有堂兄弟表兄弟等等，有时正好不期而至，济济一堂，欢声笑语，后厢房的地板一个劲地颤抖，水仙花的叶子也在颤抖，连小菜橱里的碗盏也会叮叮当当一阵乱响。吃饭要开两桌，圆台面摆开要分先后，凳子不够到邻居屋里去搬。我帮妈妈打下手，顺便偷吃一只蛋饺一块熏鱼，这是名正言顺的福利。到了二十岁出头，我也会烧整桌头的菜了，围单一系神气得很，亲戚都表扬我烧得“跟饭店里一样”，其实我的诀窍就是多加味精多加油。

酒过三巡，菜过五味，大家就会交换从各种渠道获知的小道消息，送菜的时候听到几句，耳朵竖得老高，老爸事后关照我：“不要到外头瞎讲啊！”

大家来拜年，吃饭问题还好解决，反正是粗茶淡饭有啥吃啥，夜里睡觉就麻烦了。我记得有一年过年家里共总有十四个人，一张大床，一张小床，一只阁楼，再打只地铺，算来算去只摆得平八九个人，还有五六个怎么办？我真替妈妈捏把汗，想不到她大将风度，照样谈笑风生，还吩咐我去烧一锅糨糊，要拿我四个从杭州来的表兄表姐糊在墙头上，真是笑煞人。最后，妈妈领他们到楼下前厢房去睡。这家邻居正好去乡下过年，妈妈事先跟他们要了钥匙。

还有一年，家里来了一位很久不联系的远房亲戚，听说在香港发了小财，他就住进南京路华侨饭店，每晚十四块港币，相当于当时职工平均工资的四分之一。我跟老爸去看他，这是我第一次走进高大上的饭店，大气不敢喘，脚底下打飘。进了客房，吃过奶油蛋糕和咖啡，收下见面礼（红包事后要上缴的），有人笃笃笃敲门，噢，是服务员来送开水，亲戚接过热水瓶，表示“三克油”，随手塞给他两块港币。我又吓了一跳，这不是资本主义国家流行的小费嘛！再说两块港币也太多啦，当时老虎灶里泡瓶开水不过一分钱嘛。更过分的是，老爸向这位亲戚宣传伟大祖国的大好形势总共花了一个半小时，服务送了四次热水，进账八块港币。我真想跳起来跟这位香港亲戚说：爷叔，开水我去泡，小费侬就给我算了！

乡关何处

总角之年，断断续续进过几次幼儿园，不在学的时候，就牵着妈妈的衣角到处走，工厂、生产组、亲戚邻居家，都去。那时候在老家绍兴的祖父已经弱不禁风，时常生病。一躺倒，电报就到，作为大媳妇的妈妈就要收拾包袱，拖了我去坐火车（经常是慢吞吞的夜车），到柯桥镇后转乌篷船，在晨曦中抵达后梅。到了老家，妈妈日夜照料爷爷，不敢懈怠，我则在田头河边玩耍，看人家扳网或钓虾。

乡间生活，是我人生的第一堂课。由此见识了稻田瓜棚油菜花，还有耕地或收割的场景，抚摸了水牛的弯角，布谷鸟的叫声是多么有趣啊！羊是温顺动物，但也会拿笋尖般的小角顶人。农家的赤足孩子每人牵一只羊出去寻草吃，他们见我走近就放羊过来，我看到羊一低头就没命地逃。大白鹅是王羲之的最爱，但这厮最会欺生，三五成群作闲聊状，见我走过，且目露怯色，就拍打着翅膀包抄过来，啄我的屁股。黄毛小鸭煞是可爱，但我用小石子丢它们，待会邻居老太太就扭着一双小脚，倒提着死鸭仔来找妈妈赔钱。人性中真有欺软怕硬的一面？

乡下的日子宁静淡泊，却也有惊心动魄的时候。有一次我从厨房出来回卧房，头顶上突然一阵异响，一团黑呼呼的东西差不多擦着我的鼻尖坠落，啪的一声惊天动地。低头看，原来是一条手臂粗的乌梢蛇紧紧地缠住一只肥硕的老鼠。我飞一般逃回客堂，当晚发高烧说了不少胡话，接下来躺了整整三天。娘娘（祖母）忧心忡忡地对妈妈说：蛇盘老虫是凶象，你爹的病恐怕不会好了。

迷信也不是没有道理，爷爷的身体果真一天比一天差。娘娘请人砍掉了柴屋旁的桃树，又请了道士来念咒驱鬼。留了几茎鼠须的老道士在爷爷的卧房里忙过一阵后又冲到我睡的床边，拿竹丝帚往我身上乱扫一阵，还呼噜噜地含了一口水喷在我脸上。这让我恶心并恐惧，从此恨死了道士。但是爷爷去世后，我们还请了一班道士来做法事，光是加饭酒就被他们吃光四五坛，香烟也送了满满一篮。

爷爷大概也算得上乡绅了，他早年在浙江海关做过事，阔过一阵子，沈家台门里的好几进房子过去都是我们的。海关的生意停掉后就在家里闲居，靠父亲和叔父赡养。他人缘极好，乡里乡亲对他敬重有加，当然写信、写春联、断家务事之类的事情也要请他出门。我跟他出去逛，经常有老人在路边站停，跟他说几句话，顺便夸我几句。

十年前我回故乡，家乡父老跟我说起老人家还是肃然起敬。

爷爷在家读书，写字，也要赌钱，人家乐意叫他打牌，因为他一上桌就打瞌睡，一副牌结束人家就推推他："大生哥（爷爷的小名），好付铜钿哉。"爷爷一惊，慌忙抹去口角的流涎，乐呵呵地数钱。

吃了晚饭，我喜欢跟着妈妈在台门口的河边乘凉，风贴着河面吹来，十分凉爽。还有风景可看，乡里的汉子背靠晚霞，赤膊坐在石桥上，一大碗糙米饭堆得尖尖的，托碗的手再夹一叶霉干菜，扒口饭，低头咬一口菜梗。看人家摸螺蛳也是蛮有趣的，才比我大一点的孩子结了伴，争先恐后地从桥上跳下，他们潜入后就不见了动静，很让人揪心，但又在我绝望时突然像小白龙一样从浪花中窜起，将鼓鼓一拳的螺蛳扔在河埠头上的竹篓里，晚上就是一家人的下饭了。他们在桥上吮着螺蛳，将壳再吐回河里，扑通扑通的声音很是悦耳。

现在，老家的河水又黑又稠，早就没有螺蛳了。

隔三差五地，我跟妈妈去镇上买菜，我紧挨着湿漉漉的船帮，将小手伸进水里，掬起一道道水花。乌篷船经过竹籬的时候有惊无险，哗地一下，船又进入新地界。马车、酒家、布店、破庙，醉酒的男人和出嫁的新娘，喧嚣的街市永远有生动的风景。

故乡是记忆的底色，是感情的酵母，是根。但是，现在的孩子似乎没有故乡了。他们的籍贯上填着"浙江"或"安徽"两字，却永远回不去了。他们看不到原生态的农村，闻不到牛粪与稻谷的气息，体会不到燕子在家里筑巢的欣喜，没有瓜田李下的感觉。他们不会游泳也缺乏对空间的准确判断，所以每年暑假期间都有溺水或坠楼的新闻让人唏嘘。

西谚说：野菜是没有故乡的。本意指野菜有落地生根的旺盛生命力，但我们的孩子没有故乡，也不是野菜，他们是温室里靠营养液拔高的花朵。

“霍乱时期”的师生情

今年的教师节与以往几届鲜花掌声载歌载舞的盛况略有不同，报纸与新媒体多了一些体制改革与教育环境方面的检讨，揭示了若干真相，对当下师生关系的紧张状态也有所披露，比如幼儿园家长向老师塞红包，个别无良老师性侵学生，最过分的是湖北工业大学还有一个教授放开手脚抄袭学生的作品，居然得了个设计方面的“奥斯卡”大奖。正视现实，检讨失误，说明社会还要求进步。

这类人与事，应该不能算主流吧，过去也时有发生，只是大家连冰山一角也不一定看得清楚，现在资讯发达，敲碎一只饭碗，满世界哄传，故而许多人士忧心忡忡，觉得在教育领域的现实状态下，师生关系已经沦为纯粹的商品交换关系，潜规则越潜越深，难以打破。

在中国的纲常秩序中，老师的地位很高，不亚于父母兄弟，仅次于一国之君。老师对学生也亲如己出，悉心栽培，传道授业，严加管束，塑造人格，卓有成就者即招至麾下，列为同党，在晚清社会大变局的背景下尤其如此，六君子或武昌首义，师生并肩赴难的身影让人看得潸然泪下。更有无数纯真而崇高的师生关系，作为中国传统道德的情节支撑，一直温暖着被一具具羸弱躯体包裹着的赤子之心，直至“振兴中华”的琅琅书声中，我们依稀还能看到鲁迅笔下藤野先生的憨厚笑容。事情从哪天开始悄悄起变化的？冰冻三尺，非一日之寒，历史学家似乎也说不准一个时间节点，当德先生与赛先生两位破门而入时，当“打倒孔家店”口号响彻云霄时，当高喊“造反有理”口号的小将给老师头戴高帽脸面泼墨巡游大街时，尤其是在市场经济高速列车轰然启动之时，在革命与改革的名义下，僭越与出卖、弑父与乱伦，似乎都获得了正当性解释。但愿有人拿出非常硬扎的事实将我以上的猜测（还没形成观点）驳倒，谢谢你。

历史的原因有多重性和无解性，这也是历史的迷人之处。今天我愿贡献自己的记忆，请读者朋友分享。在我的学生时代，师生关系的亲疏好恶，与狂飙突起的政治运动有着密不可分的关系，但即便如此，也有温情的一幕。

读小学一二年级时，班主任是个老太太，姓祁，教语文，我因为有点美术方面的天资，图画课不得五角星也难，自然被她发现，遂令我指挥几个同学布置墙报，花花绿绿很是扎眼。还有出黑板报，这事由一人包圆，无需七手八脚。通常是放学后，我留校，在办公室里支一两块黑板，几个老师闷头批改作业，办公室里只听得到粉笔在黑板上走过的吱吱声。每遇此，我的作业都能得到满分，若有差错，祁老师会叫我过去，嘱我改好后交她再批，如此一来，焉能不得五角星？天色将暗，黑板报既成，祁老师摸出五分钱，嘱我去买一包五香豆。去附近南货店一个来回，她分我十几粒，再拍去我身上的粉笔灰，送我出校门，她要等作业批改完毕才回家。

祁老师家访时得知我二哥将去新疆生产建设兵团，妈妈正在为他准备简单的行装，而祁老师的儿子也是农一师的，两人说着说着就相对而泣，令我不知所措。后来两个兵团战士的母亲来往勤了，互通信息，交换布鞋与肩垫的纸样等。二哥去了新疆，凡寄来的家书，第二天妈妈必让我带去让祁老师看，她儿子的家书也常让我们分享。有时妈妈买菜回来会跟我说：我正在买豆腐，祁老师来插队，哈哈！

但是“文革”一来，一切乱套，祁老师家庭出身不好，学校里贴出了她的大字报。我们家也被抄了，双方不再来往，此时她也不再担任我们的班主任了。不过祁老师人缘好，不像另一个老师，平时管束学生极严，现在轮到她倒霉了，我亲眼看到有人从煤球店抢来手臂粗的毛竹杠猛击跪在领袖像前的她，直至口喷鲜血。

进了中学，有一英语老师也因为出身不好，在作业本里偷偷夹张小钞票笼络几个很厉害的学生干部，结果被小将告发，工宣队和军代表将她一顿狠嗑，好一段日子灰头土脸。不久，某机关干部下放，来了几位老师，本是李代桃僵，但他们将运动思路带到学校，煽风点火，大闹派性，老师队伍分作好几个山头，许多学生也因此分成好几派。甚至有个别女同学甘愿放倒钩去陷害某个老师，结局就像人肉炸弹，两败俱伤。上海电影局下放干部徐老师是我们的班主任，他比较超脱，又写得一手毛笔字。由他领衔，我们班的大批判专栏便有了“专业水准”，他一时手痒，也会亲自抄写大字报，若临时被校方叫去开会，便将毛笔朝我手里一塞。我的书法水平由此提升了不少，隶书、大黑体、新魏体等都刷得开，学校里的大幅标语全由我包了。我也乐意干这个，能以革命的名义翘课了。

政治课侯老师最逗，她有家庭妇女慈祥温柔的一面，但又是造反派的泼辣女将，在教师的派性混战中显示出很强的战斗性。她经常请我去她班级里及学工的车间里布置墙报，经她手改过的文章火药味极浓，逻辑性极强。她会买点心给我吃，还将食堂里的肉馒头让我带回家。她知道我最烦政治课，考试前就将考试题目告诉我，并关照：“小鬼，不要考得太快啊！”但考试那天我得意忘形，一刻钟不到就收工，得了个98分，事后她果然受到校方怀疑。

但我在中学的最后一年碰到一个有政治偏见、又惯于积极表现的老师，有一次我的一篇配合工农兵学哲学的作文差点被文汇报记者发现，准备刊登在报上，此事若成，我发表处女作的时间也将往前推十多年，但最后由于她的搅局，黄了。

影响更大的是在毕业分配这一关，我有四个哥哥都在外地，按当时的政策，铁定留在上海工矿企业，但班主任的意见也有相当分量，所以我毕业分配的单位就很差。这一步，差不多决定了我日后运交华盖。

我们这一代人做学生时，环境老是不太平，甚至是很糟很乱的，所以我模仿马尔克斯的书名，戏称为“霍乱时期”。这样的环境下，能让学生记住老师的种种好来，真是不容易。

前不久还在路上遇见中学里的一位校领导，她说：当时我是真心想培养你的，不过你现在也不错，每个人在不同的人生阶段会有不同的追求，大方向对头就是好的。

我只能笑笑，什么是大方向，老实讲我到今天还没弄清爽。我只知道，老师如父母、学生如子女的时代大约一去不复返了吧。

越剧热中的戏装照

目下文艺界最瞩目的大事就是纪念越剧百年诞辰暨进沪九十年，越剧作为一种影响力和受众仅次于京剧的地方戏种，在上海的大舞台臻于完善，并拥有成千上万的忠实戏迷。在越剧大庆的日子里，我翻出了一张老照片，不禁慨然一笑。

时间大约在1979年，十年动乱刚刚结束，普天下劳动人民都舒了一口气。《红楼梦》戏曲电影得以开禁重映，在全国范围内，它与小提琴独奏曲《梁祝》的开禁一样，都是振奋人心的大喜事，在上海的反应更加强烈。一时间，老百姓竞相争看《红楼梦》，全市几乎所有的电影院都在播映这部片子，电影院门口排队买票、等退票的观众也是人山人海。我单位有一中年女工，三个月里看了二十余遍，每次去，都要手捏一方手帕。有一次我在路上看到她，两只眼睛又红又肿，但脸上洋溢着恋爱中女孩子才有的灿烂笑容，手里捏着的那方帕子也像水里捞起来一样。与所有观众一样，她感到了极大的满足，内心的长久郁积也得到了痛快的释放。我知道，像她这样的观众在上海决不是“少数派”。有一次我也去大上海电影院看《红楼梦》，剧情发展到黛玉焚稿一幕，哗！场内一片哭声。散场后从六合路的后门出来，观众像潮水一样涌动，场面极为壮观。

剧情已无悬念，唱腔与台词也倒背如流，明明知道此去必定陪黛玉掬一把伤心泪，为什么还要走进电影院？研究接受美学的专家有文章可做啦。

继《红楼梦》之后，一大批传统剧目也得以开禁，越剧迎来了史上第二个高峰。同时，不少青年人也迷上了越剧，不仅看，还要唱，沪上照相馆抓住这个机会，推出了越剧戏装照。

越剧戏装照以越剧人物为模特儿，让顾客穿上角色的服装过把瘾。之所以选择越剧而非其他剧种？我以为可能是越剧的服装较京剧简单，更无需吊眉、勒颔那般浓抹重彩，而且越剧在上海有着广泛的群众基础。

我太太——此时还没有跟我谈恋爱呢，就与一帮小姐妹来到贵州路上一家照相店拍戏装照。据她回忆，当时还要排队，简单化妆一下也是颇费时间的，于是她请与照相馆相熟的娘舅打招呼，插了队，每人付了几角钱，由经验丰富的老师傅给她们扑了粉，涂了胭脂，描了眉。一件戏服你穿我穿，不知浸濡了多少人的汗水，但谁也不在乎浓烈的异味。摄影师也只关心你的上半身，如何羞答答地笑不露齿、如何翘起兰花指、如何将脑袋那么一侧，下半身依然是的确凉西裤和横搭攀皮鞋。咔嚓一声，青春岁月的容光就永久地留在了黑白底片上。

后来我跟她恋爱了。有一次上她家玩，看到她正在津津有味地欣赏桌上的四张戏装照，一张是她的，另外三张是闺蜜送给她留念的，相同的服装，相同妆容，相同的表情，粗看之下就像一个人。我将四张照片捏在手里以扇形打开："你看你看，像不像四张皮蛋（皇后）？"

我问她扮的是谁，她说可能是紫鹃吧。与她一起拍照的女孩子扮了晴雯、迎春、湘云等人，很少有人愿意扮成黛玉和宝钗，这倒是很有趣的现象。如果对照《红楼梦》电影，这些服装与戏中的人物穿的还是不一样的。

不过话也要说回来，当时这些女孩子是没有心思去研究黛玉与紫鹃的服装有多大区别的，她们要的是越剧演员那种嗲悠悠的感觉。

执手相识

在一个气氛热烈的婚礼酒会上，三对新人在一群擅长起哄的朋友包围中大汗淋漓，传统的节目框架引入了新潮内容，其中有一个节目是用黑布包袋将新郎脑袋兜了个密不透风，在他们面前，是三位亭亭玉立的新娘和八九个伴娘——此时她们已经叛变为不怀好意的志愿者，新郎被要求通过被打乱了的顺序抚摸这几只手，从中认出各自的爱侣。所有“红酥手”事先被摘下戒指，成为名符其实的“素手”，私密性符号被强制消解。

这应该比唐伯虎点秋香容易吧，事实并非如此。第一回合，三个新郎中有两个摸错对象。为了决出“最粗心新郎”，主持人再给他们一次机会，结果还是有一个新郎慌乱之中抓住“她者”的素手不放。被晾在一边的新娘有点气恼，要新郎当众宣布“辞职”。当然，志愿者本来就是为捣乱而来，故意在指端作点暗示，诱使新郎钻进圈套。这三位新郎与爱侣谈恋爱的时间都不算短了，虽说不上朝朝暮暮，也不至于天涯海角，为何不能从玉臂丛中认出自己的最爱？朋友的解释是：新郎是谦谦君子，新娘是窈窕淑女，即使在笔墨生涯和传媒业内游刃有余，面对民俗性考试却不懂得作弊，更没有心理准备和彩排机会。

这个游戏不仅给人欢悦，还给人思索。有一段顺口溜：握住小姐的手，听到心里在颤抖，握住情人的手，感觉就像十八九，握住老婆的手，就像左手握右手……撇开讽刺的用意，真要做到左手与右手那般知己知彼，又谈何容易！因为太太的手不是一时半会能够识得的。

我与太太结婚时没有这个闹法，否则我也可能不及格。

识得太太的手，自然需要时间，但更需要几次紧紧相握的经历。恋爱时，我常把她的手捧在自己的手里细细欣赏，这双手细腻、光滑、柔软，指甲不假任何涂装也如珍珠般晶莹油亮，手背也如一块羊脂美玉，甚至可以看皮肤下面血管里流动的鲜血。结婚后，她操持家务非常勤快，手就渐渐地失去光泽，黯淡了，粗糙了，血管也突出来了。给她拍照时，她有意地将手摆在不显眼的位置。但这时，我还没在意，我从未给她买过一瓶化妆品。

有一次，我患急性阑尾炎送去急诊，手术是在半夜进行的。抬回病床后，太太守候在床畔，她的手紧紧地握住我的手。天蒙蒙亮了，我发现自己的手还在她手窝里，暖暖的。我仔细地端详着这只手，比婚前多出些许细微皱纹。过了几年，我又因为鼻窦有疾，吃了一刀。这次更惨，且不说手术器械从鼻孔里伸进去鼓捣的生猛，术后一米多长的止血纱布塞进鼻孔也让我差点窒息。这一天一夜，我如涸辙之鲋，只能用嘴巴呼吸，嘴唇很快起泡并皲裂。又是太太这只手，不仅为我润湿嘴唇，还紧紧握住我的手，让我在梦中也感到踏实。这时，我发现她的手背上又多出不少细皱。后来还有一次，我半夜咳个不停，她为我搓揉背部，这是她家传的土法，有立竿见影的奇效。这时，我感觉到她的指关节有点突出，翻身后再细细察看，这双手比她的面容老得快，伤感如秋风般袭上我的心头。

今年夏天我又患病住院，每天，这双手都要紧紧握我一下，一种安慰，还有更多的力量传导过来，叫我深深感动。经过这双手插进瓶里的玫瑰，开得艳丽欲滴，也格外持久。

十多年了，这双手为我补过衣服，打过文稿，烹过香蔬，煎过汤药，也因为我脾气不好，抹过委屈的泪水。更多时候，是在我的视线外不停忙碌，在油污中摸索，在尘埃中移动，在最易受伤的地方，无所畏惧地前行着。而这时，我以一种崇高的名义坐在电脑前赶写文章。薄负文名是我，默默奉献是她。掌心的纹路和茧印不许我回避，她为我付出很多很多。可以肯定，现在我闭着眼睛也能从千万只手中认出这双手。或者，是这只手接受了我。

不管自己承认不承认，结婚十周年时，我给她买过一枚钻戒，有点还债的用意，但这双手上的皱纹，并不会因此消失，用任何一种护手霜也无济于事。自然，我也可以说，她的手纹，镶嵌着我们的故事，那一条条饱经沧桑的曲线，是人生之路的印记。但每次静心阅读，不能不使我心虚。

所以，婚礼上的新郎暂时认不出太太的手不要紧，只要真心相爱，今后一定会认得很快很准。每条皱纹，都是生命的印记，都是日记的字符，只不过我希望千万不要为了识别太太的手而让这只手过早地烙下茧印，划下过深的皱纹。在我，岁月如水，不可回溯，只能暗暗记住，当太太为我端来一杯热茶时，接过茶杯，再握住她的手，用点力，让皱纹与皱纹紧紧相吻。

三、淮海路·紫罗兰

这里的老洋房虽然衰败逼仄，却保留了不少法国文化的元素，比如壁炉、阳台、巴洛克风格的铜框穿衣镜和水晶吊灯，这里的居民也有着与法国人相近的审美眼光和生活态度，爱好园艺、宠物、跳舞以及读书。这些，都构成了城市的文明与气质。

1843·西姚家弄

西姚家弄是上海老城区内一条很不起眼的街道，长不足 300 米，在这个落叶遍地、空气潮湿的秋天，被我伤感地重走一次。它深藏在历史的砖缝中，名气远不如邻近与徐光启祖居有关的光启路、与船王郁泰丰和“吴昌硕大管家”王一亭有关的乔家路、与任伯年有关的三牌楼路，但历史提示我们，在 170 年前的 1843 年秋天，刚刚被任命为首任英国驻沪领事的前印度马德拉斯陆战队上尉巴富尔，从广州登上“威克逊”号军舰北上，到舟山再换乘“麦都思”号商船，于 11 月 8 日这天抵达上海十六铺码头。他带着十几个随从以及笨重的行李，走进这条幽深的小街，租下一位顾姓商人的大宅子。这处大宅子叫敦春堂，典型的粉墙黛瓦中式建筑，52 间屋子足够领事馆使用了。

今天，敦春堂早已灰飞烟灭，小街上的房屋也翻造了两三茬，七老八十的“土著”对敦春堂的传说一脸茫然，但有一棵胸径超过 60 厘米的枫杨树从一堵斑驳的围墙后面伸出，最后的几片树叶在寒风中微微颤抖。它应该是敦春堂的见证者。

洋人落户“城里”的消息不胫而走，许多上海市民从四面八方蜂拥而至，大摇大摆地进入敦春堂，令初入沪埠的巴富尔非常尴尬。霍塞在《出卖上海滩》一书中这样描写：“（英国驻沪领事官邸）竟成为全城民众所瞩目的地方，最初的几天，竟有大批的居民，男女老幼都有，川流不息地走进这所房子来参观，而且都是非常之富于好奇心，对于洋鬼子的吃、喝、剃须、洗手、阅书、睡觉，都要仔仔细细地观察。”上海市民在窥得他者隐私后心满意足地回家了，在吱吱冒烟的菜油灯下当作聊斋故事来讲给别人听，但他们绝对预见不到异质文明的强行植入，将不可阻挡地改变上海人的生活以及观念。

巴富尔的办事效率相当高，11 月 14 日领事馆开张，11 月 17 日即与上海道台商议后划定了外国人居留地界址，并宣布上海正式开埠。上海由此开始新的篇章。

接下来的故事可以用“峰回路转”、“风生水起”来形容，当然，在宏大历史叙事之外，我们还可以蹲下身子去触摸西姚家弄的墙砖与门环。影响市民生活与话语的细节非常庞杂，过去中国人对外来事物的话说总是居高临下的，比如“胡床”、“胡麻”、“胡萝卜”、“胡椒”等，还有“胡说八道”、“胡思乱想”、“胡作非为”，带一个“胡”字的似乎就不是好东西，至少不入流。后来是“番”字，戏文中有“番邦”，食物中有“番薯”、“番茄”，后来在上海最早出现的西菜馆也叫“番菜馆”，洋人被叫作“番鬼佬”，洋太太、洋小姐则被称作“番妇”。再后来，随着文化冲突的加深，称异质文明为“夷”，租界为“夷场”，公园为“夷园”，在办洋务时主张“师夷长技以制夷”。但是，实事求是地说，开埠后的半个世纪里，殖民者对租界的规划设计与整治是卓有成效的，他们在第一时间引进了西方文明及工业化成果，也通过收税理财、筑路修桥、驻军设警、引进现代司法制度、开办西式医院、育婴堂、传播基督教、开办教会学校等手段强化掌控城市的能力。五十年间，上海由一个人口不过二十来万的海滨县城，摇身一变为拥有近百万人口的中国第一大城市，取代广州成为中国的对外贸易中心。租界所在的区域原先是一片杂草丛生的野地荒滩，一变而成为道路宽阔、纵横交错、楼宇栉比、人烟凑集、街市繁华、设施先进、管理有序的现代都市。特别是火油、自来水、煤气、电灯、电报、电话、报纸、电台、银行、医院、万国商团、自行车等新鲜玩意儿对中国经济及文化意识方面产生了直接影响。在市民生活方面，除了较早随着传教士而传入的面包、黄油，在开埠后又被引进的还有蕹菜、色拉菜、包心菜、芦笋、啤酒、咖啡、香槟、奶酪、熏肠等，以及面包房、牛奶棚与西餐馆。通商后的巨大变化，大大提升了城市文明程度与市民生活质量。中国人只得放低身段，而且越来越低，在日常语境中也不知不觉易“夷”为“洋”了，即使是民族工商业开始艰难崛起的岁月，即使在抵制洋货的呼声中，“洋火”、“洋钉”、“洋油”、“洋皂”、“洋灰”等口头词汇仍以水银泻地之势昭示无奈的现实：

中国自给自足的经济结构已经分崩离析。

让我们来个闪回吧。镜头切到1893年，上海迎来了开埠50周年大庆。租界当局对这个时间节点极其重视，早在一年前就登报公告，征集纳税人对这一庆典的意见、建议。当年4月还专门成立了“上海租界50周年庆典委员会”，由工部局总董亲自挂帅，另有11位名媛太太组成“女士辅助委员会”，多次召开董事会和纳税人特别会议。西方列强来到上海，除了贸易，还希望在上海移植资本主义制度与国际商贸城市的模式，同时也为他们的代理人及中国民族工商业者创造了竞争的机会。所以，开埠50周年大庆也成了租界当局炫耀政绩、强调价值观的极佳机会。

于是租界当局忙着定制纪念章、发行纪念邮票、在外滩公园里安装喷泉，连黄浦江上的兵舰与商船也挂上五色彩旗。他们还上门联络租界内的华人会馆，跳个舞吧，一起“华洋同庆”。1893年11月17、18日两天，上海租界内的主要马路搭建牌楼，高设洋台，张灯结彩，五光十色，除了军事演习、演说、游园、焰火和灯会外，动员人数最多的还是庆祝游行。一百多年后，当我面对记录这一庆典的照片和《点石斋画报》、旧校场年画时，足足惊愕了一小时。有图有真相，这一盛况以及中国民众所投入的热情，以及媒体对此的积极报道，对我读小学时就被植入的宏大观念形成坚硬的冲击：帝国主义侵略，中国人民狂欢？

当然，事情并非那么简单。后来通过对史料的梳理与解读，我终于明白，对开埠50周年大庆这档事，虽然不少中国人认为租界是中国的“王土”，上海发展有自己的一份功劳，那么也不妨庆祝一下。不过上海“土著”的态度比较冷淡，他们觉得洋鬼子来了，占地为王，吸金如魔，延续了数百年的农耕文明受到极大破坏，小农经济空前凋敝，到处充斥着物欲、欺诈、贪婪与自私，士绅阶层大扼腕长叹今不如昔：“每作别有天地非人间之想”，“令人不能耐之，思欲求一心旷神怡之境界杳不可得。”而从庆祝游行队伍中处于华人主体的两大族群来看，是人数众多的宁波帮与势力最大、财富最巨的广东帮，他们高举写着“丝业会馆”、“通商大庆”、“广肇公所”、“广帮瑞狮”等字样的旗幡、灯牌，甚至极富戏剧色彩的宝盖灯和万民伞等中国风格道具，并扮作福禄寿三星和八仙形象，浩浩荡荡行进在外滩与大马路、跑马场之间，所到之处，万众喧腾。先富起来的宁波人和广东人似乎都理直气壮地认为：是租界这种模式给他们提供了大量的创业机会，使他们毅然走出地少人多的故乡，登陆上海实现自己的梦想。历史地看，这两大族群的移民对上海之所以成为上海，是做出重大贡献的，他们是上海开埠最勇敢的实践者和最直接的受益者。而租界当局发布了主导性的庆典口号，其中有“上海，女王的东方居留地”、“上海誉满全球”、“上海的缔造者，你们所做的比你们知道的还要好”、“所有东方港口都分享母亲港的庆典的欢乐”等，这无意间也透露出租界当局召集华人参与这一盛大活动的另一层用意：让公共租界的华洋双方谋求合作发展的共同心愿得到宣泄与肯定。租界的成功辟建与后续发展，都在表明要处理好与华人商社的关系，在利益切割和城市管理时保持美妙的平衡。

于是，我们接下来就看到，工部局和公董局在庆典之后不久的 1899 年、1900 年、1914 年、1915 年，多次通过越界筑路或强租等手段，使租界向西、向北扩张，“疆域”数倍于《上海土地章程》共同拟定的面积。

上海开埠有 50 周年大庆，但没有 100 周年大庆——强加于中国的不平等条例被废除，租界已收回（这是另外一篇文章的题目）。在改革开放后的 1993 年，在史学界和坊间却几乎没人提及上海开埠 150 周年这档事。而今年上海开埠 170 周年，却成了一个颇具吸引力的话题。“华洋同庆”及万民伞是没有必要了，但审视与思考却可以向着广度与深度而去。经过三十余年的改革开放，大踏步行进在民族伟大复兴征程上的中国人民，已经获得了足够的自信，可以在历史大事件、大动荡、大变革面前多一份从容、大度与深刻。

西姚家弄的那棵枫杨树，根深叶茂，饱经沧桑，但愿在旧区改造中能够延续其顽强的生命，在新时代的和风细雨中，夜夜谛听外滩海关的钟声。

露天通事，洋泾浜英语的先声

讲述老上海的故事，虽然很少有人将外语单独列为一个章节，但这个须臾不可缺少的文化要素却无处不在。从外交事务、海关税务、经贸往来一直到街头巷尾，语言不仅起着沟通释义的作用，而且在文言文逐渐淡出主流话语体系之后，外来语深刻影响了中国人的书写和口语，对新文化运动的推动作用也相当积极，甚至还影响到上海人对外部世界的认知方式——直到今天。

一个世俗的问题摆在我们面前：当上海成为通商口岸，外国人陆续登陆这座陌生的城市后，谁是他们的第一个翻译？这个问题体现了好莱坞电影的一贯趣味，其实也是老上海民间述事中的一个“眼”。遗憾的是，这个问题至今无解。但是我们可以从卷帙浩繁的史料找到这个专有名词——“露天通事”。

“洋船水物登岸，人地生疏。有曾习西语无业之人，沿江守候，跟随指引。遇有买卖则代论价值，于中取利。因衣多露肘，无室无家，故以‘露天通事’名之。若辈自为一业，有三十六人之例，如多一人，必致争殴。”这是葛元煦在《沪游杂记》中的记录。葛元煦是杭州人，太平天国战争期间来到上海租界避难，旅居达十五年。这本书写于光绪二年（1867 年），目的是让外来者“不至迷于所往，即偶然莫辨亦不必询之途人，似亦方便之一端”，有点像今天的旅游手册，但所涉内容却要丰富得多，特别是对租界市政管理的描述，成为今天研究上海城市史的宝贵资料。那么书中所写的露天通事，实际上就是翻译、导游和打桩模子的合体。他们的外语水平应该不会很高，借助手势或可会意，但也够用了。那种结结巴巴的“外国闲话”，就是后来“洋泾浜”英语的先声。

不过也应该指出，葛元煦在这本书中所记的内容，有不少从道听途说而来，不尽准确，比如称其因衣衫简陋、露出肘部而称之为“露天”，就比较牵强。“有三十六人之例，如多一人，必致争殴”的说法也颇具江湖风气，但上海滩第一代职业翻译在创业之际的艰难，或许值得想象与同情。

在《沪游杂记》中葛元煦还至少记录了两种与语言有涉的新兴职业，一是“细崽”——“洋人用华人使唤谓之‘西崽’，粤人多而宁人次之，大率皆青年韶秀者当之，衣服整洁，趋事惟谨。”一是“康白度买办”——“华人在洋行司理账目货物，总管杂务，有康白度买办名目。”这两类人都会一点英语，否则无法胜任，而在康白度这一群体中，有个别人也可能就是从露天通事中混成精的。

后来，随着西方传教士加速登陆，上海出现了不少教会学校，他们将外语教学当作第一要务，但也不废国学，双管齐下地培养了一批精通外语的人才。来中国的西方人士包括传教士，为了推行资本主义的生产方式，当然要推广资本主义的文明，当然要以宣传西学为已任。但同时，商业发展对语言交流是个急切的要求，中国社会的大变革、大动荡也需要更多的知识分子通过西方语言文字为载体渠道，进行更广泛的、更高层面的学术沟通与学习。在这种形势下，官方和民间以及教会等力量还创建了形形色色的外语学校、译书馆和外语补习班。

与正规学校及补习班的循规蹈矩相对应，民间学习外语的活泼劲头也一直高涨，因为一般在职场上打拼或在社会上瞎混的上海人也深深懂得，外语可以为他们大大加分，可以获得比别人多得多的机会。“但能略解数字，即自以为知西文，出而骄人，日游戏于马路，与夫茶烟室馆，呼朋引类，口衔雪茄烟，昂首作得意状，偶有气触之者，则且以西人之势压制之。”(《申报》1886 年 4 月《论中国之仿西法但得其似而不得其真》)

那些没有机会踏进正规学校的市民与小职员，倒有别样的聪明与通达，或用汉语渗透到外语之中，或将汉语与外语嫁接。不过，社会大学虽然不要学费，但学到的东西却有不少野狐禅，洋泾浜英语就是社会大学的产物，它也多少体现了一点海派文化的特质，既有海纳百川之包容，也不免庞杂与粗糙。

开头说到的“露天通事”，他们就是洋泾浜英语的始作俑者。直至上世纪三十年代，曾在《时事新报》、《沪报》等多家报馆撰写专栏的上海作家郁慕侠在他的《上海鳞爪》一书里还有对“露天通事”这一群体的记载：从前依此为生的也有二百多人，现下这项生意已大不如前。因为近来的外国人大都精通沪语，进城游玩和购买东西一概直接交谈，无须舌人，故此业露天通事的人数也就大减特减了。如此看来，自开埠后半个多世纪，“露天通事”们还奋战在对外交流的前哨阵地，可见这门职业的生命力相当强，洋泾浜英语的生命力也一样强。

洋泾浜英语是不通中文的西人与不通英语的中国杂役、仆佣、买办、商人之间沟通的语言，英文作 pidgin-English，汉语音译为“别琴英语”，这个词汇本身就是洋泾浜英语的典型。洋泾浜原是上海县城北面的一条小河，就是今天的延安东路，开埠后成为英法租界的界河。洋泾浜两岸及桥上逐渐成为商品贸易场所，那么在那里使用的夹生英语就被叫作洋泾浜，后来，经过“露天通事”及其他商人的规范，洋泾浜英语也形成了独特的语法和规范。

洋泾浜英语是一种混合语言，词汇量少，大概只有七百多个单词，往往一词多义，比如 my 可以与 I，we，mine，ours 等同义通用，其次，为英语语法的中国化，一般不用介词，比如把“很久很久没有见到你了”说成“long time no see you”等。早在清末，一些粗通英语的中国人还编写了一些用中文标注读音的英语会话手册，比如广方言馆毕业的杨勋就曾编写了一本《别琴竹枝词》百首，将洋泾浜英语编成顺口溜，便于初学者熟记。据说虞洽卿、叶澄衷等人在发达前就是靠宁波话注音的会话手册自学英语的。于是，上海的街头巷尾就流行着“来到克姆 (come) 去叫谷 (go)，是讲也司 (yes) 勿讲拿 (no)，雪堂 (sit down) 雪堂请侬坐，翘梯 (tea) 翘梯吃杯茶”这样的顺口溜（用宁波方言朗诵，味道更足噢）。

平时，英美人与中国佣人沟通，也使用洋泾浜英语，但只能作些简单的交流，无法深入沟通。所以在外侨上流社会中，洋泾浜英语被视为粗俗的标志，初来中国的欧美人士与中国商人、买办打交道时，先用正式英语试探，不得已才用洋泾浜英语，否则一开始就用洋泾浜英语就是不礼貌行为。但常住上海的欧美人，平时私下交流也乐意用洋泾浜英语。斯诺夫人回忆她初到上海时与美国副领事谈话，彼此用的就是洋泾浜英语。她认为：“洋泾浜英语是当时整个中国沿海城市通行的混合语，新来的人都喜欢它。”正因如此，1876 年伦敦就出版过一本

《洋泾浜英语歌谣集》，在 1945 年专为美国飞虎队出版的英语《上海指南》中，也介绍了洋泾浜英语的特点。

再举一个例子，那是曹聚仁在《上海春秋》里写到的，1934 年英国剧作家萧伯纳访华，在北平接受记者采访，当记者问他是否学会汉语时，他说："余一字不知，但对洋泾浜英语颇感兴趣，盖大半文字，太受文法拘牵，洋泾浜语则无此弊，余信此语或将成未来世界语。"

毫无疑问，洋泾浜英语是海派文化的一朵奇葩，至今灿烂。

一百年前的外语补习班

上海开埠以后，西方传教士加快了登陆上海的步伐，建教堂，办学校，他们自比上帝的牧羊人，将中国人视作羊群，当然目的还是为了推广资本主义的文明，推行资本主义的生产方式。不过上帝是说“英格利西”的，为了让中国信众听明白上帝的谆谆教诲，传教士们一开始就要努力学中文，同时也要教会中国信众说外语。另一方面，中国的知识分子在探寻中国落后挨打的原因时，需要追溯到文化差异的所在，对传统文化进行反省，对西方文化进行研究。中国社会的大变革、大动荡也需要更多的知识分子通过西方语言文字为载体渠道，进行更广泛的、更高层面的学术沟通与学习。两方面的动机，共同促进了西学的热潮。

除了正式西方教会学校和中国官办、民办的学校如火如荼地开展外语教育外，彼时上海还创建了形形色色的外语补习班，并成为一支重要的力量。

早在十九世纪六十年代，也就是与教会学校创办同步，上海就出现了外语补习班。比如 1864 年有洋泾浜复和洋行内的大英学堂，专教中国 10 岁至 14 岁的儿童学习英语，他们中有不少人后来成了外国人的“西崽”。1865 年，英商在石路开办了英华书馆。这是上海最早外语培训班。后来，这类学校雨后春笋般地出现了，仅 1873 年至 1875 年在《申报》上做广告招生的就有 15 所，比如由外国人开办的英话文法公所、英语夜校、得利洋行英语培训班等，以及中国人开办的番文馆、英话英字班、英语夜校等。当时的竹枝词也记录了这一盛况：“英语英文正及时，略知一二便为师，标明夜课招人学，彼此偷闲各得宜。”

民国职业外交家顾维钧少年时就在上海英华书馆学习英语。这是一所由外侨与沪绅于 1865 年合办的学校，教授英语汉语双语，兼及其他课程，学费每年 50 两银，着实不便宜噢！顾维钧在日后的回忆录里还生动地忆及当年与年龄比他大的同学进行英语单词比赛的情景，其规则有点像今天《中国好声音》的淘汰赛。

“我们每周上三次英文课，每次上课，拼读比赛对全班学生来说都是一件令人兴奋的事。”

还有一个同文馆，创建于1863年，开始叫“上海外国语言文字学馆”，此名见于李鸿章请设学馆的奏折。其后，在冯桂芬所拟试办章程中，正式定名“学习外国语言文字同文馆”，简称“上海同文馆”。此名用了四五年，于1867年改名为“上海广方言馆”。同文馆的创办人是英国伦敦会传教士布茂林，曾在中国台湾传教并兴办新式学校，后在广东同文馆任教，并受湖广总督张之洞委托编纂《洋务要辑》。同文馆起初只设日班，后加设夜班，教学内容偏重英语。1900年后，中外衙署、铁路矿务及洋行、律师等行业的专门人才需求告急，同文馆就从优秀学生中选拔助教，帮助管理学生并适当教点低年级学生，酌付报酬。据同文馆在1904年的一份告白中称，“计由海关、邮政、电报诸局业考取者约百余人，外则如洋行司事、买办及翻译与写字之职为数不少。”

著名学者、出版家王云五就是同文馆的学生，因为成绩优良，他也“被布先生拔充教生，以承其乏”。布茂林对王云五关爱有加，任他借阅自己的上千册藏书，这些书大多是英文名著，对于王云五开阔视野大有裨益。在布茂林的指导下，王云五阅读了《英国史》《富国论》《教育论》《英宪精义》《社会契约论》《法国革命史》等世界名著。另外像郑观应、穆藕初，前者是近代著名思想家、买办，写过影响深远的《盛世危言》；后者是著名实业家，他们都没有进过正规的外语学校，是在英华书馆或海关外语夜校进行补习的，并在他们日后的事业中发挥了极大的作用。

包括英华书馆、上海同文馆在内的各种外语培训班，有的延续多年，有的旋办旋停，此伏彼起，蔚为壮观，体现了上海持续不断的学习外语与西学热。

与此同时，在1901年，南京同文书院也移至上海高昌庙，成为上海东亚同文书院，这所学校的是由日本东亚同文会创立，该会会长是日本贵族院议长近卫笃麿，一个典型的亚洲主义者。移至上海并考察了上海的各方面条件后，遂将上海作为永久院址。它的办学宗旨为“讲中外实学，教中日英才”，学生有中国的，也有日本的，毕业后多为日本方面重用，分散到日本领事馆、银行、商社等部门任职。鲁迅、胡适都到东亚同文馆做过演讲，鲁迅讲了一次《流氓与文学》，在当天日记里记了一笔：同文书馆“给车资 12 元”。但必须指出的是，东亚同文书院后来设立了支那研究部，书院的教师都是研究部部员，他们非常注重收集中国方面的研究资料，包括书籍、新闻、货币、地券、商业文件，甚至传单，还让日本学生利用假期去内地旅行，散发随身带去的牙膏、味精、仁丹等日本小商品，起到广告宣传的作用。

1923 年后上海至长崎的航线开通，日本侨民来上海增幅加大，逐年上升的日本侨民主要集聚虹口一带，最多时达到近三十万，此时侨民举办的日语补习班和译书所也有不少。

俄罗斯侨民也是上海外侨中的重要群体，上海开埠后的二十年里，俄侨的人数并不多，直到 1900 年也不过 47 人，但十月革命爆发，大批俄侨涌入上海避难。由于他们被红色政权视作敌对势力，故称“白俄”。而后又有一部分来自日军侵占的东北地区，他们从哈尔滨、牡丹江等地辗转而来。至四十年代初，聚集上海法租界并受到法国工部局庇护与照顾的俄侨有两万多人。

白俄中有旧俄海军人员，也有白军及旧俄政权机关的雇员及家属，还有士官武备学校的学员，以及文艺界、法律界人士等。俄侨在上海的人数与同时期在上海避难的犹太人差不多，但在文化领域及城市气质上，白俄对上海的影响远远比犹太群体深远得多，这是一个非常值得研究的课题。

白俄在上海建立了自己的社会组织，比如保护上海俄难权利委员会、俄侨普济会、俄侨各机关联合会、俄侨律师协会等，俄侨中有许多杰出的艺术家，在上海的文艺活动开展得也相当出色，演出歌剧与话剧，举办定期音乐会，还将芭蕾舞带到了上海，造型艺术方面也留下了许多精彩的印痕。上海交响乐团的班底就是白俄人打下的。

白俄非常重视文化教育，在法租界内设有电台，还办起了出版社与书店，出版的报刊之多，这是其他国家侨民所不能比拟的。报刊方面影响较大的有《上海柴拉报》《俄文日报》《罗西亚回声》《自由的俄国思潮》《东方风气画报》《俄国评论》《我们的时代》等，林林总总有近200种，绝对繁荣繁华。史学家认为上海国际艺坛的半壁江山是俄罗斯文化，这是有事实依据的。

在此背景下，白俄还办了许多学校，从托儿所到专科学校及女子学校都有，还有一所上海俄文专修学校，招收的对象主要是华人。至于俄语补习班，在淮海路沿线的支路及弄堂里就有不少，许多中共地下党人就是在这里学了初级俄语，然后再秘密去苏联深造的。

甚至，如果允许我们将叙事语言转成为电影镜头，回放至1925年1月11日那个寒冷的冬日下午，任由镜头摇至虹口东宝兴路一条小弄堂的一幢石库门房子里，我们便会看到，当底楼的黑漆大门被推开后，迎面的客堂间已经布置成一个典型的英语补习班教室，讲台、黑板、课桌椅一应俱全，课桌上也整整齐齐地摆放着英语教材，但是没有一个学生。学生都到哪里去了？原来都挤在二楼，差不多二十个成年男人围坐在一张由三张八仙桌拼成的长桌周围，表情兴奋而严肃，这里正在召开具有历史意义的中共四大，共产国际代表维经斯基此刻正装扮成外教，一旦有事就出面忽悠巡捕，而正在作报告的就是47岁的陈独秀。由此可见，外语补习班是上海一道再寻常不过的风景。

此后，我们还可以在上海看到这种令人热血沸腾的情景，但要等一百年后，在中国进入改革开放之初才得以重现。

淮国旧，叫我大开眼界的窗口

淮国旧，国营上海市贸易信托公司旧货商店的简称。在特定的年代，淮国旧通过一些起死回生的器物向市民社会传递现代文明的气息与信号，也使上海人民通过有限的资金改善自己的生活，使自己变得可以稍许体面点，保持一个人的尊严，这就是上海市民最感谢、最怀念淮国旧的原因。

我对淮国旧的记忆从六十年代后期开始，时值动乱之甚，又逢上山下乡的大变局、大腾挪，国际上又与苏联动火，在越南与美国干仗，以美国为首的西方国家对我国的经济封锁还在延续，关乎民生的物资供应十分匮乏，而老百姓还要勒紧裤带支援第三世界的革命，国内日常生活都要凭票供应。知青下乡时政府会配发票证，保证最基本的生活所需。但有些家长还是希望行囊稍许充盈些，那么淮国旧就成了不用票证的热门商店，那里的棉大衣、毯子、脸盆、锅子、雨靴、胶鞋、手套、闹钟、手表、半导体收音机等都成了抢手货，虽然是处理品、等外品，但价格便宜，不影响使用，故而每天一开门就有顾客蜂拥而至，抢购廉价商品。

我不是有四个哥哥在外地吗？他们经常来信，希望家里寄点日用品去，我就跟老爸到那里淘过几次旧货，给老爸当参谋，后来就自己一个人去逛逛看看。

上世纪七十年代初我还在读初中，那时候读书也就装装样子，课堂里乱得像茶馆店，老师讲的东西你根本别想听清楚，好在作业也没有多少，可以不做，也可以抄同学的，下了课就在外面瞎逛，抽烟，打架，议论女人——最有可议性的当然是“拉三”，后来我幡然醒悟，立志做个文艺青年，到处借外国小说看，再后来就学起了小提琴。按当时的政策，中学生毕业后大多数发配到广阔天地去“大有作为”，只有极少数可以留在上海，去工厂当学徒或读技校。于是有几个前景不妙的学生就“鸡鸡狗狗”地学起了小提琴，希望有朝一日部队来招收文艺兵，一旦穿上军装就可以摆脱修地球的命运。按有关政策，我铁定留在上海，但经不起同学的怂恿，也加入了学吹打的行列。

对了，一开始我先是从同学那里借了一把吉他玩，嘿嘿！当我扛着它雄赳赳气昂昂地走进弄堂时，正在晒太阳的几个老太太说：“噢哟，迭只琵琶介大啊！”

但学了几天，弦线断了，跑遍整个上海滩也买不到，有人建议我去淮国旧看看。我去了，找到乐器柜台，一开口，老师傅就指着墙上的大字报说：“侬要迭个啊，侬自己看看。”抬头一看，不得了！大字报的标题正好是《彻底砸烂资产阶级乐器吉他》。文章严厉指出：吉他只能演奏靡靡之音，必须从无产阶级文化阵地上消失。我吓得头皮发麻，耳朵嗡嗡响，赶紧开溜。

但也不是所有西洋乐器都被砸烂，比如小提琴因为加入了弦乐五重奏《海港》而实现了“洋为中用”，全市很快掀起了学小提琴的狂潮，据说当时学小提琴的青少年达到 20 万之众，那么我就学被革命文艺招安的小提琴吧。

当时小提琴也很难买的，市百一店每放出一批就会引发市民排长队争购的盛况，音声恶难听，居然也要 44 元一把，超过普通工人的一个月工资。为了适应几十万人学小提琴的“大好形势”，淮国旧就将乐器柜台搬到门口来了，门板上像挂火腿一样挂了好几把外国小提琴，其中可能还有意大利的名琴呢，琴背有楸木或枫木的自然纹路，音质一流，每把也只有七八十元。卖琴的老师傅是个石骨铁硬的老克勒，抽板烟斗，吹起小提琴来头头是道，他让我第一次听到瓜纳里尔、阿玛蒂、斯特拉瓦迪里三大制琴家族和他们的传奇。当然他也会突然冒出一句：“国产的百灵牌是自力更生的产物，工农兵群众拉拉蛮不错了。”

大家笑了，他则故意一脸严肃。这个时候乐器店里卖出的小提琴弓子，弓毛都是杂色的，纯白的就是没货。对此老克勒也弄不明白：“自从‘文革’一来，纯白的马大概都死光了。”大家又是哈哈大笑，他则仍然板着脸，猛吸一口烟。他的柜台前总是围满了人，对我而言就是一堂免费的西洋乐器鉴赏课。

等到我毕业时，果然有两个同学被昆明部队招去当了文艺兵。我幸运地留在上海，在一家饮食店当学徒，因为干体力活，我的手指很快就变得像胡萝卜一样粗笨了，拉《山丹丹花开红艳艳》把不准半音阶，我失望得哭了。

“文革”狂飙初起时有个口号家喻户晓、怦然心动：兴无灭资。兴无，就是大兴无产阶级的文化与生活方式，灭资，当然就是清除资产阶级的文化与生活方式。乱局之中，标志资产阶级文化与生活的器物当然贱如粪土了。但上海这个城市很怪，一旦气候有所回暖，所谓资产阶级的东西马上从冬眠中苏醒，跃跃欲试。

所以在阶级斗争的狂风暴雨间隙，上海人就喜欢去淮国旧看看，那里有许多物品是清贫人家急需的，还有些是从大户人家流出来，属于奢侈品，比如旧手表，英纳格只要几十元一只，浪琴、汉密尔顿差不多也是这个价。全套一百多件银餐具整整齐齐装在一只皮箱里，银光铿亮，只卖44元。捷克的刻花玻璃花瓶，波希米亚风格，绝对豪华，两虎口高，一对只卖20元。而绝大多数人还是买不起，只能看看，与店员一起点评一番。上海滩的老克勒是死不光的，他们的生活质量大幅度下降了，但对好东西还保持着很高的鉴赏力，这一点很厉害！

还有几百件裘皮大衣！高高地吊在天花板上，排列得密密麻麻，只看得到它们毛绒绒的下摆，衣色上挂一小布条，上面写着价格，也只有几十元，一百元以上了不得了。它们曾经披在资本家的阔太太和千金小姐身上，在晚宴和剧场里闪闪发光，灰狐、灰鼠、银貂……

到了七十年代中期，它们似乎一夜之间消失了，无影无踪了，据店里的老法师说，都弄到外贸部门去了，集中到广交会上出口创汇。在那个年代，或许是资产阶级奢侈品的最好归宿。后来，大约是八十年代末，谢晋拍白先勇的《最后的贵族》，里面有四个大家闺秀，有一场戏是她们披着裘皮大衣走出来，但你叫上影厂到哪里去弄这四件名贵的裘皮大衣啊？谢导只得在报上刊登广告，向市民租借。后来我看到电影中这个场景，四位小姐鱼贯而出，前三位是裘皮大衣，最后一位披的是坎肩——偌大的上海滩啊，四件老货裘皮大衣都凑不齐啦！

从淮国旧后门出去就是长乐路，那里有几只简陋的大棚，里面的红木家具堆得叠床架屋。口号喧天的时刻，人心惶惶，谁也不会欣赏红木家具的西式浮雕与明亮的花旗镜子。但我们没事可干，就在那里看热闹。一张红木八仙桌只卖区区50元，一只蛋凳卖4元。还有一次我看到一辆10吨头卡车装了满满一车红木家具开走了。听老师傅说，这是卖到民族乐器厂去的，拆散之后做胡琴、扬琴，再小点的碎料也不浪费，送到算盘厂做算盘珠。

后来——二十多年后我已经当记者了，采访一个专做旧家具生意的老法师，他是淮国旧的职工。他告诉我，当年他负责在民间收购旧红木家具，稍许整修一下后卖给外贸部门。有一次店里收进一只红木大橱，他在登记时觉得这只大橱特别笨重，仔细一看，发现抽屉下有夹层，打开夹层，乖乖隆底咚！里面居然夹了金银首饰，钻戒、宝石、祖母绿，还有几根金灿灿的大黄鱼。但那个卖主没有留下地址，怎么也找不到了。“文革”后期的某一年，他在静安区一条弄堂里收到一张紫檀雕花大床，花了2400元，但单位里的领导认为太贵了，算生产事故，要他赔400元，每月从工资里扣除5元。等这笔钱赔清，人也退休了，自己单干，迅速致富。“这几年我一直在寻找这张紫檀大床，照现在行情它至少值500万！”

我还有一个朋友，在“文革”中无所事事，就跑到淮国旧看西洋钟，法国钟、德国钟都有，他有几个小钱就买一只两只，“文革”后到国外发展，到处搜寻，积累了五百多只，其中不少是遗世孤品，他就成了西洋钟专题收藏家。“是淮国旧的师傅引我走上这条路的。”他念念不忘地说。

那个时候物资供应极度匮乏，南京路、淮海路等主要商业街的橱窗里，以醒目位置强调毛泽东的两句话，一句是“为人民服务”，另一句就是“发展经济，保障供给”，而淮国旧则不同，它的口号是“厉行节约，勤俭持家。”在这个口号下，许多象征资产阶级生活方式的物品也被无产阶级合情合理地开发利用了。

所以说，即使政治运动频仍，淮国旧仍给市民打开一扇窗，让市民有一个透气的地方，通过承载西方文明的陈旧器物，可以大致想象另一个世界的生活状态，同时，也成了许多青年人窥视与认识西方文明的启蒙之地。这，也是海派文化的机巧与通达之处。

1992年，上海要解决交通拥挤问题，着手建造申字形高架，纵贯南北的重庆路高架正好穿过淮国旧。于是这家老店迁出了淮海中路，原有建筑片瓦不存。后来淮国旧搬过几次家，最后落脚在顺昌路上，成了一家很不起眼的小型旧货店，出售一些“大路货”的古玩杂件。淮国旧的喧哗与繁荣已成为前尘往事，但它的故事，上海市民是忘不了的。它已经超越了物质的层面，成为上海人的集体记忆，城市文化的积淀。

罗宋面包与罗宋汤

“罗宋”二字，从上海人口中吐出来，也许不经意地带了两三分轻视，但这是亲切感的衍生，包含了头顶同一片蓝天讨生活的怜悯与理解。老上海知道，他们是旧俄的贵族，十月革命后逃到上海来，过去一直养尊处优，住华屋，穿鲜衣，坐马车，赏芭蕾，有一大群忠心耿耿的农奴供他们使唤，现在农奴翻了身，主人被哄出了庄园。这些白俄来到冒险家的乐园，但上海滩已是英国人、法国人的天下。

红色恐怖之下仓皇逃到上海的白俄总数有两万多人，与后来在上海避难的犹太人差不多，他们有幸被法国租界当局收留，80% 居住在法租界霞飞路一带。正因为白俄云集，并在霞飞路上开起了饭店、酒吧、咖啡馆、糖果店、时装店、古董店等等，这条原本法国情调甚浓的商业街就一下注入了俄罗斯元素，霞飞路的核心区域，也就是从今天东起重庆南路、西至陕西路南的这一段，被上海市民称之为“罗宋大马路”，而俄侨将此称作“东方的涅瓦大街”。

同时，白俄不仅在赖以生存的法租界开商店，还办起了学校、医院、银行、俱乐部、图书馆等。这些蓄着大胡子、手握烟斗、喝了伏特加就喜欢大声朗诵普希金诗歌的文化人还办了十几种报纸杂志，比如《上海柴拉报》、《考毕克报》、《弗里美报》、《新道上海俄文日报》、《哥萨克之声》，有些杂志的名称还相当文艺呢，比如《中国民主》、《现代妇女》、《大学生活》、《暮色》、《白光》、《不死鸟》等。马克列佐夫教授音乐学院采用的还是英国皇家学院教学大纲，俄侨画家还在法租界内开设画室，带出了一批中国油画家。轻音乐、芭蕾舞、酒吧歌曲也可说是他们带进来的，白俄乐队不仅在礼查饭店、和平饭店等顶级消费场子里演奏，甚至是法国工部局交响乐团的班底呢。听老一辈的老克勒说，直到“文革”前，上海交响乐团的首席小提琴还是由一个白俄担纲的。话剧，——天啊，白俄自行组建的“俄国话剧团”甚至以巴黎大戏院为基地，上演过契诃夫、果戈理与屠格涅夫的名剧！所以，即使单从文化层面上说，白俄对上海的渗透力、亲和力、影响力也远远超过在上海避风头的犹太人。

当然，混得差的也有，女的到舞厅当舞娘，或到电影院领位，再不济的就到咖啡馆里做招待。男的呢，到舞场里吹拉弹唱算是体面的，混得差的，磨剪刀，修皮鞋，做面包，卖汽水，到公馆里看门，拉黄包车的都有！

白俄对上海的餐饮业产生了很大影响，白俄在霞飞路上开出的俄菜馆，在最兴旺的时候达到三四十家，老上海至今还如数家珍的有：客金俄菜馆、特卡琴科兄弟咖啡馆、文艺复兴、拜司饭店、DD'S、伏尔加、卡夫卡、克勒夫脱、东华俄菜馆、康司坦丁劳勃里、飞亚克、华盛顿西菜咖啡馆、亚洲西菜社、锡而克海俄菜馆、奥蒙餐厅、库兹明花园餐厅等等。

俄菜馆的厨师大多是山东人，这些山东人，真正说起来是胶东人，早年闯关东而远赴海参崴、伯力、哈尔滨俄租界等俄侨集聚地，在那里学会了做俄式西菜，然后再跟着白俄难民来到上海。在上海，他们被业界称之为“山东帮”。山东厨师根据上海人的口味特点对传统俄罗斯菜进行一些改良，比如红菜汤，减少红菜头的用量，增加番茄酱，使之适应中国南方人的口味，也使罗宋大菜名声大振，有了与欧美菜系抗衡的能力。

曹聚仁老前辈在《上海春秋》一书中这样描写俄菜馆的场面：“随便哪一个晚上，你只须随便挑选几个，就可以将俄罗斯帝国的陆军参谋部改组一过了……同时，你要在这里组织一个莫斯科歌舞团，也是一件极便当的事情，唱高音的，唱低音的，奏弦乐的，只要你叫得出名字，这里绝不会没有。而且你就是选走了一批，这里的人才还是济济得很呢。这些秃头赤脚的贵族，把他们的心神浸沉在过去的回忆中，来消磨这可怕的现在。圣彼得堡的大邸高车，华服盛饰，迅如雷电的革命，血和铁的争斗，与死为邻的逃窜，一切都化为乌有的结局，流浪的生涯，开展在每一个人的心眼前，引起他的无限的悲哀。”

余生也晚，在40岁之前还没有吃过罗宋大菜，但小时候还是吃过罗宋面包的。此物食品店里有售，在我家小街拐角上有一家面包作坊也会做。橄榄形的罗宋面包两头尖尖，上海人因此也称它为梭子面包。面包师在坯子中间拉一刀，烘烤后就有一种爆胀开来的效果，在食物匮乏的年代它给人一种虚妄的富足感。我记得食品店里一只咸味罗宋面包售价九分，二两粮票，甜味的要一角一分。而请面包作坊加工要便宜一些，而且新鲜出炉，饱蓄着炉火的温热。

罗宋面包表面很硬，因为用的是标准粉，也就是所谓的黑面粉，咸味，吃口极香。学校里组织春游或秋游时，带一只罗宋面包，慢慢啃，可以消磨很长时间。

与罗宋面包携手而至的是罗宋汤。不过罗宋汤在上海的大面积出现，应该在居民食堂、职工食堂和幼儿园。上世纪七十年代末，食品供应有所好转，卷心菜和土豆容易得到，梅林食品厂出品的番茄酱二角二分一小罐，在食品店柜台上摞成碉堡状，买回家可涂面包，可烧茄汁黄鱼，可烧罗宋汤。唯一遗憾的是牛肉难得，菜场里的牛肉要凭票供应，面向回族同胞，那么在海派风味的罗宋汤里，红肠作为B角拉来救场，切片切丝，聊胜于无，山芋淀粉也取代了需要用黄油来炒香的油面粉。好啦，巧媳妇一番鼓捣，内容庞杂、咸鲜带酸的罗宋汤就热气腾腾地上桌了，在家里蒙丈夫孩子，或招待亲朋好友，都能获得一片点赞。

本土化吃法也不是与面包配套，而是当作汤来送饭的。三两大米饭一碗罗宋汤，有万山红遍的视觉效果，相当丰盛啦。直至二十年后，我才从一本菜谱里得知，海派罗宋汤辅料里还应该有洋葱、芹菜、胡萝卜。后来终于喝到了莫斯科版的正宗红菜汤。红菜头唱主角，牛肉一声不响地帮衬着，汤色呈现晚霞般的玫瑰红，汤面上还冰山似地浮着一小砣老酸奶，喝一口，酸得眉毛直抖，但非常开胃。大胡子厨师跟我说：这锅汤熬了整整四个小时啦。但如果你在俄罗斯餐厅点一道罗宋汤，服务员的反应肯定一片茫然，只有红菜汤，没有罗宋汤。

那么在进入改革开放时代，罗宋汤在上海饭店的菜谱中还有没有一席之地呢？有，红房子里就有罗宋汤，老克勒认为味道跟三十年代一模一样。杨浦区的泰晤士西菜馆虽说以英伦风味立足，罗宋汤却烧得绝对海派。上海阿叔是一家本帮馆子，但最为食客称道的却是罗宋汤，汤汁浓郁红亮，大块牛肉厚实，芝士放得也慷慨，每人一盅相当乐胃。后来当家人阿叔溘然去世，这道罗宋汤的味道就走样了。上海作家协会门口的玛赫咖啡西餐馆以俄式风味和地中海风味一直为文学爱好者称道，这家环境优雅的小馆也成了作家的客厅，任何时候推门而入，都可能看到孙甘露、程永新、吴亮、金宇澄、傅星、走走等前辈，或与年轻作者谈稿子，或与同行讨论文学走向，当然也不乏八卦新闻。玛赫的主人是一位资深美女，名叫秦一，来自大连，小说写得好，还会翻译俄文小说，玛赫的罗宋汤就是她制定标准的，比正宗的红菜汤更对上海人的胃口。有一次她教我喝一种亚美尼亚出品的伏特加，先在手背上洒一小撮盐，快速吸入口中，然后再喝一口伏特加，怪了，这酒的味道立即就变得非常甘甜。

老大昌的碎蛋糕

每个人对故乡的美味总怀有难以磨灭的记忆，上海人大约更是如此，生煎、小笼、小馄饨、烘山芋……构成了上海人的味觉档案。当年知青回沪探亲，扔下满是污垢的行李就直奔弄堂口吃四两生煎，海外老华侨下了飞机也急着找烘山芋一解乡愁。对，还有奶油蛋糕！我一直固执地认定：奶油蛋糕当数上海最好。

在我小时候，奶油蛋糕自然是一份盛宴，难得一尝。一般家庭平时不会买一只来分而食之，非要等客人拎着它隆重登门，才有染指的可能。生日？能吃上一碗排骨面就很满足啦。所以，奶油蛋糕的存在价值首先是作为礼品流行于民间。

彼时，蛋糕还分鲜奶油、奶白和麦琪琳三种。前者最好吃，但一般食品店不常供应。后者最次，色相与味道均逊人一筹，但价钱便宜。奶白最为普遍，经济实惠，裱花也一样具有巴洛克风格，最难忘是那种毒药般的甜度，可以让你浑身发抖。奶白蛋糕还有一个致命弱点，北风呼号的日子，华丽的裱花就发硬开裂了，吃进嘴里味如嚼蜡。这三种蛋糕统称奶油蛋糕，在食品店的柜台里高高供着，构成了令人垂涎的风景，一到过年，它们身价倍增，成了紧俏商品。

奶油蛋糕要数老大昌、哈尔滨、喜来临、凯司令、冠生园等出品最佳，新雅、杏花楼等广帮饭店也不差，退而求其次，是老大房、利男居、高桥等专做糕饼的厂家。三十年前，抢购奶油蛋糕的情景绝对令人发噱，一手高举钞票和粮票，一手抢夺蛋糕。我亲眼看见一个时髦女郎抢了一只超大蛋糕挤出人群，整理鬓发之时，因绳子没扎紧，蛋糕啪的一声掉落在地，而且印证了西方一句俚语：蛋糕落地，总是有奶油的一面朝下。

轮到我自己做毛脚女婿时，曾为买一个奶油蛋糕，托人踏着黄鱼车到静安寺凯司令（当时还没恢复原名）去开后门，整整一下午我都在斗室窗前来回踱步，直到月上树梢才等来佳音，这个过程充满了悬念。

上海的奶油蛋糕最好，最好中的最好，应为老大昌。是的，这里有个人感情的倾注。我们读中学时，按照最高指示的要求须学工学农学军，有一年我们就在老大昌劳动。老大昌系旧名，“文革”中更名为红卫食品厂，车间在斜土路，我们被安排在二楼包装糖果，旁边就是一条糖果生产流水线，一阵奶香，一阵果香，熏得我们这班穷小子晕头转向，垂涎三尺。不久我与另一名女同学被安排到淮海中路、茂名路转角上的门市部参加劳动，不是当营业员，而是借了蛋糕车间一隅，给一部自动糖果机描图纸，具体的地址就是在今天的古今胸罩店旁边一幢石库门弄堂里。描图纸是一件费眼费神、枯燥乏味的差使，我虽然情窦初开，但与那个做事说话一板一眼的女同学没有任何感觉。好在这里有一个谢了顶的老师傅在搅拌奶油，于是阴冷的房子里总是膨胀着甜腻的气息。老师傅早年在日本学习制作西点，他与偶尔登门的同事打打闹闹时会冒出几句日语，然后大笑。

老大昌是上海人信得过的老字号，据说最早由法国人经营，这一点在车间遗物中也得到了证实，我发现几只奖杯式的糖果瓶上就刻着我看不懂的洋文或长翅膀的小天使，一生气将玻璃盖子扔出几米远，它在墙角滴溜打转几下后居然毫发无损！一直堆到天花板上的纸质蛋糕盒子也是五六十年代订制的，我拉过一只一屁股坐上去学小和尚盘腿打坐，咿，坚如磐石啊。

我最喜欢看老师傅搅拌奶油，在一只铝桶里加鲜奶，加糖浆，加香精，如果拌的是蛋白，则将鲜奶换成蛋清，投料后塞到搅拌机下面匀速搅动，一刻钟后，它们就起泡了，泡沫慢慢顶到桶口，像制造了一场小规模的雪灾。老师傅用食指勾了一小撮抹在我腮边，温热的甜蜜。

吃过午饭有半小时休息，我就溜到门市部的工场去。工场设在店堂后面，是个放屁都无法转身的地方。看师傅裱蛋糕很有趣，两大块比报纸还大的蛋糕毛坯，中间抹一层奶油，合为两层，拿过一只秤盘覆在上面，用刀分割成六只正圆坯子。坯子放转盘上，表面与周边用奶油“上底色”，再将奶油填入一只布袋，从顶端的铜头子里挤出来时即呈花柱状，一抖一颤地给蛋糕裱花边。换一种浅绿色奶油裱叶子，决定成败的大概是做花，用蛋糕的碎屑搓成一只只“宝塔糖”，用浅红色奶油一瓣一瓣裱上去，比真的玫瑰还好看。花朵做成了就用镊子栽到叶子中间，蛋糕的空白处则用溶化的巧克力裱四个字："节日快乐"，一律龙飞凤舞，也不管这天是否国庆或春节。一只蛋糕卖一元三角，六两粮票，每天下午三点蛋糕上柜，生意相当不错。

我在那里学会了裱花，做出来的玫瑰花与师傅也有几分相像，师傅忙不过来时就像模像样上场啦。有一次我突发奇想，在一小桶鲜奶里加了一点红、一点黄，希望调成橙色的，想不到色素与奶油的关系比调水彩颜料复杂得多，裱成的花朵像遭到了风霜的摧残，"橙色革命"一败涂地。所幸师傅总有办法，找来一只打滴滴涕的喷筒，调了一小罐纯红的色素液，喷在花蕊上，造成渐变效果，花朵立马有了精神，活转来了！这一天的奶油蛋糕在一小时内全部卖光。

奶油蛋糕我吃不起，但做蛋糕剩余的边角料允许开后门，两角一斤。我时常用饭菜票买一包回家，师傅还挑奶油多的给。出了门市部，先往嘴里扔一块，口腔内涌起如潮的口水。淮海中路上行人如织，梧桐树枝已经暴出鹅黄色的嫩芽，对面国泰电影院正在放映一部阿尔巴尼亚电影，散场后的年轻人穿过马路向老大昌走来，苍白的脸上写着欢悦与憧憬。

——那只蛋糕是我裱的花，字也是我写的，这一回我写的是"祝你幸福"！我窃笑着，朝家的方向快步走去。

卢湾，长在我心里

传了许久的消息终于揭盅：经国务院正式批复上海市行政区划调整：黄浦、卢湾两区撤销建制，设立新的黄浦区。民间话语则更加直白：两区合并，卢湾区从此在上海的版图上消失。

我非公务员，照理不必着急，但我在卢湾区出生并住了三十多年，在卢湾区淡出历史的读秒声中，我不能不提前怀念它。它像一团薄云渐渐散去，抓是抓不住的，只能目送它飘向记忆深处。

据说消息一出，就有不少市民来到位于重庆南路100号的卢湾区人民政府牌子下，“茄子”，手势V，合影留念。在第五个“上海市档案馆日”里，卢湾区档案局准备的80本厚厚的《卢湾年鉴》在10分钟内被市民领走。据说还有一个桥段在网上流传：“田子坊的浪，新天地的美，八号桥的设计夺花魁。大时代的潮，上海滩的洋，淮海路的美女清凉装。味香斋的面，红房子的汤，光明邨的熟食排队长。”味香斋在靠近淮海路的雁荡路上，仅一开间门面，麻酱拌面一流，我骑着自行车去吃过，至今齿颊留香。红房子的法式洋葱汤价廉物美，携太太去解馋，此汤必点。除外，光明邨的叉烧与熏鱼，沧浪亭的三虾面，哈尔滨的杏仁攀，长春的蝴蝶酥，“全国土产”的平湖糟蛋也是我的恩物。当然，卢湾与静安的疆界上还有季风书店。

但是，这不是我怀念卢湾的全部理由。我怀念它，是因为尘封在记忆深处的人生经验，更出于一种深深的担忧：现在的年轻人，可能已不知道我童年时的卢湾区，曾经以怎样的社会形态对市民产生深刻影响并刻录为文化基因被一代一代地传下去。是的，我们有图书与影像，我们还有激情洋溢的颂诗红歌，但这些还不能真诚地还原一个真实的卢湾生活场景。一切民间档案式的个人记忆，都希望能弥补大历史的盲点与疏忽，这份善意想必很多人能够理解。

我就挑自己熟悉的聊吧。今天的淮海公园，过去是外国坟山，法租界的外国人死了，葬在这里，建国后迁走坟茔，改造成公园。但它的西边还留有一小块墓园，我读书时还与小伙伴翻墙进去探过秘，野草过膝，虫鸣唧唧，四角方方的石碑上刻有外文和新月图案。过几年，它就改建成一个小菜场。现在它的对面耸起炫目的双子星座——济南路8号，也是上海房地产的里程碑。再往南一点就是太平桥，道路两边挤满了油毛毡搭建的饮食摊，我积攒了一点小钱就跑去吃小馄饨或油墩子。现在它成为很成功的商业地产项目新天地，里面有多家须正襟危坐的高档饭店，但许多美味的小吃却见不到了。周边的自忠路、太仓路、合肥路、嵩山路曾经住过许多文艺界名人，今天的年轻人都闻所未闻。曾经是老上海精神家园的雅庐书场，不是也拆了？

我家住在一条不足五百米的崇德路上，与外国坟山、太平桥一箭之遥，这条曾以法国人喇格纳命名的小路在我最初的记忆中是坑坑洼洼的弹格路，也是我最早接触社会的课堂，这里有酱油店，也有煤球店；有老虎灶，也有烟纸店；有饼干厂，也有街道文化站；有棺材店，也有原来的法租界安南巡捕营房；有窄弄深处的一溜棚户区，也有Art Deco风格新式里弄房子“新华村”；有曙光医院的太平间，也有不大正宗的弹子房；有测字摊，也有号称远东最大的屠宰场——杀牛公司……混杂与多元，使这条小街趣味无穷，市民生活的丰富性与风俗性，时时传递出一种道德规范与行为模式，深刻地影响了我的性格与人生轨迹。即使在极度匮乏的日子里，幻灯片还是有看的，小书摊还是摆在过街楼下，茶馆里的说书先生还是传统道德的代言人与诠释者。

这条街上有洋行职员，但“玻璃杯”（旧社会变相卖笑的妇女）也受到大家同情；有沉默寡言的大学教授，但屋檐下的剃头师傅一直受到尊敬；有旧社会过来的巡警，也有沉默寡言的地下党，有浪迹江湖的气功师，也有手到病除的牙医。对社区工作最有发言权的是家庭妇女，她们将居委会视作自己的家，将支边、灭四害、读报、宣传好人好事等活动搞得有声有色，居委会主任天天忙于串家走户，被大家尊称为某大姐、某阿姨，可以将纠结已久的心事向她们和盘托出。派出所的户籍警被呼作某同志，一进弄堂里就被大家围住，他可随时到某人家里聊天喝茶，和蔼可亲，真跟马天明一样。

所有的孩子，是所有父母的孩子，所有的父母，也等于是我的父母。我随时可以走进邻居家，看报，喝茶，吃两只生煎馒头。我妈妈在端午节前几天就被好几家人家请去包粽子了，家里的石磨、杆秤、红药水是公用的。闯了祸我不怕母亲责打，因为总有人会来相劝，只要我哭得足够响亮就行了。

现在，这样的生活场景还有吗？不止是卢湾区，在整个上海都没有了。所以卢湾区的消失只是一个引子，被所有热爱上海的人们惦记着，怀念着，思索着。

我还觉得，人们怀念卢湾区的原因还出于另一层担忧：过于强悍的黄浦商业怪兽，会粗暴地撕碎优雅的具有女性气质的卢湾。经验告诉我们，作为上海本土文化的最后堡垒，以老城厢为核心的南市已经被这头怪兽啃光了最后一根骨头。具体说吧，许多记录了老上海经济形态的路名将不复存在，城隍庙也成了南京路滚滚人流的泻湖。再比如，昔日作为上海水上大门的十六铺也无影无踪了，取而代之的是克隆新天地的“老码头”。是的，卢湾区也有炫目的商业中心，但它从不刻意强调金钱对生活的影响力。即使在荒唐与匮乏的年代，这条街也没有放弃过对品味的执著坚守。而属于黄浦区的那段南京东路则不同，它在多轮改造中，过分强调“中华第一街”的荣耀，过分追求客流量，结果在喧闹中不知不觉卸载了许多本土文化信息，成了一锅大杂烩，最终也影响到商业成就。上海人应该有这样的感觉：南京东路是大红大绿的门面，购物、吃饭、逛街、看电影，甚至谈恋爱，还是淮海路最亲切。那里是一草一木都能如数家珍的前院。

有网民将这次两区合并称为“精神强迁”，虽有点言重，但当局事先没与民众商量，一直闪烁其词，这也是事实。毕竟我们是生于兹长于兹的土著，在绝大多数人的庸常生活中，街道、路名、身份还有悲欢离合的故事，都是身外最值得珍藏的纪念。市民是城市气息、城市品格的营造者，如果自己庭园里的那棵老槐树都被外人移走了，我们在哪里喝茶聊天、闲看花开花落？

在上海经济发展的框架中，两区合并后，新天地、田子坊、思南公馆、老码头、智造局等时尚地标以及诸多老字号依然如故，也有可能枯木逢春、青春再度。城区环境也一定会更美丽，绿化会更好，商务楼会更高，商店橱窗会更靓丽，繁华程度赶超香港也不成问题，所谓的租界文化也会被商界人士当作文化资源巧妙挪用或涂改，但彼时的市民社会已经土崩瓦解，卢湾的优雅情调危在旦夕。

我的卢湾，就像一个艳丽而冷酷的情人，早在两区合并前就绝情地离我而去。但我依然一往情深地怀念她，因为她给了我足够的温暖与抚慰，还有爱。

梧桐树下，值得珍藏的风景

上海的秋天明晃晃地朝我们飞来，行进在复兴路、思南路、瑞金路一带，你会发现道路两边的梧桐树像被上帝的手指一一点化，一夜之间染上了炫目的金黄色。穿过树叶的阳光洒在路面上，予人遍地流金的幻象。树叶们交头接耳，时而抛下一片，像是中学时代童鞋们相互传递的字条，上面写着一行字：告诉您，我忠实的朋友，卢湾与黄浦正式走完了撤二建一的程序。

蓝天下，我们恍惚看到一位两鬓飞霜的老人，夹着画具来到路边，找了个地儿坐下。他眯起眼睛审视了一会眼前的景物，很快，一行行梧桐树就在他的笔下活泛起来。

他叫任微音，一个富有传奇色彩的油画家。十月革命的第二年，他在昆明一个大户人家呱呱坠地，少年时师从一个流亡到中国的沙皇宫廷画师学油画，中学毕业辗转来到上海，先后在新华艺专和上海美专绘画研究所深造，深得潘天寿、朱乐之、黄宾虹等大师的嘉许。抗战烽火燃起，校舍被炸毁，任微音逃出沦为孤岛的上海，去江西农村参加劳动服务，积极投身于抗日宣传活动。他创作了大量抗日宣传画，鼓动民众团结一致，奋起抗日。接着他又来到汉口，为抗日电影画海报。一个偶然的机会，他从一部纪录片中得知中国刚刚建成第一支由苏联援建的机械化部队，便找到200师的驻地，成了这支部队的随军记者兼军报编辑，并在炮火纷飞的战壕里经受了洗礼。

抗战胜利后，不愿意参与内战的任微音脱下美式军装，重新拿起画笔，游历了峨眉、青城、都江堰以及剑门等名胜古迹，创作了不少油画，也办过个人画展。

建国后，任微音在上海自己的家里创办了一个东方画室，授徒讲学，编写教材，带学生外出写生，探索中国本民族的油画语言风格。但他的这个宏愿未能如愿实现，私人画室的存在与当时的大气候有所抵触，再说，这个“不识时务”的画家还经常在家里组织舞会，警惕性很高的群众早就看在眼里。于是，任微音被有关方面勒令拖家带口下放甘肃玉门饮马农场劳动。半年后，任微音在饥寒交迫中得了严重的哮喘病，走投无路之际只好倒流回上海，成了街道服务站的一名修鞋师傅。至今，延庆路一带的老人们还记得，这个姓任的师傅，修鞋态度认真，质量有保障。

梧桐树可以作证，任微音戴上蓝布袖套，坐在小凳子上修鞋，时光飞转了十七个年头。海晏河清之际，任微音重拾画笔，坐在路边写生，熟悉他的居民像发现了新大陆：想不到这个修鞋的任师傅还会画画！

从那天起，任微音迎来了生命中的第二个春天，他在刻录了诸般欣喜与伤感的卢湾区画了大量油画，公园、街景、菜场、水果摊、树木、行人……笔下的这一切是那么的熟悉，如老人脸上的皱纹。却又那么新鲜，如野草般茁壮成长，初春的阳光洒在建筑物上，切割出锐利的角度与层次分明的对比，时而又有大雪悄无声息地飘落，给街道铺上一片梦幻般的圣洁。尤其是透过梧桐树的枝丫徐徐展开的人间戏剧，一个墙角，一个阳台，一排枝干，一个老虎天窗，都信手拿来，当作寄托赤子之心的对象。春天的消息，在他的笔端被极洒脱地传达出来，但我们还是能从画家的笔触中触摸到一颗狂躁不羁的心。

任微音的女儿、侨居美国的著名服装设计师任安慈女士从大洋彼岸回到故乡，在有关方面的支持下，任微音艺术馆入驻离新华艺专旧址一箭之遥的田子坊，并于金秋十月这个历史性时刻，举办名为《值得珍藏的风景》的任微音个人画展。任安慈女士从父亲留下的作品中精选一批在卢湾区写生的油画，希望重现宁静、美丽、丰赡的生活场景，帮助我们在心灵深处珍藏这片美丽的风景。

拱卫大街两边的梧桐树，仍有载满阳光的树叶款款飘落，我相信有一叶是任微音从天堂寄来的明信片，上面写着：我的朋友，你一定要相信，明天是美丽的。

——写在《值得珍藏的风景·任微音个人画展》开幕之际

田子坊里的女人们

田子坊，在上海的旅游地图里是一个磁场强大的时尚地标。游走上海，哪怕一天、两天，不少人都要摸过去，走走看看，用手机拍照，身边不断有美女擦肩而过，老外也不少。这里五光十色，多种文化元素交集，迎面吹来的风有异样的香艳，而况还有端端正正的石库门房子。如果时间允许，再吃顿饭，感觉很好。

十五年前我在这里看到的情景再也不可能复原了。它本来就是一条普通的上海弄堂，上海人在这里过着风平浪静的日子，这条弄堂里夹杂着一些“历史悠久”的小厂房，市场经济启动后，小企业死路一条，关停并转后，厂房一下子变得空空荡荡。有关方面顺势而为，将它打造成一个创意产业园区。当时，吴梅森关了他在茂名南路的酒吧，跑到这里来搞创意产业。我去打探的时候，看到车间里还挂着“大战一百天，再创新业绩”之类的横幅。油画家陈逸飞、摄影家尔冬强等人先在此安营扎寨，喝了头啖汤。田子坊不是这条弄堂的本名，是黄永玉在喝醉酒的情况下根据中国古代一位画家的名字瞎起的，它的准确地址是泰康路210弄。吴梅森跟黄永玉是老朋友，给他留了一间工作室，郑重其事地安置了古琴和茶具，但黄永玉好像再没来过。

后来不少画家、设计师看到陈逸飞、尔冬强捣腾得有眉有眼，赶快跟进，再后来，开画廊的、开服装店的、开时尚饰品店的——大多是能说一口流利外语的美眉——蜂拥而至，加上媒体宣传，田子坊从此欢天喜地，人气旺旺。本埠小资或者外地美眉，若没有去田子坊买过时装饰品、喝过猫屎咖啡、吃过泰国料理，就有可能被朋友视作老土，想谈谈上海都没有资格。再后来，这条短短的弄堂装不下这么多的店和人了，就向旁边的弄堂伸展，几条弄堂一打通，就形成了混搭风格的时尚消费区。

石库门弄堂是用来过小日脚的，先天不足，寸金寸地，大家只能相濡以沫。

那么，七十二家房客的格局怎么做生意呢？老板自有办法，带了好酒好烟登门拜访，张家前客堂，李家后厢房，刘家亭子间，王家灶披间，一户户谈判，签下三五年协议。房东在外头再借房子，从老板那里收来的租金付掉房租还能贴补小菜钱，居住空间也比以前大了，何乐而不为？不过总有卧槽马般的恋旧者，守着亭子间不走，那也不能将他扫地出门吧。客人坐在弄堂里喝酒喝到晚上，老太太就拎着马桶、端着痰盂在餐桌之间穿插，客人掩鼻，店家皱眉，却也奈何她不得。晚上十点钟，老太太扑出窗口，将搪瓷脸盆敲得嘭嘭响："阿拉要困觉来，奈好跑来！"但即使上面有洗脚水倾盆而下，老外还是不怒不恼，不醉不散。后来有关方面经过多次协调，现在情况好多了。知道了吧，田子坊里的老太太下手是很重的。

后来，田子坊发生了变故，这是大家知道的，陈逸飞溘然去世，他的工作室空关了一段时间，现在据说由他的家属接手，开了一家商店。陈逸飞工作室隔壁本来是尔冬强的艺术中心。陈逸飞一走，尔冬强就势单力薄了。田子坊的人气一路飙升后，就像俗话所说的，一堆狗屎也好卖出老价钿，所以大房东二房东就年年涨房租，尔冬强就有点挡不住了。有个美国作家讲过，跟大多数人作对是没有好结果的。那么在前年年底，尔冬强索性搬走，搬到老远的龙华。

陈逸飞走了，尔冬强走了，但这里近百家商铺还是像走马灯一样转个不停，其中餐饮业占了一小半，其余多为时尚小店。刚才说了，女老板年轻漂亮，外语说得溜，但她们不一定天生都会做生意，无非借一块地方感觉一下创业的滋味，隔三差五将闺蜜叫拢来胡吃海喝，一年半载撑不下去再将商铺转让。她们不怕输钱，背后自有人买单。但开饭店的女人还不算最狠的角色，还有一种美眉，租一间商铺，从店名到环境装潢、到一路摆出来的商品，文艺腔十足，路过瞟一眼，就被勾进去。冷艳，孤傲，阅历丰富，外语更好，与来者三言两语一交口，对方有啥底牌就刷刷清。她读过一点书，跟她谈海明威、格瓦拉、伍迪·艾伦、三岛由纪夫，还有草间弥生、布洛克，你要是接不上她的茬，只能落荒而走。风和日丽的日子，她跷起二郎腿，稳坐钓鱼台，欣赏自己刚刚做好的美甲，自成一道风景，客人走过若不是进门盘桓片刻，也要“不断回头留恋地张望”。她们的眼睛会发电，似乎还握有一套密码，欧洲人、中东人、非洲人都能周旋自如，都能叫你开心，以为上帝所赐。日子一长，约出去喝咖啡、吃饭、看话剧、度假……然后同居，一不小心有了孩子，那你这个老外还逃得出她的掌心？去教堂结婚吧，转天就出国定居了。所以我每次逛田子坊，总会发现有几家商铺易主了，新老板比此前的更妖媚，更冷艳，外语也更流利。

有个法国女作家以田子坊女老板们的故事为素材写了一本书，书名相当惊爆：《吴梅森与他的女人们》。吴梅森一听就跳起来：“我跟她们只是管理方与房客的关系，你这么一说，我跳进黄浦江也洗不清爽啦！”

一只壁炉的祈祷

我是一只石骨铁硬的柚木壁炉。上世纪三十年代，有个大老板在成都路造了十五幢洋房，在木器行定做了一批壁炉，据说还是风行一时的 Art Deco 风格，我就与同门兄弟一起住进了这条新式里弄。一开始房东还会像模像样地升起火来，满房间热烘烘亮堂堂，也让我无比温暖。但不久东洋乌龟在闸北掼炸弹，市面上柴火炭结被一抢而光，房东就没有办法、也没有心思烧壁炉了。我看他们一家人挤在客厅里愁眉苦脸，心里也蛮难过的。再后来，大概已经是六十年代吧，灰头土脸的房东对我说：烧壁炉是资产阶级生活方式，现在我要改造思想，不能贪图享受。于是他的儿子就将我的炉膛封起来，还将我漆成白色，跟墙面一样，不再弹眼落睛。到了八十年代末，这条弄堂里的老洋房子要拆掉造南北高架了，在震天动地的机器声中，我被从墙上硬生生地剥下来，掼在马路边上。有一个拍照片的人路过此地看到了，出钞票为我赎了身，装上卡车搬到他在青浦徐泾的房间里。

后来我知道，我的新主人叫尔冬强，他收了上万件旧货，办了个民俗博物馆。我享受的待遇最高，安装在敞亮的客厅里。他还经常升火，主客都暖洋洋，我闻到了咖啡香，听到了西洋音乐，晓得了不少拍照片的讲究。

但好景不长，2005 年这里也要开发房地产了，尔冬强十几间瓦房被铲平了，我搬到了泰康路尔冬强的工作室里。偶然地，尔冬强也会生火取暖，让橘红色的火光照亮客人的脸庞。但田子坊里的石库门与洋房哪能比？石库门房子原先就没有壁炉的，我确实有点委屈。不过它邪气闹猛，我天天看到花枝招展的女人嘻嘻哈哈走过，有辰光她们也会进来拍拍我，假模假样地看看油画看看黑白照片。但她们一个劲地嫌贵，她们宁可去买项链戒指泡酒吧，还有印着红卫兵的搪瓷茶缸。

田子坊的日脚让我大开眼界。尔冬强在这里经常举办画展、摄影展，还举办过歌剧沙龙，票价老便宜的，美女帅哥济济一堂，连领事馆里的外国人也来轧闹猛。有个叫沈嘉禄的男人带着他的太太每场必来，还要吃咖啡点心，我晓得他是看白戏的。尔冬强有许多朋友都是来看白戏的。散场后我看到工作人员向老板报账：演员劳务费多少，茶水点心多少，票房收入多少。尔冬强好像不在乎，难怪他发不了财。

前不久，尔冬强在一个人时悄悄地向我诉苦：老伙计，我们要搬场了，这里实在混不下去了。12 年前我刚刚到田子坊，这间厂房有 800 平方米，每年收我 12 万元，我还能承受。这几年房子像切豆腐一样分割出去，供别的租户开店卖丝巾饰品，这也算了。但房租却一路上涨，每年要收我 100 多万，我哪能吃得消啊。老伙计，好几年来我不敢给你这只老壁炉生火，也是这个道理啊。

我听着也蛮伤心的。在外人眼里，尔冬强的生意做得蛮大的，开了家汉源书店，在香港还有一家汉通出版社，但他每年要跑到老远的荒山野岭拍照，还拿自己绑在飞机上航拍，性命也不要了。前几年他搞过一个版画工作室，让画家创作版画，掼掉老多铜钿，后来房子割走一大块，机器只好闲置起来。

尔冬强好像特别器重诗人。诗人在今朝赛过叫花子，写出来的诗没人看，尔冬强爱惜他们，常常举办朗诵会，请人钢琴伴奏，还有茶歇。上个礼拜又办了一场诗歌朗诵会，24 小时连轴转，几十个诗人轮番上场。这也算了，最难过的是尔冬强将我从墙上卸下来，吊在半空中让我大出风头。他对别人讲：这只老壁炉是我的老朋友，陪我从东搬到西，又从西搬到东，一句怨言也没有。这是一只好壁炉，我对它有感情的。这话说得我也潸然泪下，我不会忘恩负义，是尔冬强给了我第二次生命。

那帮诗人在大呼小叫时，我也在回忆自己的一生。我突然想起，信教的人在临终时，家里人会请来牧师来到床头，问他还有什么要向上帝忏悔的？莫非这些诗人也在忏悔？他们向谁忏悔？向我吗？不不不，我不是牧师，更不是上帝，资本家才是上帝，上帝说有光，就有光，上帝说要你走，就得走。我只是一只阅尽沧桑的壁炉，火烧不坏我，刀劈不碎我，虫蛀不空我，但我一直像逃难一样，没有一个稳定的家，这次我要随尔冬强搬到远离市中心的石龙路去了，不晓得还能让我继续发光发热否？

诗人在嚎叫，泪光在闪烁，我则浑身颤抖，寒彻入骨，只能弱弱地祈祷。

思南公馆的花香与书声

早在思南公馆这片旧房子改造之始，我就深一脚浅一脚地闯入工地现场看究竟，当时工人师傅也不知道这些房子将派什么用场，我更加猜不透，但是“比新天地档次更高”的思路是听说了。后来思南公馆正式亮相，我与太太多次光顾，喝过咖啡，买过几样小摆件，在龙门雅集的画展流连忘返，当然也让太太在洋房的弧形楼梯上面拗过造型拍过照。后来我还与漆器收藏家刘国斌、女中音歌唱家王维倩在一家会所里做过关于大漆艺术的讲座，上海老歌与当代漆艺果然让听众惊艳了一把。更多的逗留，是我在那里采访一些艺术家，咖啡、惠风、鲜花，思路活跃。思南公馆的环境优雅静谧，气氛和谐，人们在那里坐定，抛却烦恼，希望通过一份超越时空的感觉进入上海往事的细节之中。

后来有文学会馆和作家书店的进驻，许多人认为这是水到渠成的好事。文学会馆的琅琅书声抑扬顿挫而不夸张，整修过的老洋房恰如一个迟暮美人，从午睡中醒来。我在文学会馆参加过几次活动，有时是主角，有时是配角，每次都非常愉快，有一次一位美女粉丝还向我献了花，让我惊喜而不知所措。文学会馆的讲座有时通俗，有时专业，但都有忠实听众如约而至。由上海作家协会主持的思南公馆读书会已经办了一年了，文学的精神为这个时尚地标增加了内涵和号召力。

上海走到今天，应该而且可以将最好的地方腾出来，安放一张书桌。

上海人有读书的便利与习惯，出版社和书店云集，作家们也爱在上海观察、思考和写作。即使在文化荒芜的时候，上海人也千方百计地找书看。比如上世纪七十年代，在小青年中流行过一阵手抄本，既有《一双绣花鞋》这路传奇，也有《第二次握手》这样的红色恋情。我也向同学借来看过，弄堂口、菜场里，两相交接时瞻前顾后，就像地下党交换情报。后来民间文学不过瘾了，我就从同学那里借来外国名著充精神之饥，读到精彩段落就抄下来供日后反刍，后来还整本地抄过普希金、海涅和莱蒙托夫的诗歌集。

我的“手抄本生涯”顶峰是将一本《茶花女》的缩节本抄下来。这本《茶花女》是同学从他哥哥那里“偷”出来借我看的，限定三天后归还。我翻了几页后当即起了野心，抄！虽然经过浓缩，也有五六万字，我买了两本黑封面的笔记本，从早抄到夜。在家里，我躲进小阁楼里抄。在学校，我就在课堂上堂而皇之地抄。此前的好几本手抄本都是在嘈杂如茶馆的课堂里完成的，此次我想老师也会放我一马吧。

呵呵，班主任连眼皮都不朝我这边翻。亚芒与茶花女的故事在我笔端摧人泪下地演绎着，叫我唏嘘不已。我不明白，这么漂亮的姑娘为什么最终会扑向一个老公爵的怀抱。三天后的下午，最后一堂课是语文课，《别了，司徒雷登》。在大家极为夸张的朗读声中，玛格丽特在美人帐中咽下了最后一口气。就在这个当口，教室门被硬脚头踢开了，冲进来几个工宣队员，一把夺走了我的手抄本。

八年后，我买到了解禁的《茶花女》，捧在手里热泪盈眶。

后来，上海又流行一种《摘译》，灰封面的丛书，这是供内部阅读批判的，但我从中读到了不少苏联的当代小说，尤以军事题材令人神往。更让我震动的是，苏联作家已经通过环保问题来推动社会改革了。

七十年代末，上海人又迎来了一拨波澜壮阔的读书浪潮。此时每一种外国名著重印上柜，新华书店门口就会排起神龙见首不见尾的长队，市民们如饥似渴地阅读着，神色异常兴奋。同时在市区繁华地段还自发形成了图书交换市场，在四川中路新华书店总店、福州路旧书店、八仙桥新华书店等处，每天下午都会汇集几十上百人，大家将刚刚看完的图书与他人交换，这样就可以用一本书的钱看几本书。淮海中路靠近思南路顶端的人行道上有一块不小的空地，还有花坛可供小坐，就成了最大的交换市场，一眨眼就汇集了数百人。我曾将《福尔赛世家》换来《斯巴达克思》，将《复活》换来《双城记》，最成功的一笔交易是用《名利场》和《大卫·科波菲尔》换来一套莎士比亚全集。警察对市民的换书行为比较宽容，只要不溢到路面上影响公交车通行，也就眼开眼闭。这种情况维持了两年左右，后来就被清理了。但这是上海的记忆，值得回味。

想起前几年，实体书店相继关门或挪移，叫爱书人无比胸闷，但回头再看，上海并不因此而失去书香，在去年年底一份统计表里，上海人的人均阅读量还是在全国范围名列前茅。而同时，各种形式的读书会正在渗透到市民的日常生活之中。比如汉源书店很早就举办过形式活泼的读书会，摄影家尔冬强经营这家人文气息浓厚的书店十多年了，无怨无悔地将从别处赚来的钱补贴书店运营，现在总算有点小赚。有一次他告诉我，在外滩一家由外国人经营的西餐馆里，女老板每周三下午要举办一场读书会，参加者有洋太太，也有上海的白领。当然，今天有越来越多的人爱上了读书会这种活动，讨论文学当然是根本任务，但同时也兼具社交和休闲等功能，有书，有茶点，有花香，也有美女，读书不再拘泥于正襟危坐了，小小地作个秀，有节制的尖叫，在微信上晒图，这也许构成了新世纪上海的书声。

最后回到思南公馆。几年前，摄影家陈海汶受有关方面委托，为思南公馆拍摄一本图像集。他在法国南部与西班牙接壤的比亚里茨找到了巴斯克文明的印记，上世纪三十年代，法国建筑师从这里驳了样，然后在上海建造思南公馆建筑群，而且这个地块的建筑规划中有两个必不可少的设施，一个是教堂，一个是学校，现在教堂还在，学校搬走了。

比亚里茨留下了两任法国国王的浪漫传奇，还有大作家雨果带着情人在这里度假的故事。但更让陈海汶吃惊的是，这里的法国人对上海并不陌生，有些人还与上海的亲戚朋友保持着数十年的联系。而他在思南路一带的民居探访时，又发现这里的老洋房虽然衰败逼仄，却保留了不少法国文化的元素，比如壁炉、阳台、巴洛克风格的铜框穿衣镜和水晶吊灯，这里的居民也有着与法国人相近的审美眼光和生活态度，爱好园艺、宠物、跳舞以及读书。这些，都构成了城市的文明与气质。

旧书店，城市的胎记

近来我发现，上海也有可爱之处。2008年香港天星码头要拆，香港民间组织发起集会希望“把根留住”，弄得动静很大。今年年底，一瓶黄牌辣酱油在超市失踪几天，大家就惊呼起来，刨根寻底，结果一场虚惊。小朱书店到年底要关门了，大家又“嘘”地惊呼。媒体一路跟踪报道，动静越来越大，爱书人为表示支持，相约前去买旧书。以前视讨价还价为乐趣，现在捧了就走。还有一些市民以为关门前必有跳楼价，也去淘便宜货，翻箱倒柜，叫小朱疲于应付。现在据说在有关方面的关心下，小朱书店暂时不拆了，大家松了一口气。

小朱书店的悲喜剧让市民一怔：曾经在家门口的旧书店，不知从何时起一家家关门，黄鹤一去不复返了。我问一位入行已有二十多年的旧书店老板小武，他也不能确定现在上海惨淡经营的旧书店还有多少？扳扳手指，靠近复旦大学的国顺路上有一家，国权后路上有一家，福州路古籍书店三楼有一家，上海文化商厦三楼也有一家，福建南路上有一家，中华路靠近文庙也有一家，方浜中路上也有一家，专售线装书，品级蛮高，董桥也是那里的常客，老板收到好书会替他留着。我还想起八十年代，顺昌路靠徐家汇路有一家凤鸣书店，也是单开间门面，但在读书人中间名气不小，因为它是文汇报才子陆灏主持的，他当然知道读书人需要哪类书。

小武的旧书店开在福建南路上，靠近人民路，店名承袭了老字号“新文化服务社”，我给他写过店招。这里有着所有旧书店的基本特征：店面狭小，门面低调，旧书堆得顶天立地，内部空间被挤压到最低限度，但来者络绎不绝，近来熟面孔朋友一头扎进就问：“你啥辰光关啊？”

小武很生气：“不要听到风就是雨，我不会关的。”

话虽这么说，我则知道小武在安民告示的同时也在给自己打气。这家小店说

戴氏画譜
偷一罚十
恭禧

来也有些年头了，上世纪八十年代由出版系统一群离退休老职工创办，十多年后，老伯伯们实在做不动了，就由一个体老板承包，但因缺乏人脉关系，收不到好书而难以为继，最后连房租也付不起。小武此时在福州路博古斋，一听这消息就毛遂自荐，接手这家小店。

小武从小是个书迷，又吃过萝卜干饭，积有几大优势：博览群书，懂得各种版本，民国版本尤其熟悉。结交的书迷朋友多，店门一开，朋友纷至沓来，有什么好书，他会给所需不同的朋友留着。他的人缘还体现在认识一批藏书家以及后人，谁家的藏书有哪些特点，他心里有一本账，有时候藏家要搬家了，或者要装修了，甚至孩子结婚住到外面去了，他都会主动上门帮忙大扫除，清理出来的旧书，与藏家商量：要不要处理掉？那好，这事交给我办。他待人真诚，不会在价格上压人家，藏家都愿意将多余的旧书交给他处理。

后来领导支持他，“新文化服务社”的招牌借给他用。小武知道这招牌的金贵，“新文化”是有人文底蕴的，与文化人关系非常密切，那么在自己手里只能增辉不能搞砸。为了开展业务，他除了做好强项民国版图书外，还增加了古籍修补、收售古旧字画、古旧文房用品及工艺品等业务。我前几天去那里聊天，就看到一老太太捧了一把满是茶垢的紫砂壶来询价，三言两语，老太太就将茶壶交给他寄售了。

“现在生意越来越难做了，孔夫子网一开张，大家都喜欢到网上淘宝。还有拍卖行，过去铅石印刷的东西不上拍的，但今天的市道一切皆有可能，民国旧书也上拍了，此举虽然提升了旧书的身价，但也抢去了不少市场。有些藏家看到旧书居然也能拍到几万十几万，再也不肯卖给我了！你上门去收，他就狮子大开口啦。”

为了寻找旧书，小武甚至跑到废品回收站，如果能寻到几本旧书，即便蓬头垢面，也会眉开眼笑，但这种捡皮夹子的机会也越来越少了。小武说：“现在图书流转速度加快了，半年三个月，新书就退架了，成了旧书，放我这里销，打个三五折，老实惠的。有些人买了新书并不急于读，小半年后发现在我这里只要一半价。所以接下来我会在退架书上做些文章，帮助国营书店消化库存。卖旧书嘛，发财是做梦，主要是做好读者的桥梁。”小武说。

面对网络逼压、旧书上拍等不利形势，小武淡然一笑：“做旧书的生意人一直希望有关方面在税收方面给点优惠，据说市政府已经在考虑了，这是利好消息。”

旧书店是城市的一道风景，在巴黎拉丁区有许多旧书店，除了旧书，还有旧唱片、老地图、老插图、老信札、老钢笔、老纸笺等，在塞纳河左岸还有一家中国读者也知晓的莎士比亚书店，开了一百年了，在文化人心中的位置胜过埃菲尔铁塔。更壮观的是河边旧书摊，从法王路易十六时期就慢慢形成了，旧书摊的数量已有250多个，统一管理、统一规格，绵延数公里，可称得上是世界最长的旧书摊或图书馆了，绿色的铁皮箱也成为巴黎最有趣味的风景。

在伦敦也有旧书的显著位置，比较集中的地方有三处：一处是英国博物馆附近，一处在离唐人街不远的Charing Cross路，还有一处在横跨泰晤士河的滑铁卢桥南岸桥下河畔。

其实在旧上海，旧书业也是相当发达的。我在郁达夫和楼适夷的文章里发现当时的文化人在春节都喜欢到城隍庙逛旧书店。那时的旧书店旧书摊多集中在昭通路和多伦路两处，建国后日渐萎缩。三十年改革开放，旧书业迎来了末路狂奔。

上海不是要建成国际大都市吗？那怎么可以没有旧书店呢？特别是世代经营旧书业的人，是会说话的档案袋、记忆库。虽然在某些好大喜功的人眼里，旧书店比较旧，比较乱，比较破，经济效益也不好，想通过整容去掉这块胎记，但退守一隅的旧书店是城市文明的载体，也是城市的记忆，文明的足印，读者人的驿站，在文化大发展大繁荣的期待中，应该给旧书店一个小小的门面。

带上好友，将时间交给玛赫

许多朋友知道，上海作家协会机关就在巨鹿路675号一幢有些年头的花园洋房里，资深的上海男人还知道它的前身：著名实业家刘吉生的私宅，由匈牙利建筑师邬达克设计。这幢建筑无论总体还是细节，都在不厌其烦地展现着欧洲十八世纪巴洛克风格的精髓与风貌，从罗马柱到门楣的装饰，处处无可挑剔。特别是天花板上的缠枝纹与卷草纹浮雕顶饰，以及硕大的水晶枝形吊灯，于繁复缠绵中不失端庄仪态。我每次去作协，还会对院子里的那座大理石女神雕像致以注目礼，她裸露着美丽的胴体站立在水池中央，双手托着一个荷叶状的承盘，高雅而略带惆怅的面容向着天空，仿佛向世人宣示情爱的真谛。

在作协大楼沿马路处建有一幢两层楼的副楼，风格与老楼相仿，二楼是文学会馆，底楼租给人家搞经营，聊补作协经费之不足吧。不过大概有好几位经营者轮流“执政”，都没能取得理想中的业绩。最后一位接盘者来自美丽的滨海城市大连，是一位仪态万方、风姿绰约的北方女性，而且是一位翻译家，以俄文文学作品翻译见长，她叫秦一。充满文学激情的秦一将这块地方打造成一家“玛赫”咖啡馆，马赫是物理学上的重要计量单位，同时也暗示她在大连的主业——修理游艇及其他民用船舶。

《上海文学》副主编金宇澄早就多次提醒我注意这家咖啡馆，“环境布置很有情调，菜式也精到，价格并不贵，关键是老板娘，非同一般，你可以去那里重温一下少年时的美梦”。

我是每天午饭后要喝一杯咖啡的，只是太忙，就是在办公室里泡一杯雀巢，在咖啡馆里一坐，哪怕是星巴克，没有半个钟头也不行。当然，玛赫的能量一直在积蓄。

最近我就与宇澄、琦华、晓芹等好友一起去玛赫吃一顿午餐。推门而入，看到桌椅摆放得像自己家里一样，散漫而疏阔，这个角落置一个书架，那个角落放一具雕塑，一架三角钢琴放在显眼位置，而在靠近吧台的桌子上，两台手提电脑如贝壳般打开着，一杯卡布其诺散发着甜蜜的热气，这大概就是老板娘专属区域，一种家庭般的气氛就让我感动。

秦一朝我们起来，一行行微笑如久别重逢般的诗句写在她的脸书上。她为我们准备了菜谱，不用我们操心。前菜上来后，她打开一瓶珍藏了二十年的亚美尼亚白兰地请我们品尝。一口入喉，直觉得一条边缘光滑的丝线徐徐滑入，引爆了血液，让身体燃烧起来，一下子驱走了背在身上的寒意，每个人的表情就此活泛起来了。

伏特加还有一种特别的喝法，秦一将一小撮盐撒在我的手背上，教我快速吸入口中，然后再喝一口伏特加。怪了，这酒的味道立即就变得非常甘甜。

接着上来的是红菜汤。提起此汤，上海人是不陌生的，但事实上呢，平时我们品尝到的俄式风味，一般都是以本土化或家庭式的罗宋汤主打，里面放了大量的卷心菜、胡萝卜、西红柿，特别是红肠的冒失加盟，简直让人匪夷所思。而真正能体现俄罗斯风味的，应该是红菜汤。我一直想自己做，可惜红菜头在上海很难买到，秦一知道后，马上从厨房里取了一个给我。

红菜头又名火焰菜，是红色根用甜菜，它是欧美各国的主要蔬菜之一。红菜头外表很粗糙，像地瓜，剥了皮后，紫红色的果肉就可以煮汤了，最后环节加入酸黄瓜和酸奶，红菜汤就是靠这种风味打动食客的。

我对红菜汤的好感，来自在芬兰的一次品尝，那是在一家俄罗斯人开设的饭店里，浓浓一大碗，酸香鲜俱全，绝对是异国的至味，再配烟熏三文鱼和大列巴，旁边还有俄罗斯小姐的歌舞表演，那一晚令人难忘。现在我再一尝秦一的红菜汤，一下子唤醒了我的记忆。秦一告诉我，厨师用牛骨汤熬了四个小时啦，所以味道才那么鲜美，红菜头本身是没有鲜味的。

恺撒色拉做得也相当到位，在蔬菜上面盖上煎得微微焦黄的鸡排，拌后慢食，配法国红酒正好。很快，我期待中的主菜上来了。秦一为我们准备了烤三文鱼，我就不再选择了，其实我对熟的三文鱼并不钟情，因为大家都知道，三文鱼止于生食。三文鱼烟熏或做汤，我都品尝过几回，印象并不鲜明。此菜上来后，那也得品尝一下啊。刀一划拉，易碎的鱼肉露出橘红色的纹理，配上蛋黄酱后，入口倒也够细腻丰富的。那还能说什么呢？而况宇澄兄说：常吃三文鱼可以预防郁闷症。

此时，秦一悄悄为我们播放了俄罗斯的民歌作为背景音乐。

我随手翻起了菜谱，发现无论前菜还是主菜，可选择的还很多啊，比如头盘有培根香草蔬菜卷、烤芝士马铃薯碗、罗勒番茄面包片、玛赫蝴蝶虾等，还有我们吃的恺撒色拉配鸡胸肉，以及意式醋汁配金枪鱼、牛油果色拉等，主菜有碳烤羊排、维也纳肉排、白兰地明虾、俄式传统肉圆、德式牛肉卷以及一般上点档子的西餐馆都会供应的各种牛排。汤呢，除了看家的红菜汤，还有德式土豆汤和奶油蘑菇汤等。

俄式传统肉圆有点像中国的狮子头，以牛肉末为主，加了一点猪肉，吃起来就不会觉得太“柴”。据秦一说，这是俄罗斯人的家常菜，但量要比我们现在吃的大得多。

主食则有意大利面多种，这也是我的最爱。而况还有各色三明治和比萨，其中上海风味的比萨无疑是秦一的首创。但这天，秦一给我们吃的是甜点，因为她认为自己做的甜点是上海一流的。果然，芝士蛋糕和提拉米苏上来后，我们抢着吃，要不是撑到喉咙口，我们还会点布郎尼和巧克力蛋糕来吃。

秦一告诉我，不少小资与文学青年喜欢约上三五知己，各自要一份简单的午餐，接着就是每人一杯热腾腾的咖啡，这样无比舒适地度过半天。随手翻翻秦一从家里带来搁在书架上的外国小说，或者谈谈文学以及文学之外的事情，当然也不排斥八卦。

玛赫咖啡其实不仅仅是一家餐馆或咖啡馆，秦一还经常在这里办一些与文学有关的讲座，或者由朋友来此举办。仅在去年办的活动有：朗诵沙龙系列、名家谈名人系列，还有个读者俱乐部在此举行了一个“咖啡换书”活动。就在我们品尝的那天，一家日本服饰企业先来看看环境，准备将新品发布会放在这里举行。

酒足饭饱，怀揣着秦一送我的红菜头和她又送我们每人一瓶的摩尔多瓦出产的小黄雀伏特加回家，迫不及待地将红菜头削皮后做汤啦。炒锅烧热，下黄油，放入洋葱片，煸炒至变色，下红菜头片略炒几下，加入牛骨汤三大勺，烧开后改小火焖煮至菜熟。然后加调味料适量，再撒油面粉起稠，装盆后，在汤面上小心翼翼地浇上酸奶油。

老婆、儿子一咂嘴，大呼：对头！

创意集市，逛逛有收获

一座城市体量越大，历史越悠久，交通越便利，包容性与流动性就应该越强。就市民社会生态而言，对细碎的生活用品的处理，便会有与之相适应的智慧与习惯，比如环保、节能。集市的出现，是水到渠成的商业行为，是潜移默化的城市文化，更是一种生活智慧的体现。这里所指的集市，是自发形成或有专门机构宽松管理的小件生活用品交换平台。在台湾同胞的话语中称之为“市集”，西方人则称之为“跳蚤市场”，但意思一样，都是市民乐意光顾的淘宝场所。

集市以二手货交易立身扬名，也不排斥原创产品，在它身上可以看到上海人记忆中旧货商店的血缘，也就是生活物资调剂商店。现在物质供应大大丰富，甚至过剩，民众的生活水平也提高了，用过的东西一扔了之并不觉得心疼，人与物之间很难建立起长久的感情，集市希望改变这个状态，延长器物的生命周期，并教会大家惜物惜福。

我去过嘉善老市，它原本是陕西南路一条弯弯曲曲弄堂里的一座旧厂房，如今变身为一个集 loft、咖啡店、餐厅的文创园区。这里有规模不大的设计公司，当然也少不了吃喝玩乐，时尚小店扎堆，门庭虽小，自信满满，布置也相当精致，佛像、盆景、石雕、雕花窗板都在不露声色地传递浓浓情调。我更喜欢在露天市场兜兜逛逛，看老外摆摊出售自己烘烤的蛋糕面包，看老外自己制作的相框或台灯。有一次我买了一个烛台，三把不锈钢叉子聚拢来这么一组合，再用一块原木板做垫子，就金鸡独立了。为了这个别出心裁的创意，我毫不犹豫地支付了300 元。

是的，二手货价钱很便宜，长毛绒玩具、闹钟、定时器、台灯、咖啡壶、高脚酒杯、蛋糕模子、迷你烤箱……都不到市场价格的三分之一，CD 碟片 10 张一摞只卖 10 元钱！有些式样奇特，或者有那么一点点古旧派头的物品，一露面就被小资尖叫着抢走，价也不还。有一次我还看到两个美眉为了抢一只有 Art Deco 风格的香水瓶，居然杏眼圆瞪。

嘉善老市平时还有副食品供应，一清早，小贩在此叫卖鱼肉蔬菜、水果鲜花，不少人提着一篮蔬果慢慢地逛，不着急。阳光洒在他们身上，光怪陆离，看看也是享受。在嘉善集市里，各种肤色并美、各种语言交汇，真是热闹极了！

老场坊 1933 也是值得一逛的，这个地方以前俗称“宰牲场”，建筑本身就很有特色，整体上是圆形的，层层叠叠，通道纵横交错，从活牛到宰杀然后分割装车一条龙，今天，归于沉寂的遗迹仍让人惊艳。转身为创意产业园区后，在这里举办过几次创业集市。我在这里买到了一只宝蓝色的车花花瓶，回家没放上几天就被儿子抢走了。我还在集市上看到至少有两个摄影团队在拍广告，靠着水泥楼梯拗造型的模特儿真靓啊！

雁荡路在复兴公园后面，是一条宁静的步行街，创意集市给它带来有节制的喧哗。有一次正好路过，看到上海大学美术学院的学生在搭棚摆摊，有自制的笔记本、相架、手机套、丝巾、包袋、凉鞋、帽子、手绘 T 恤等，但我最中意的则是饰品，比如带有一点点波希米亚风格的银项链，吊坠镶嵌着青花瓷片，混搭思路，比商店里卖的精彩多多。但考虑到青花瓷片人家用得太多，我就提出用自己收藏的明代龙泉瓷碎片请一个女学生量身定做，小批量，三件，她欣然同意，开出的加工费也很合理。一个月后交货，她反过来要求收购其中的一件，我也欣然同意，正好与加工费相抵，皆大欢喜。

在欧洲许多城市，跳蚤市场和创意集市均是城市魅力的精彩体现，也成了时尚的发源地，更是众多原创艺术家与设计师的靶场。一拨拨奇才达人在集市脱颖而出，然后与市场磨合、对接，慢慢建立起自己的时尚品牌。集市虽小，能量却不可低估啊。在这个夏天，上海又会出现多批创意集市，在人们不经意的时间与地方出现，给人惊喜与发现。那么抽空再去逛逛，收获物品，收获心情。

四、董家渡·秋海棠

月亮如约而至，果然是红的，而且越来越红，令人惊喜。有青年人拿着手机，来到天主堂前面，试图拍到与建筑物亲密接触的红月亮，但教堂毕竟太低，效果并不理想。我想再过若干年，这里会耸起一幢幢现代化的商务楼，届时再来拍一个中秋节的圆月，一定不会让人失望。

董家渡的红月亮

董家渡这一大片旧房拆平之后，视野豁然开朗，迎面吹来的风也似乎融进了黄浦江的水气。这些日子，每当夜幕降临，我总爱在这里作饭后百步走，太太也乐意陪同。并肩走在昏暗的路灯下，望着废墟中孤立的一两幢危房，听见微弱的灯光里传来窃窃笑声和哗哗洗牌声，周遭显出别样的寂寥。彼此看一眼后问：将来这里起了高档写字楼和住宅楼，我们还会来吗?

自问自答的言语里，泛起了留恋与惆怅。

从小生活在卢湾区，也就是如今的新天地一带，偶尔会去城隍庙轧轧闹猛，近江的董家渡则极少涉足。在老上海的叙事话语中它偏于城外，自然生分而隔阂。许多年后，在改革开放之初，骑自行车去那里看望一个朋友，发现这里其实也蛮有趣，所见多为本地房子，低矮而破旧，沿街小店和路边摊鳞次栉比，老虎窗前挤着凌乱的小花盆，一株老树突然从叠床架屋的屋顶后面蹿出，无人照看，却也长得葳蕤可喜。市声嘈杂，灯影晃动，人间烟火，唯此为甚。

后来我们在浦东陆家嘴住了四年，又在田林地区住了五年，总有一种身在异乡为异客的感觉，直到新世纪来临，在陆家浜路置了新房，总算找到了归属感。这一带是老城区，公交车站名为“大南门”，旧称“朝阳门”，我酸气十足地给书房取了个新斋号：城南寄庐，又老气横秋地别署“城南渔夫”，并很快去一箭之遥的董家渡熟悉环境，仿佛对一位陌生老者的叩访，恭敬而不免好奇。

街道、弄堂、旧房，还有从房屋夹缝中探出树冠的老树，似乎一切照旧，只是在董家渡路、南仓街以及外仓桥街一带冒出了许多路边摊，犬牙交错，密不透风，花花绿绿的布料挂得铺天盖地，便宜得不敢相信，本地女人、外国女人（以俄罗斯女人居多）大声喧嚷，眼疾手快地挑三拣四，然后大包小包地走人。有人告诉我，这是中外闻名的布料市场，有些年头了。做买卖的有本地人，更多的是外来人。裁缝铺也不少，将外国明星的大幅照片张挂在门口，量身定做西装礼服、婚纱旗袍，生意很好。据说许多台港歌星都是这里的常客，每年法国、意大利时装节发布的新款，半个月后就在这里华丽登场。七浦路服装市场的老板也是这里的常客。我有一朋友，二十年前移民美国做时装设计，每年要来两三次，那种色彩夸张的零头布料每段十来米，每米才五元十元，她轻舒玉臂这么一划，包圆了，到纽约做成时装，要卖一两千美元，美国婆娘疯抢，这钱赚得她很不好意思。

这里的路名也极有意思，我曾一再关照儿子带着相机去走走看看，比如鸡毛弄、西钩玉弄、药局弄、糖坊弄、花衣街、芦席街、外咸瓜街，均与老城厢的业态有关，而青龙桥街、小普陀街呢，散发着浓郁的农耕文明气息，再比如万豫码头街、公义码头街、赖义码头街、王家码头路，见证了上海在开埠后快速取代广州跃升为中国外贸中心的历史。哈哈，这里还有一条蔡阳弄，这跟《三国演义》中被关云长一刀斩于马下的老蔡阳没有一毛关系吧。如果再将行走范围稍稍扩大几步，就会看到有一条沙场街，与吴昌硕同时代的海派画家钱慧安曾在这里度过晚年。还有一条桑园街，据说徐光启曾在这里种植桑树进行桑蚕实验。在中华路小南门的某幢沿街房子里，胡适在那里降生，他又是在附近的梅溪学堂接受启蒙教育。“是吗？”儿子将信将疑。

董家渡路上有一座气势不凡的天主堂，曾被誉为上海第一大教堂，它的资格堪与徐家汇天主堂比肩，白墙花窗，轮廓线妩媚秀丽。墙上的铭牌告诉我，它大名“圣方济各沙勿略堂”，由法国传教士建于清道光年间的1847年，外观属西班牙风格，不少细节却传递出文艺复兴时期的巴洛克元素，墙饰窗饰又以浅浮雕表现仙鹤和松竹梅等中国传统图案。不做礼拜的日子，这里一派安谧，看门的老者放我进去看看，允许拍照。大堂里轩敞空旷，几缕阳光穿过花窗投射进来，构成了一帧黑白照片，叫我不由自主地放轻脚步。后来周围开始拆房了，网上朋友一片惊呼，抗议拆除这座百年老教堂。我大概知道这个规划，告诉他们不必惊慌，教堂在拆迁范围之外。

往南走几步可看到一条东西走向的小路：会馆码头街，已是一片瓦砾，野草蹿至齐腰高，中间孤独伫立着一幢中式宫殿式建筑，它就是市级文物保护单位商船会馆。天啊，这个会馆太重要了，略知上海史的朋友一定有感觉，开埠后，上海老城厢出现了许多公所会馆，比如豫园的数十幢亭台楼阁在小刀会起义后，就被豆米业、糖业、油酱业、木材业、棉布业等二十余个行业公所租用，商船公馆是上海最早的一座会馆，建于清康熙年间，是上海以港兴市的重要见证。再俏皮一点说，这里曾是沙船业巨头经常聚会议事的俱乐部啊。几番风雨，花开花落，两旁的配殿早已圮废，只剩下摇摇欲坠的主体建筑，被外来务工人员占用。我钻到里面仔细看过，雕梁画栋，依稀可见，门头上的菱形大方砖上雕刻的“商船会馆”四个字清晰如昨，让我大吃一惊的是，几家住客还在使用明火！

董家渡地块拍卖后，这处老建筑是移建它处还是原地保护，如果原地保护又如何与周边现代化的建筑相对不冲，相安无事，都将考验政府部门与开发商的智慧。

是的，董家渡地块在 11 月 18 日以一个颇具戏剧性的方式拍出，美好的规划进入实施阶段。其实这片地早在十多年前就开始动迁了，动得慢，是因为房价涨得太快。有一次我坐出租车，司机正好是董家渡地块的动迁户，他们是最早签约的，家里七口人，挤在三间 10 平方米的屋子里。有一年春节，大年夜，屋顶上的油毛毡被飞来的爆竹引燃，差点酿成火灾。第二天大年初一，一家人挤作一团吃晚饭，天花板上掉下一只大老鼠，差点落在火锅里。“为什么不走？日思夜想盼望动迁，分到的四套新房，近的在浦东三林塘，远的在青浦、松江，但我们满足了。”

董家渡动迁的日子里，我和太太也经常去那里散步，空气中弥漫着些许紧张和躁动，居民围作一团，在路灯下议论纷纷。签约一户，封堵一家门窗，签约一批，整幢房子立马推倒，有时拆到一半，百年老房露出狭窄的空间结构，又如垂死者的病躯骨骼，非常骇人。最后，好像遇到了加速度，一夜之间夷为平地，我们也松了一口气。只是，我曾经在区政协会议上建议有关方面尽快挑十几户董家渡的老居民，做一次口述实录，请他们将生活于此数十年的经历讲下来。但最终没有做成。现在原住民星散各处，许多故事就只能随之湮没啦。

今年八月十五的晚上，据说有个红月亮会升上天空，于是许多人都来到董家渡的空旷地面上赏月。月亮如约而至，果然是红的，而且越来越红，令人惊喜。帅哥靓妹拿着手机，来到天主堂前面，试图拍到与建筑物亲密接触的红月亮，但教堂毕竟太低，效果并不理想。我想再过若干年，这里会耸起一幢幢现代化的商务楼，届时再来拍一个中秋节的圆月，一定不会让人失望。

回到本文开头的问题：我们还会回来吗？我就跟太太讲了一件事，有一次我向南外滩开发公司的老总建议：董家渡的旧房拆除了，留下许多老树，枫、杨、樟、槐，杂乱无章，但请善待这些老树，不要随意处置。可动用少许资金，将它们移至滨江绿化带，给每株老树做块铜铭牌，标明出自某路某弄某号某个庭院，原住民有张三李四几户。哪一天街坊老邻居相约而来这里访旧，老屋没有了，老街也旧貌换了新颜，但这些老树依然承载他们的感情，延续他们的生活记忆，是他们与这座城市密切关系的证明。我又说："原住民甚至可以认养一株老树，就像供养自己的长辈一样。"公司领导听了很感兴趣，认为这个建议有可操作性，将来也是一个新闻亮点。

太太心领神会："我们也可以认养一株呀。虽然我们没有在董家渡生活过，但毕竟老树有灵，它是看着我们搬来的，看着我们的儿子上大学，毕业后又找到了不错的工作，并娶了媳妇，也看着我们头发慢慢变白。"

是的，我希望老树伫立在江边，允许我们抚摸，不管今后董家渡会有怎样的风采，我们就有重访的理由了。

有烦恼，抄经去

去年燠热难当的几天里曾接到一位朋友来电，问我有没有办法找一位资深可靠的心理咨询师？我马上从大脑内存里筛选一遍，检索结果为零。与这位朋友认识也有十多年了，但平时交往不多，微信也在马年春节那几天为互贺新年而加的。以往一年一度朋友圈聚餐时会碰到，她性格十分开朗，快人快语全无遮拦，如果恰巧坐在我身旁，那么一两小时里也可以借着酒兴谈个痛快，与黑皮诺、草头圈子等一起回味好几天。

这位朋友在一家国际著名的会计师事务所工作，办事干练，绝顶聪明，人也雅致，只是天天加班到鬼叫，谈朋友的时间也没有，一直拖到36岁好不容易才有了一个家。但让一干好友大跌眼镜的是，白骨精嫁给了一位比她小10岁的美发师！她经常去这家理发店，认准这位美发师，手势利索，打理到位，轻声轻气，日久生情而水到渠成。

明摆着鲜花插在牛粪上啊，但此话不能说，一来是人家的隐私，二来也有行业歧视的嫌疑，只要她一切都好，大家还是要举杯祝贺的。婚后的日子似乎也风调雨顺，工作依然忙乱，直到有一次双休日她游完泳，回到家里看报，翻过头版一路看到24版，突然想起一个问题再回到头版，居然看到了满纸空白，吃惊之余再找到24版，这页码上居然写满的问号。听到惊叫声，先生马上赶来，将报纸从头翻到尾，并无异样，于是怀疑她精神方面出了问题。

好了，幸亏朋友是资深理科女，见惯了风雨，再复杂的问题也不能将她击溃。在与我通了电话后，她还是从别的渠道找到了一位经验丰富的心理分析师，根据医生的建议，她投身于户外活动和出境旅游，小半年后情况有所好转。“你知道吗？最有效的方法不是瑜伽，也不是SPA，香熏也是虚应故事，还是辟谷最好。”有一天她在电话里告诉我，并建议我也试试，或许可以让我的血糖恢复正常。我对辟谷一直怀有敬意，但不敢以身试法，一旦转为低血糖，对不起人民对不起党。又过了一段日子，她来电话说：“最近去浙江一座深藏于山沟沟里的寺庙，住了五天，食素打坐，听和尚宣讲教义，醍醐灌顶，好像脱胎换骨一样。”电话那头似乎在等我响应，但我这个人已经俗到骨髓，除了以略带夸张的语调表示敬意之外，实在想不出别的词来。其实在微信里我经常看她发的图片还有感悟式的点滴文字，也及时点赞，但感觉上，她正在飘向另一个世界。

最近圈子朋友相聚小酌，这位资深美女准时到场，欢呼声中，一身象牙黑显得特别高贵。她素面朝天，精神焕发，语调平和，不再高谈阔论宏观经济形势，只谈佛理，倒也没有鸡汤味，叫我们这帮俗人频频点头。她不喝酒，只吃素菜，点到为止。恰巧这次她也坐在我身旁，她从手机里翻出几张图片让我看，是一组从日本购买的香炉，有铜的，也有瓷的。另一组图片是手抄的《心经》，虽然一勾一画都是初学者的稚气，但从整体看来又弥散着缕缕清香。这是她在一位和尚指导下开始写的。

据她所说，目下流行抄经。有些寺院为此开设了修行课目，不问出身，无论男女，相聚于同一间佛堂沐手抄经，从《心经》抄起，接下来是《金刚》，再下来是《法华》或《大悲咒》等。她一脸虔诚地说着，我出于礼貌盯着她的嘴唇，没由来地想到青少年时代学琴的情景，根据师傅的指导拉枯燥无味的练习曲，先是霍曼，再是开塞，接下来是小顿特，天天在阳台上苦练。有一天邻居大叔赤膊穿短裤冲上来大叫：“喂喂！我刚刚做出夜班，你让我太太平平睡一觉好不好！”

我不由得笑了，美女就假装生气了：你怎么一点都没有慧根，还笑呢！

同桌的一位做期货的朋友插进来说：“心经抄好了，可以卖钱呢！”

美女白了他一眼：“你真是俗到家了！没错，书法家写的心经可以摆在店里卖，但他要是为钱而写，那内心就得不到平静，他是为物所累，不能正常修行。”

我连忙将话头接过去：“那么你倒说说，就你看到的情况看，抄经的人多吗？”

“当然！我想你也抄过心经的，但要是在寺院的环境里一笔一画地写，效果肯定不一样。你若有意，下回我带你去，住个一两天，晨钟暮鼓，苦茶斋饭，人生大不同！”美女真诚邀请，我不能马上拒绝。她飞快地从包里掏出一样东西套在我腕上，低头一看，是一件菩提子的手钏。“这是尼泊尔天然凤眼，我知道你喜欢老货。悄悄跟你说啊，下个月我的小店就要开张了，你一定要来看看，一半开茶席，也可闻香打坐抄经，另一半专售菩提子和沉香。”

我不免有点吃惊：“那你……”

“暂时由我先生打理，我嘛，再过几年就提前退休了。人生苦短，要趁早想明白，不生不灭，不垢不净，不增不减……你别笑，你不要觉得自己写点文章就了不起，往高里说顶多就是金针度人，那么我也是金针度人呀，或许老百姓更相信我呢！”

旧衣新时尚

也许从小过惯了精打细算的苦日子，至今对旧东西长怀一种念兹在兹的感情。现在谁还用钢笔啊，可我有几支笔尖都磨平了的钢笔，一直在笔筒里插着。九十年代初，产量高的作家都嚷嚷着将笔换作电脑，我也将一台386请进门。从此，钢笔们精血枯竭，功成身退，但我不忍心将它们一脚踢开。钢笔曾陪伴我度过无数个夜晚，帮我将纷乱的思绪衍化成一行行文字，劳苦功高。还有一盏台灯，是我在十多年前用一个清代竹编提篮改装的，加了一个宜家的无纺布灯罩，到现在还好使。十多年里朋友送我好几个新式台灯，但我不会喜新厌旧。身上的衣服也是这样，一件衬衫穿到袖子破了，请老婆大人缝补一下继续穿。去年夏天有朋友来访，看到我身上的T恤，眼睛顿时瞪得像铜铃："知道你特念旧，但也不能如此矫情吧，知道我要来就故意穿这件破T恤！"我恍然大悟，原来这件T恤正是他出游意大利回来后送的，那是"上个世纪末"的事情啦，当时挺时髦的，我穿上后拍的照片还上过《小说界》的封面，如今严重褪色，领圈也磨毛了。其实我并没矫情到这个地步，只觉得旧衣服软绵、贴身、舒服，在家里穿不丢人。我再告诉他，英国查尔斯王子一件斜纹呢猎装穿了四十年，伊丽莎白女王一条床单用旧了，从中间磨薄部分剪开，边缘两边缝上后再用。是的，你会说，白金汉宫每年的开销是个天文数字，但他们惜物惜福的态度值得肯定。

呵呵，知心朋友马上反击：你搬进新房后，从旧家具商店里淘来旧椅旧柜装腔作势，那张八仙桌是清代乾隆年间的，比红木家具还贵啊！你用晚清民国的粉彩瓷杯喝茶，那比日本瓷器还贵啊！你用元代龙泉香炉点棋楠香，十足的城市地主！

哦天哪，你要开批斗会啦！我说：这些其实就是旧器物，说好听点也算历史文化遗存，经过一番修理，继续活在我们的日常生活里，不是挺好吗？如果我们这类有旧物癖的人不用不惜，它们可能就在城市化的进程中化为尘土了。

隔几天又有一朋友来访，送我两个沙发靠垫，式样相同颜色花纹却大异其趣，原来是他太太拆了旧窗帘和旧桌布做的。一试，松软而有弹性，有亲切感。朋友的太太也是个恋恋旧物的人，这些年用旧衣服做了许多东西，纸巾盒、电脑罩、茶壶保暖套、微波炉手套、背心、帽子、逛超市的购物袋……还做了不少信插——现在谁家里还用这老古董啊！偏偏有人喜欢，墙上一挂真养眼。

朋友送我两个靠垫，可不是白给的。他站在客厅中间，眼珠滴溜溜转就想找旧衣服。我只得献出三件旧衣服，其中一件旧衬衫是大格子羊毛面料，他高兴死了，因为这货改做的效果特别好。

爱惜旧物，是我家敬天惜物的好传统，也传递我个人的趣味，但更是一种价值观的体现。后来还知道，对旧物的回收再利用还关乎环保。2008 年国际旧物再利用局（成立于 1948 年）经研究得出一个结论：每利用 1 公斤废旧纺织物，就可降低 3.6 公斤二氧化碳排放量，节约用水 6000 升，减少使用 0.3 公斤化肥、0.2 公斤农药。为此，国际旧物再利用局号召人们：不要将废旧纺织纤维直接扔进垃圾箱里。

那么这些“破衣烂衫”扔哪里去呢？欧洲国家的民众一般趁礼拜天送到教堂里，由志愿者或信众集中起来送纺织厂，好一点的旧衣服经过消毒熨烫后送到流浪者救援站、慈善超市及养老院。还有些富人区居民会定期将旧衣服放在指定的超市里，让穷人按需所取。在中产阶级家庭里，父母给孩子买新衣服并不像我们想象的那么爽快，相反让老二穿老大的旧衣服，甚至让妹妹穿哥哥的旧衣服。许多人认为英国是“制造”绅士淑女的国度，他们最讲究生产品质包括个人形象，但恰恰是这个国家，在十多年前就率先成立了一家户外用品公司，专门加工有机和再生材料服装，顾客可将各种原料的旧衣服送过去，再换取新衣服。至于名人穿过的衣服，那就大有文章可做了，交由拍卖行去挖掘文化或时尚附加值，又是一连串眼花缭乱的亮点。比如伊丽莎白·泰勒、奥黛丽·赫本、安妮·莫恩等影星的裙子、晚礼服甚至结婚礼服都拍出了几万至几十万英镑的高价！

我有一朋友在美国休斯敦，他告诉我，他们社区里有一个“旧衣日”，那天无论休假在家还是走亲访友，哪怕出门看一场歌剧、泡个酒吧，每个居民都必须穿旧衣服，不穿旧衣简直不敢越家门一步。在上海，这个理念也在付诸实践之中。上海现在每年要产生13万吨旧衣服，成千上万家庭为处置这些半新半旧的衣服而犯愁，为此政府也建立了五百多个旧衣接收站，在有些小区里也有专门的回收箱，还做成可爱的大熊猫形状。旧而不破的衣服，经过一番整理后送到灾区或其他需要的地方。有些社区还设有分类垃圾箱，废旧纺织品的回收工作也进行得很顺利。在优衣库等服装店里，商家也专设了废旧纺织品回收桶，接受顾客带来的旧衣服。北京有个人开了一家时尚服饰店，专门用旧衣服裁剪、拼接成各类包袋和时装出售，大获美眉点赞，生意火得不行。

但是在熏风送暖、花枝乱颤的物质时代，以时尚为旗号，鼓吹常换常新，言必称名牌的奢华观点一直比节俭两字更有诱惑力和煽动性。再比如中国人特别迷恋新款手机，故而苹果的战略就是牢牢锁定中国年轻人，有计划、有步骤、按照精确计算的时间表、以一种事先张扬的态势推出经过小修小改的新机型。而中国年轻人也真的像扔掉一双臭袜子那样舍弃用了不久的手机，排队抢购新款然后炫耀于亲朋好友之间。年年岁岁花不同的促销宣传对推动消费有利，但对环保事业就是温柔一刀。而且从感情层面来说，迷恋于一掷千金、随买随抛的年轻人，对生活器物难以建立起恒久的关系，我更担心这种消费观念会影响到他们对人的态度。所以，从惜物惜福的“陈腐”观念出发，上升到绿色环保的理念，同时摈弃奢靡浪费的生活方式，我们还有一段路要走。而对我这类老古董来说，与亲身使用过的器物保持一种平等关系，进而产生相亲相爱的感情，绝对是幸福的人生经验。

孔雀是美丽的

国庆长假若是没有外出旅游，在家里宅上一个礼拜绝对无聊。好在最后一天，朋友请我去松江转转，顺便去一土豪家吃个饭。土豪家的饭也是超级无聊的吧。但朋友又说了，这个土豪最近从海外买回一批外销瓷，“你就帮他看看吧，他太需要别人的点赞了。”

车少路通，很快到了佘山脚下一个别墅区，土豪家是两层独幢别墅，花园里假山、池子、葡萄架、看家狗等一应俱全。客厅里已聚了多位客人，西餐桌上青花粉彩，琳琅满目。握手寒暄，摸出手机扫一扫，最后我发现大家似乎在等我的最后表态，于是就拿起一件有西洋女人图案的青花盘子看了看，再翻过来看了看，又问了价格，马上表态：“好东西，便宜！”

土豪要的就是这个结论，你跟他说得太多也白搭，你要是再提几个疑点出来，那大家这顿饭也就吃不成了。我一直记得钱钟书在《围城》里借人物之口说的一句话：字画假了废纸一张，瓷器假了至少还可以盛饭盛菜。那么皆大欢喜，开香槟吧。

瓷器撤掉，铺上台布，午宴就开始了。冷菜过后上了一道烧烤，一串串排列在不锈钢长盘子里，油光锃亮，满屋飘香，从形态上看像是烤火鸡。女主人以夸张的表情地招呼大家：“大家趁热吃啊，这是烤孔雀！”

哇，筷子差点落地，我马上一阵胃痉挛。席中有美女正色道：孔雀是保护动物，吃了不好吧！土豪笑着解释：“这是从我朋友的饲养场里拿来的，他那里养了许多孔雀，还有大雁和野鸭，我吃过炖汤的，味道一般，这次就叫厨师做成烧烤，加了美国加州烧烤酱，肯定差不了。”女主人又绘声绘色地补充：“这只孔雀来到我们家里后一直死样怪气，今天早上厨师准备杀它时，它突然冲着厨师开屏了。要是被我看到，也许刀下留人，但我们的厨师执行力是很强的，不吃马屁，照样手起刀落。”

这时，从门口传来一声尖叫，那声音绝对犀利，简直可以划开玻璃。一个小帅哥，背一把吉他，被汗水濡湿的一缕头发耷拉在白皙的额头上——就像欧美通俗小说里描写的样子。这是土豪的儿子，一个文青，他不能容忍一帮俗客津津有味地撕咬一只美丽的孔雀。

文青像《黄金时代》里的萧军那样义愤填膺，蹭蹭蹭从弧形楼梯直冲二楼，猛烈的摔门动作将整幢房子都震了一下。一桌人，尤其是举起烤肉钎子准备大快朵颐的客人表情相当尴尬。

“大家快吃，别去管这个小赤佬，”土豪说，“如果不是他自己要几根孔雀毛，我也不会去买这只孔雀的。”

原来土豪从这批瓷器中挑了几只瓶子给宝贝儿子，文青根据不知从哪本外国小说中看来的规矩，认为应该在瓶子里插几根孔雀毛，最好是蓝孔雀，于是才有了烤孔雀这个副产品。

文青不肯吃饭，他的母亲很着急：“沈老师，阿拉儿子是你的忠实粉丝，你去叫他下来吃饭，他是会听你的。”

在众人的推举下，我只得上楼试试。文青买我面子，开了门，让我侧身而入。屋子里一股女性的香味，墙上有陈逸飞油画的复制品，书架上有村上和张爱玲的小说。“沈老师，想不到你也会吃孔雀！”

我解释说：我没有吃。起先我以为是火鸡，后来得知是孔雀后，就放下筷子了。现在中国人富裕起来了，食谱空前丰富，但我也知道有些禁忌是必须遵守的，包括孔雀。文青马上说：“孔雀东南飞啊！印度还有孔雀王朝！孔雀是很有灵性的，看到穿着漂亮的女人就会开屏，那是在表示爱意！”

是的，是的，你说得太对了。与下一代顺利沟通是一件愉快的事，我于是就跟他说起自己不吃孔雀的理由。我们这一代人是饿过肚子的，所以对食物有一种巨大的贪婪，什么都敢吃。二十多年前有一次参加《上海文学》笔会，在浙江南部一个山村小饭馆里吃过狐狸、狼、野兔、野猪，还有熊——不知老板是从哪里搞来的，味道也不咋的，回到上海马上给我看颜色，带状疱症发作，折磨了一个月才见好转。后来我就留神了，不敢乱吃。有一次在山东潍坊，主人请我们吃——你知道是什么吗？鸳鸯宴！什么熏鸳鸯胸、卤鸳鸯翅、腊鸳鸯腿、红焖鸳鸯、辣子鸳鸯、炸鸳鸯舌……摆了一台子。我坚持不动筷子，棒打鸳鸯已属心狠手辣，怎能再从它们身上追寻口腹之乐？我满脑子浮现的是这对美丽而忠贞的水禽，形影不离地在唐诗宋词营造的意境里嬉水。还有一次也在山东，主人请吃全驴宴，驴耳朵、驴鼻冲、驴口条、驴灌肠、驴肝、驴肾、驴鞭之类一股脑儿端上桌来，或白煮，或浓油赤酱，整一桌“驴打滚”，我光吃蔬菜不吃肉，趁别人劝酒时就溜到院里透气，看到马厩里整齐地立着十几匹驴子，黑身白鼻，面目和善，不言不语，我走到哪里，它们的目光就移向哪里，那不是无声的谴责吗？

“沈老师你别说了，我相信你是有爱心的。我们下楼吃饭去吧，但你必须先叫他们把烤孔雀撤了。”文青又拿出我两年前出版的一本散文集叫我签字，从椅子上起身时我不经意地说了一句：“瓶子里的那几根孔雀毛真是漂亮啊！”

“那当然，你看它们多么光亮！告诉你，必须从活的孔雀身上拔下来才对，孔雀一死，尾巴上的毛最早失去供血，效果就差多啦。”文青果然是文青，有点贵族腔调啊！

朝鲜水泥、古巴砂及香蕉

在我小时候，国家外汇储备少得可怜，对外贸易渠道也少，在日常生活中很难见到进口货，但也不是“千山鸟飞绝，万径人踪灭”。上幼儿园那会我就吃到了伊位克蜜枣，与金丝蜜枣不一样，它用椰枣腌制而成，好几十个粘结在一起，吃时掰开，丝丝缕缕如拔丝山药一样夸张，果肉绵粉，甜得心里打颤。不过后来听说伊拉克蜜枣带有肝炎病毒，造成许多中国人得病，不让进口了。

上学后，我的身子像野草一样天天蹿高，每人限量的布票只够买一套衣服，买了外面的就不能买里面的。幸好阿尔巴尼亚进口的长裤及时应市，米黄色咔叽布，裤腿极肥大，无需布票，老爸买来给我穿，度过了一段艰难时世。上海居民每月每人的大米限量是 8 市斤，但样板戏《海港》告诉我们，中国拿最好的大米去支援世界革命，麻袋表面沾了玻璃纤维，人吃了还会死。不久我们吃到了来自泰国的大米，细长超白，黏性稍差，最要命的是煮成饭后有一股浓烈的火油味，似乎划一根火柴它就会烧起来。好在不占大米供应指标，市民们还是排长队抢购。

那时候的进口食品中，最大宗者也许就是来自古巴的砂糖，棕褐色，甜度较东北绵白糖高，价钱便宜，群众很爱。古巴导弹危机时，上海街头出现了示威游行，我大字还不识几个，也去看热闹，民兵们白衬衫加蓝工装裤，目光坚毅，扛着重机枪威武雄壮的形象让我激动了一阵子。我还学会了一首歌：“美丽的哈瓦那，那里有我的家，明媚的阳光照新屋，门前开红花。爸爸爱我像宝贝，邻居夸我好娃娃，可是我从来没有见过亲爱的妈妈……”

从此吃“古巴砂”，倍感亲切，“古巴砂”一直到上世纪八十年代还在大量进口。六十年代是激动人心的，街上经常有示威游行，队伍中喊起了与“要古巴，不要美国佬”相仿的口号：“要巴拿马，不要美国佬”，“要多米尼加，不要美国佬”，巴拿马与多米尼加至今没跟中国建交，真是白疼他们了！

跟苏联闹得最僵的时候，上海街面上还有一种噪声极大的轻便摩托车风驰电掣，就是苏联卖给我们的。还有一种轻便的卡车，涂了美丽的海蓝色，是罗马尼亚跟我们换大米的。七十年代初，日本日野大货车、大客车悄悄奔驶在上海的街头，驾驶室视野开阔，驾驶员的大腿都暴露在路人眼前，驾驶室里还安装了收音机、吊扇等。日本摩托车比苏联货好多了，在身边急驶而过，声音轻得像蚊子叫。老太太嘴里骂“东洋乌龟掼炸弹”，但讲到日本货还是啧啧有声。

我工作后做过一段泥水匠，砌墙、抹粉都得拿起来，批林批孔那会水泥供应特紧张，于是就从朝鲜进口了好几批水泥。朝鲜水泥标号200，比国产300号差远啦，颜色褐黄，拌黄沙后往墙上一抹，窸窸窣窣掉下来，用这玩意儿造房子，风一吹恐怕得倒。

好了，我们得感谢改革开放，这三十年，是进口大量涌入并改变我们生活的时期，我们的外贸总额也持续增加，成为拉动GDP的三驾马车之一，功不可没。我们的出口商品从最初的农产品、手工业产品到今天的电子、机械、轻纺、重工业、航天航空等，全面开花，影响着全球无数消费者的生活质量。不过，对进口食品我们还是得多加小心。这不，前几天看电视里张召忠将军说，菲律宾进口中国的香蕉，大部分是不合格的。接下来国家质检总局又发出通知，要求有关机构加强对进口菲律宾水果检验检疫，认真组织查验。据悉，我国在菲律宾进关的菠萝和香蕉中多次截获新菠萝灰粉蚧、香蕉肾盾蚧、香蕉枯萎病菌及蚜科、瓢虫科、蚁科、蝽科、蜘蛛科等害虫。菲律宾一年的香蕉产量7500万箱，一半出口到中国，量很大啊！谢谢有关部门，要不是他们认真检查，我们就会把许多害虫吃进肚里，就要像铁扇公主那样满地打滚了。

上世纪七十年代我们曾大量进口厄瓜多尔香蕉，那玩意挺大的，皮色蜡黄，口感也不错，那就改吃南美的呗。别问我：假如菲律宾政府在南海问题上不再捣乱，那我们还买不买他们的香蕉？相信政府，相信有关部门，这个一定要记住。

唐宝宝的月饼

看中国达人秀，是受了“小周立波”的诱拐。报纸上先是透露一点点信息，吊起了我的胃口，这个六岁半的女孩子将有怎样的表演呢？是个悬念。于是放弃对娱乐节目的成见，一看，果然，模仿周立波是像的，但也仅仅是像而已，其实她自我发挥的空间应该再大些。接下来似乎上瘾了，每集要看。最近一集，让我感到意外并感动的就是那个患了唐氏综合征的岳祥。对，就是秀武术的岳祥。

患唐氏综合征的孩子有着共同的表情，两眼之间的距离比较“遥远”，面庞虚胖，嘴唇鲜红，行动迟缓，表达能力比较差。因为他们心地善良，不具侵略性，反而易受伤害。受了伤害，自卫能力也不强。他们是弱势群体。在我读小学时，放学路上经常看到有顽皮的孩子欺侮他们，让他们叫他“阿爸”、“老爹”，他们就叫，一丝不苟地叫，别人满足，他们就满足于别人的满足。后来，社会工作者称他们为“唐宝宝”。

但岳祥为神州大地上的唐宝宝们挣足了面子。一上台，他似乎带了点山谷溪涧的晨风而来，两眼迸发灼人的光芒，透露出坚毅与执著。江湖之远，舍我其谁！他步姿稳定，挥刀有力，移步到位，转身后也没有摔倒——这是我最担心的。还有，他的叫喊充满爆发力，信心满满。当三个评委给他打分时，他很乖巧地拱手感谢，但一点也不猥琐，不献媚。我想，唐宝宝们保持着初出娘胎的童贞，他们不知道溜须拍马，更不知道拉选票。于是，掌声如潮，我如果在现场，肯定也会大叫一声：Yes！

当岳祥得知自己晋级时，又献演了几个连贯动作作为答谢。下了台，他扑倒在妈妈的怀里，两眼涌动着似水柔情，对应着妈妈的热泪。这一刻，他才露出唐宝宝软弱的、需要保护的一面。唐氏综合征患者，行动能力和智力会都有一定障碍，让他练习武术可能会受到伤害，但他在母亲的呵护下，居然一招一式像那么回事，人间奇迹，莫过如此吧。

医生告诉我，大约每660个新生儿就有一个患有唐氏综合征，这是上帝的笔误。有一部曾经感动我的电影《第八天》，讲的就是唐宝宝的故事。上帝创造了大自然与人类，一周的工作量完成了，到第八天，上帝却意犹未尽地加班加点，结果一不小心出现了笔误——唐宝宝下线了。在《第八天》里，我们感知了美国福利机构及民众对这个群体的诸多关爱，更知道他们也有与健康人一样的种种权利，他们对自尊异常敏感。你给他一点爱，他也是懂得回报的，比如他们会放焰火庆祝你的生日。是的，如果他们感到失望，就像一只甲壳虫那样飞走了。

中国的唐宝宝也有感人的故事，也可以拍成电影，岳祥背后就是一个故事。再说一个吧，我们老家弄堂里就有一个唐宝宝，每天一早要在弄堂里原地踏步，高唱“鞋儿破，帽儿破”，那大幅度摆动双臂的动作，雄赳赳的表情，给逼仄衰败的弄堂增添了生机。有一天，他拉着父亲的衣角去南京路游玩，半路上走丢了。家人找了好几天都不见他的踪影。邻居都劝他们：这一次他不会回来了，你们也别难过，算是解脱了吧。想不到三个月后，一个鹑衣百结、鼻青眼肿的唐宝宝回来了，高唱“鞋儿破，帽儿破”，大幅度摆动双臂，走进惊愕的视线中。他说：“我要吃外婆烧的呼噜噜（红枣莲心粥）。”

中秋节快到了，今年报纸、电视上的月饼广告比往年少多了，杏花楼前的黄牛一反前几年的浩浩荡荡，转身为福尔摩斯般的隐蔽。据说今年是月饼的“小年”，老百姓对这样的“小年”感到如释其重。不过，关于月饼的故事仍然精彩。比如，有一个人抱了一大捆人民币跑到一家食品店，把钱往柜台上一砸：月饼400盒，立即送到某某路某某工厂，发给全体职工！

商家收了钱，心里甜蜜，这可是一笔大生意啊。装车出发，400盒月饼送到，全厂职工见了欢呼雀跃。但货单请负责人签收，厂长怎么也想不起来自己曾让人订过月饼。

经过一番调查，才弄清楚他的一个职工回家后叹息：今年外贸订单少，效益不好，往年都要发月饼的，今年就不发了，全厂职工为此郁闷无比，背后说老板坏话。他只是酒后发发牢骚而已，但家里一个唐宝宝听进去了。过了几天，唐宝宝从家里偷偷拿了一张存折，去银行兑钱，再买好月饼，躲在厂对面的弄堂里，一边吃棒冰，一边看送货车卸货，黏糊糊的冰水滴滴答答挂在身上他也浑然不觉，幸福写满了表情生动的脸。回家后他对父母说：今天我做了件大好事。父母问他做了什么好事，他说："这是国家机密。"

后来，400盒月饼悉数退回工厂，厂里的工人们空欢喜一场，抬头望，中秋节的月亮似乎缺了一角。月饼生产企业的老板我是认识的，于是建议他送一盒月饼给唐宝宝。他表示同意："这样的好心人现在不多吧。"

月亮升起来了，唐宝宝的脸上也升起了幸福的笑容。

繁荣的奶油蛋糕

因为工作关系，我经常会去画展晃一晃，一睹缤纷，一窥怪诞。特别是开幕式，手持印刷精美的请柬昂然入场，而别人都被挡在门外踮足张望，感觉相当不错。人大约都希望享受一点特殊待遇，以期获得于芸芸众生鹤立鸡群的小感觉，开幕式为像我这样的俗人提供了一个机会。但是近年来情况发生了一些变化，开幕式当天，如果没有重要人物剪彩，一般也允许老百姓躬逢其盛，群众蜂拥而入的当口，手持请柬的我，就跟阿Q同志那样怅然若失。

开幕式有群众参与，场面就热闹多了，这当然是策展人希望看到的效果。比如上海双年展，群众在火车头或大转盘等装置艺术中间穿梭，拗造型，拍照片，乘兴而来，满意而归，也为大型展事留下佳话，报纸做新闻也有了一大堆花絮。有些小型艺术展，开幕式也相当隆重，花篮、致辞、剪彩、酒会一个也不能少。特别是对于初出茅庐的艺术家来说，个展体量不大，一般也就办个几天，说难听点，开幕当天最热闹，到了第二天就门可罗雀，捱到收场那天，啊呀，简直有点仓皇出逃的味道了。那么开幕式上摆张台子，摊开签到簿，再弄点饮品和小点心，主宾们衣冠楚楚，手执酒杯，三五成群，高谈阔论，真有欧洲人办鸡尾酒会的腔调了。

不过我也看到一个奇怪现象，比如踊跃而来的群众中，总会有那么几位，供人自由领取的艺展简介他们不感兴趣，眼睛只盯着铺着白台布的长台子，那里有气泡酒，有可口可乐，有蛋糕，有三明治。“物事不错，不过比上次在嘉里中心那一场差远了，那次的三文鱼你吃到了吗？烟熏的，挺吃不动气啊。人家有后台老板出铜钿，派头就是大。”这是一位大妈在说。另一位大妈不买账：“这算啥呀，有一次我在浦东香格里拉吃到了哈根达斯，我一口气吃了两盒，要是专卖店里吃，老价钿来，啥人舍得吃啊？可惜不能带走，否则带一盒回去给小外孙吃蛮好的。”

说话间，凉棚底下骚动起来，原来是几个大妈为了一杯香槟起了点冲突，话难听，脸色难看，作为嘉宾的老外纷纷退到角落里，很绅士地保持着微笑。

各位看官明白了吗？这些出席开幕式的群众醉翁之意不在酒啊，只在蛋糕饮料间。当然，铜钿银子不是我出的，我没必要“皇帝不急急太监”，但是作为一个艺术爱好者、一个跑文化条线的记者，我非常希望看到群众在吃了奶油蛋糕之后，将嘴巴抹抹干净，相携而入场看它一圈，对参展作品品头论足一番，甚至像日本人那样在留言簿里写下自己的观感。但是，这一幕通常在他们吃了蛋糕之后就结束了。他们——以中老年妇女居多，或许要回去烧夜饭，或许要赶下一场，现在上海的展览真多，十月金秋就是旺季，一天之内有三四只开幕式不算啥，她们准备再去享用一顿免费的下午茶，与老朋友会一会，聊聊家长里短。

展览的主办方当然也明白群众的心思，任他们吃喝，一点不生气，更不会驱赶他们，什么叫海纳百川，大概这就是了。当然也不会动员他们入场观展，主办方知道动员也是没用的，中华艺术宫是免费的，观众并不多嘛。有一次，我跟一位著名策展人谈起这个现象，他很通脱地说：“他们真要入场看画展，我反倒要担心了，他们又看不懂，在里面叽叽喳喳影响别人，有一次一个观众还将饮料带进去，差点将一件展品也毁坏了。”

“那你们能不能安排志愿者给观众讲解一下呢？”我说。

“我们也试过，志愿者一般由美院的学生担任，他们很认真，也有专业知识，但真正要听的群众不多，他们或许听不懂，或许没有耐心，甚至会觉得免费的展览不值得一看。时间一长，志愿者也打不起精神了。总之，反映出我们在艺术教育这一块是非常失败的。这一代人、两代人，如果不自觉补课的话，趣味也只在LV吧。”策展人这么一说，彼此欲言又止，我也不为自己略知一二而自负，要不是职业关系，要不是努力自学，我的趣味恐怕也只在LV。我只是想，再过几年退休，如果有空的话就不妨去画展做志愿者，我可以不吃蛋糕，茶水也可以自带。

弄堂里的私房美食

在北方人眼里，上海的弄堂不仅狭窄阴暗，而且脏乱差，乌七八糟的东西堆得到处都是，到了大热天，还有一股令人作呕的气味！改革开放后，弄堂里常住人口暴增，居民们就先下手为强，纷纷违章搭建，三层阁上再加层、屋顶抬升开老虎天窗、天井里要搭三四间厨房、沿街面房子挖地三尺开小吃店，这个小小乾坤不可阻挡地朝鸡窝化方向发展。此种形势下，人际关系焉能不紧张？要命的是还有人养狗养猫养鸽子，一出门就踩到狗屎，洗好的被单刚晾晒出去就淋上点点鸽粪，上海人自以为有情调，但就弄堂里的情景看，跟北京四合院没得比！

上海人哼哼冷笑：四合院确实曾经阔过，但独门独户的格局打破之后，还有啥个情调？

没错，上海的弄堂正在陷落。现在还蜗居在弄堂里的人，基本上是副科以下的草根，吃低保、待退休的居多，还有不少是租住于此的外来者，大有“同是天涯沦落人，相逢何必曾相识”的怜惜。日子过得勉强，但上海人对弄堂的感情没有因此淡薄，一个街坊的数条弄堂兜底迁走，大家照例要叹息一番。弄堂曾经是城市的血管，自有乾坤。以前弄堂里不单纯是住家，还藏着工厂、生产组、学堂、外语补习班、舞蹈班、老虎灶、混堂、烟纸店、裁缝店、编织社、印刷所、画像馆、诊所、白铁作、落弹房、命馆、棺材店等等，还有……嘿嘿，做皮肉生意的，真是热闹极了，但大家咳唾与闻，相安无事。

建国后几番运动，弄堂受种种洗礼，不少业态偃旗息鼓。二十年前开始，这种最早诞生于租界、融四合院与西方联排式建筑于一体的平民住宅群落似乎完成了历史使命，在推土机的轰鸣声中一步步走入档案文献。但现在，又有人认为在市中心区域保存几条典型的弄堂很有必要，于是就有了大中里的项目，有了建业里的项目，有了露香园的项目，不过以我私见，老建筑保护性开发这类事情交给房产商去做，未必做得像样，前几天路过建国中路的建业里，看到弄堂深深，至今还在唱空城计。

日新月异的大上海，有些百年老弄堂还没有拆掉，守望相助的老百姓就盼望着有朝一日动迁，在有生之年能用上抽水马桶大浴缸。那么生活还在继续，日脚再尴尬，开门七件事总要安排妥当，于是，弄堂里曾经有过的种种业态开始复活。比方讲，你去饭店吃饭，去茶馆吃茶，那里的点心品种不少，有三鲜馄饨、三丝春卷、葱油饼、酒酿圆子、宁波汤团、鲜肉小笼、桂花赤豆糕、花生糍粑等。你随手一点，服务员会心一笑，一眨眼工夫，江南风味的点心就送来眼前，味道很不错噢！可你不知道，这些点心或许并不在店里做，而是由饭店茶馆后面那条弄堂里的大妈或大姐做的。饮食业竞争激烈，成本控制很重要，自己做点心要有专门的点心间、专门的点心师，这可不是一笔小钱啊，倘若外包出去，事情就简单多了。湖心亭、绿波廊里的火腿小粽子，大拇指这般大小，裹了十三道红丝线，英国女王吃过、克林顿吃过、大胡子卡斯特罗也吃过，但他们肯定想不到这些点心不是由国家特级点心师亲手做的，而是弄堂里大妈的手笔！据说长期给绿波廊供货的这位大妈，数钱数到手抽筋啊！

现在，又有一些白骨精级别的时尚女人，在环境好点的新式里堂里借下整幢房子，专做私房菜，据说生意相当不错啊。品尝她做的菜点，好不好先不说，手上的香汗已经远远地嗅到了。怪了，这种弄堂里的私房菜也颇受老外欢喜，他们以为这样就进入上海人的生活常态了，接地气了。

前不久我在这样的会馆里吃过一餐，老板娘马姐，本来拿着会计师事务所的高薪，开豪车，好美食，吃遍天下，但意犹未尽，干脆辞职开饭店。前客堂摆一桌，亭子间摆一桌，东厢房西厢房再各摆一桌，每晚觥筹交错，衣影鬓香，她手持酒杯满场飞，神采奕奕红光满面！

还有一次，我被朋友拉到一条狭小的弄堂里探秘，典型的石库门房子，上楼，拐入前厢房，屋里的摆设复制着张爱玲时代的老上海风情，手摇唱机、打字机、月份牌，以及泛了黄的老照片，这套路数蒙不了我。但八仙桌旁还有一张老

海派私房菜
房
菜

红木八仙桌，酒足饭饱后可以来上一圈，还有一张老红木梳妆台，上海人叫做“脸汤台”，台面中央挖了个洞，坐一只铜脸盆，盛半盆水，漂了几片玫瑰花瓣，这种布置就让人产生时光倒流的感觉了。摆开的菜肴也让我着实开了眼界，不仅用料讲究，而且于家常中新意迭出。据说这家小饭店一天只做两市，每市只摆两桌，另一桌在后厢房。客人再多，只好坐在天井里了。开了将近年把，生意好到须在一个星期前预定。

等一砂锅突突滚的炖双蹄（鲜蹄与咸蹄加笋干炖）上来后，老板娘——大家都叫她刘三姐——从灶披间上来应酬，解了围裙往脸汤台上一搭，跟大家干一杯。眼睛往桌面上一扫，信息反馈已了然于胸。还为每个客人点一支烟，最后自己也叼了一支。半老徐娘风韵犹存，又是场面上的人物，水来土掩，兵来将挡，谑而不虐地将宴飨小酌的气氛推向高潮。

最后上来四色小菜：油汆果肉、镇江酱萝卜头、倒笃菜拌百叶丝、玫瑰乳腐。每人一小碗闪青的新米粥，大家呼噜呼噜吃光，大叫一声：“爽！”

弄堂私房菜之所以受欢迎，主要在于菜式上不拘一格，本帮、广帮、川帮、苏帮，甚至还借鉴了西餐的做法，一切以客人的味蕾为先导。同时，食材也极为讲究，不仅新鲜，而且来自全国各地，一般饭店吃不到的菜，在这里都会出现。再有一个秘密：那就是讲究待客之道。厨娘一般都是阿庆嫂那样的厉害角色，察言观色，八面玲珑，嘴巴甜得赛蜜糖一样。在贴心贴肺的攻势下，即便是餐饮界的老江湖，也不得不缴械了。

还有一位黄姐更具传奇色彩，她在上世纪八十年代初就下海经商，涉足饮食业，并轻松掘到第一桶金。也许钱来得太容易了吧，黄姐就迷上了赌球，短短两年，一家一当统统输光。好在黄姐身怀秘技，不愁咸鱼翻身，其中之一是包粽子。她包的粽子有讲究，糯米选安徽吴祥的，鲜肉选浙东农村散养的，连粽叶也有讲究，从福建采购来，煮后仍然碧绿生青。更讲究的是五花肉切小块，事先用老抽腌过两日两夜，再加糖拌透，一只粽子塞进五六块肉，足足有 100 克，保证每一口都能吃到肉，而且是肥瘦兼顾的肉，这样的粽子口感自然好嘛！

一开始黄姐包好的粽子是送朋友的，朋友吃了都说好，几番推让，黄姐收了成本费。后来有许多饭店听说了，就向她订货，黄姐忙不过来，只好请邻居大妈帮忙，在家里开起了小作坊。人家饭店包粽子讲究速度，据说最快的一分钟要包十几只，而她反复关照帮工的大妈：慢点慢点！一分钟只能包五六只，慢工出细活，这是有道理的。

我在忠明兄引导下，爬上陡峭的楼梯去看过究竟。阳台上搁几个灶具，五六只高压锅同时开烧，每天产量达到几百只，今年端午节一天产量就突破5000只！黄姐还供应油氽排骨、熏鱼、百叶包、蛋饺、酱油肉等老上海风味，也是独门秘技，散客与饭店争相订货。现在黄姐的名气越发响亮，除了本地客，还有从专程北京、广州来的吃客呢，甚至连住在古北小区的老外也按图索骥来买黄姐的粽子，还有小日本打飞的来买粽子，买了当天就回去。

黄姐的家在浙江南路靠近延安东路的一条一眼就能看到底的弄堂里，那是城区改造的盲点，危房简屋，故而她坚决不让客人爬楼梯上楼，一跤摔下来脑袋瓜开花算啥人责任？楼下门口有一修鞋摊，修鞋老头代为接洽业务，客人订货，他代为收费，客人取货，他代为通报。听到楼下一声喊，黄姐就从阳台上探出半个身子，将几大包粽子晃晃悠悠吊下来。客人捧着还有点烫手的粽子乘兴而归，这也许是上海弄堂的最后一道风景吧。

生煎馒头 & 上海

上周，上海市旅游局政务微博“@乐游上海”完成了首期“喜欢上海的99个理由”网络征集活动，网友针对活动主办方设定的“地铁沿线风景”、“上海美食”、“老弄堂·怀旧”、“上海夜色”、“上海正能量”五个微话题发表意见，结果在井喷而出的近60万条“理由”中，关乎美食的“理由”最为生猛、最为麻辣，吃货们毫不吝啬地用重量级的词汇来点赞在上海能够品尝到的风味美食，以表达自己对上海这座城市的喜欢。而这些美食中，生煎馒头荣登榜首，风头盖过小笼包子。

《舌尖上的中国》热播后，我先后接到十多家媒体的采访要求，均予婉拒，一则因为本职工作已经叫我手忙脚乱，二则是不再想以大腹便便的吃货形象招摇过市。但旅游局请我去新浪当嘉宾，专门回答美食方面的问题，考虑到不出形象，就去了。结果那天下午，网友的问题扑面而来，有的请我指点美食路径，有的请我提供实战秘辛，还有的请我分享美食感受，一个多小时飞一般过去，彼此意犹未尽。没人以鱼翅鲍鱼来炫富，只谈生煎小笼浓油赤酱，怀旧是总基调，寻访赛过夺宝游戏，草根美食成了共同的飨宴。若说来自外省的新上海人对此话题还有额外的想法，就是当他面对一张葱油饼、一块糯米糕从乡村迢迢千里来到昔日十里洋场、最终得以生根发芽开花结果的前世今生，就会对照自己在上海滩闯荡的种种艰难与机缘，陡增美梦成真的信心。总之，在饮食这档事上，新老上海人达成了高度共识。

纵观世界文明史，每座对周边产生辐射力的大城市似乎都是移民行为的结果，都有美食从四面八方引进。上海也如此，只不过在三次移民大潮中，开放度更大，风味美食积淀更多一点罢了。但就是出于生存需要的业态形成，聚沙成塔、百川归海，造成了上海美食天堂的色香现实，而且以原黄浦区、卢湾区和南市区最为集中，也最具代表性。当然你也可以说，仅仅从味觉层面来梳理喜欢上海的理由，也太过表面化了。其实无论男女老少，喜欢上海的风味美食是基于多种物象的叠加，但美食对生活而言，最本质、最亲民、最直接，那么最先被大家记住。

比如说，在城市高速发展的匆匆脚步中，流传了上百年、甚至上千年的风味美食遭到了前所未有的侵蚀与风化，优质的原材料由于种种原因而出现异化，或扰乱了原有的物种谱系，比如做刀鱼煨面的长江刀鱼也所剩无几，大多数河海鲜和家禽、家畜都实现了人工养殖，在产量上能够满足市场所需，但记忆中的“古早味”则不复存在。在制作环节，手艺精神得不到应有的尊重，兢兢业业的诚信劳动被当作傻瓜，投机取巧、以次充好、恶意造假、滥用添加剂等无良行为，反倒成为致富捷径。凡此种种，都降低或改变了美食的原有风味。

还有，风味小吃的生态也被粗暴覆盖。过去，风味小吃与城市的文化娱乐密不可分，人们可以在茶馆、书场、戏院、澡堂等处品尝到各种糕点，现在几成天宝遗事，三五知己随意小酌的酒楼也被一再挤压，有此需求的老百姓只能在路灯下的大排档抿一口，与城管玩猫捉老鼠的游戏。具有讽刺意味的是，有关部门将当年走街串巷的叫卖声视作非遗项目，但重视的结果只不过化为表演性质的歌谣，老上海市井风情早化作随风而去的黄叶，零落成泥。最后一点是，某些经营者对商业利润的过度追逐，将价廉物美的民间小吃逐出门外，而饭店酒楼里弥漫不去的奢靡腐败风气又引起路人侧目，千夫所指。

凡此种种，都是人们在春风秋雨中品尝风味小吃时隐约感知而一时又说不上来的，欣喜、忧虑、感念、伤时、回望、追忆……或许都有一点，与椒桂酱醋一起构成了现世生活的复合滋味。在投机致富、权钱交易、资本游戏等潜规则和强人传奇的流言中，越发无助与寥落的老百姓只能举起毛竹筷子夹起一只刚出锅的生煎馒头移至嘴边，去吮吸那期待之中、与儿时记忆相去不远的肉汁。食后抹抹嘴，再买一客热乎乎地揣着回家，孝敬被窝里玩手机游戏的儿孙。所以，人们热爱风味美食，归根结蒂是因为风味美食不仅予人味蕾的丰富体验与心理安慰，而且在价格、经营、环境及人际关系等方面，可以为社会底层的民众所谨慎把握，那种在卑微享受中获得的小乐趣，最终酵化成我们共同的精神财富，不允许别人夺走。

爱上海，体味上海，成就上海，就从一只生煎馒头开始吧。

美食街上的酒鬼们

上海滩有些小酒店是极具风情的，但余生也晚，到了我开始有意识地观察社会时，已所剩无几。老家弄堂外的丁字路口有一家食品店，卖些糕点、糖果和牙刷牙膏，靠北墙的一个柜台后面叠着上中下三排老酒甏，有几十种酒供客人零拷，在这里我知道了五茄皮原来是一种药酒。每天上午，有一个阿姨从菜场里买一些豆腐干、发芽豆回来，间或有一只鸡、一只鸭、十几枚鸡蛋，一道道烧好后改刀装盆，小盆子叠在桌子上，再罩上一个木框玻璃罩。夜幕降临，晚风徐来，路边摆开两张八仙桌，挑出一盏灯，酒鬼们就三三两两来了，点一两只冷盆，烫一斤酒，可以吃到很晚。

说起酒店，过去比较著名的是豫丰泰、言茂源、王宝和、王裕和、永济美、同宝泰、全兴康、王恒豫等。王恒豫坐落在南市董家渡路，是上海酒店业的老大哥，这些酒店供应的酒均以黄酒为主，太雕、花雕、金波、玉液、善酿、香雪、加饭等，客人都是好酒量，没有两三斤的量根本坐不下来。下酒菜倒是不讲究的，不过到了菊黄蟹肥时，酒店的生意也进入一年中的高峰，持螯痛饮诚为人生一大快事，一些社会名流也相约而至，微醺后吟诗赋词，留下不少佳话。比如民国初年的小说家许指严，每天必到言茂源喝酒，而且必定是赊账，后来实在是手头拮据，眼看还不出酒家的酒钱了，就伪造了一部《石达开日记》卖给世界书局，当时文化界和媒体都不像今天那么眼尖，心狠手辣的人也不多，一般读者也当故事读，结果这部奇书一版再版，让他结结实实地发了一笔财，尽可连醉数载了。

当然，这些轶事都是老上海告诉我的，等到我本人开始对酒店发生兴趣，已经天翻地覆慨而慷了。

由老家门口的小酒店开始不自觉的社会观察，我后来又在淮海中路近瑞金路的那段上看到一家酒店，店名叫作茅万茂，三开间门面，货架上摆满了来自祖国各地的名酒，货柜下还有一甏甏散装酒。店堂朝路面的一角是冷菜间，陈列着卤蛋、豆腐干、发芽豆、肉卤百叶结、熏鱼、白肚、猪耳朵、酱鸭、白斩鸡，还有“大转弯”——尚未改刀的鸡翅膀。店堂里摆了两张八仙桌，永远挤满了酒鬼，他们呷着酒，热烈地交谈着，通常情况下只顾自己倾诉，而不在乎别人是否在听。还有一家在南京东路近福建路，店名叫新建，也可能叫建新吧，反正也是酒鬼们的天下，不同的是底楼只卖瓶酒，二楼才是店堂。这两家酒店在“文革”时也没有停止经营，只是茅万茂的店名改为茅山酒家。在运动一个接一个的火红年代，上海居然还保留着酒鬼的乐园，想想真有点不可思议。但最让人不可思议的是云南南路上酒鬼们酗酒的生动场景。

云南南路的这一段被叫作美食街，与乍浦路、黄河路并列而灯红酒绿，嘈杂、喧闹，行人毫无顾忌地大声叫嚷，空气中飘浮着细如游丝的油烟，还有焦香，这里的阳光都像烤炉里的火焰，是带着一种欢欣在舔尝脂膏的。它北上顶着延安东路，南下在金陵东路尾煞尾，中间被宁海东路拦腰斩成两段。在这段半公里也不到的路，我遗落了许多青春的梦想。

老家与云南南路相隔不远，走过去只要一刻钟，但我从小没有在外面野的兴趣，对这条马路更是保持着距离。“文革”初期，大家热衷于调换毛主席像章，我被读中学的邻居大哥拖去以壮行色。我只有一枚像章，没有调换的资本，但不妨张望外面的世界。冬天，西北风呼呼地刮着，一堆人挤作一团，神情紧张但又兴致勃勃地交换着，还有人望风，防止警察突然“拉网”。“大头”、“小方块”、“四个伟大”、“大海航行”……严肃的领袖像章被他们以极不严肃的简称代替，而且说出来就像杨子荣上威虎山与座山雕对暗语，让我从紧张的气氛中感受到某种诙谐，挤在大人堆里也感到很受保护。

有时候也向周边的点心摊瞄上几眼，窗口里正蹿出一团团热气，乳白色的，慢慢地上升，然后散去。那种虚空的暖意深深地渗透到我心里去了，走近点心摊，看到那一口巨大的铁锅，沸水上浮着许多汤团，就跟草原上的羊群一样可爱。我的肚子原本已经空虚，一刹那又打了一个激灵。

1973 年 11 月的一天下午，我“很正式”地走进了这条街，此时我的身份是一名学徒，而这家所谓的小饭店，其破烂的程度可以借给摄制组拍一部类似《十字街头》的电影而不必再做过多的修饰。我还清楚地记得，店堂里堆放着许多散装啤酒的钢瓶，老师傅们称之为“炸弹”。天夜渐暗，雾色渐浓，酒鬼们从四面八方聚拢来，他们彼此打着招呼，脸上的表情异常兴奋。

店里供应熟食与酒，还有浇头面、阳春面与春卷，早市从凌晨六点开始，夜市从下午四点就忙开了，一直供应到次日凌晨两点收市。许多酒鬼得知来了一个小学徒，就主动过来打招呼，表情夸张地跟我拉家常，递香烟，谈谈天气和女人，然后在我眼皮底下沾点小便宜，比如偷一盆冷菜，偷一碗阳春面，希望我假装没看见。我自以为跟他们算是认识了，不好意思呵斥他们。但事后再想想不妥，那不是同流合污了？找了一个机会就向师傅表达内心的顾虑，但所有的老师傅都笑了，“以后你就抓住他们，送派出所。”然而一转身，我又看到他们与这些酒鬼在店门口说笑，很自然地接过对方递来的香烟。后来才知道，多吃多占是司空见惯的事，那些酒鬼本是常客，谁也不好意思跟他们翻脸。

后来个别酒鬼还向我借钱，这个事我就警觉了。“你不要相信他们的话，给他们钞票，就等于肉包子打狗。”我师傅对我说。师傅在解放前从丹阳来上海谋生，长着一对小眼睛，帽檐总是软弱地耷拉着，肩胛左高右低，一双脚呈内八字形状。他是店里的小组长，自从我做了他的徒弟后，他就更像领导了，在店堂里走来走去，指手画脚，将我支使得像《三毛学生意》里的三毛。一些开口就会骂人的女师傅扯扯我的衣袖，挤挤眼：“少做点，留点生活让那只老棺材做。”

店里一日三顿供应啤酒、黄酒和白酒，55 度的劣质白酒灌在小瓶子里，一角一瓶，被称作“小炮仗”，极受酒鬼们的欢迎，十几样熟菜装了盆后在熟菜间里亮相，每盆一角至五角不等。酒鬼们爱吃猪头肉，白烧，蘸酱油，据说眼睛四周的部位有异香。猪头在下锅前须用烧红的铁钎烫去残留的猪毛，最后用刀刮干净，而当时我自己的胡须还没有长硬呢。我为面目狰狞的猪头刮着胡须，心里恶狠狠地诅咒着这份工作、这个店，把猪头想象为正在店门口说着下作笑话的师傅。我的手指很快就变粗了，滚烫的油星溅在手上就是一串泡，刀拿不稳的话就会“挂彩”，特别在冬天，浸了水，风一吹，肿得跟胡萝卜一样。休息天找出小提琴盒子，吹去浮灰，打开，调弦校音，在弓的马尾上打松香，但我的手指老是把不准位。读中学时我与几个同学一起拉小提琴，拉了三年多，到毕业前已经会拉《山丹丹花开红艳艳》了，我为自己有细长而灵活的手指骄傲，而现在，它们被毁了。

不怕今天的小青年笑话，为这份倒霉的工作，我没少流泪。

那些酒鬼，每天要来个一两盅，无须太多的菜也可以喝得酩酊大醉，胡言乱语，然后大吐而归——这算不上一流的酒鬼。行走江湖的酒鬼不喜欢张扬，从不夸饰自己的酒量，一杯在手，沉着地呷下一口，然后看着前面的景物，如同虚无的存在。度数再高的酒，他也不打咯轮，喝到最后一口依然从容不迫，只有眼睛里的血丝暴露出酒精的厉害。重要的是一日三顿都要喝。

阿七是酒鬼中比较受欢迎的一个，因为他是上了年纪的人，从不失态，也不调戏店里的女学徒，又很会讲故事，他是老土地。从他嘴里我知道了关于这条街的历史。

它叫八里桥路，与它相交的那条叫菜市街，即现在的宁海东路。当时还保持着菜场的格局，菜场进店是九十年代后期的事。向东，与云南南路平行的有广西路和永寿路，过去它们分别叫作东自来火路和西自来火路。老一辈的上海人把火柴叫作自来火，而在这里，它指的是煤气。十九世纪末，这两条路在上海率先安装煤气灯，路名由此而来。八里桥路与近在咫尺的八仙桥有无关系，阿七也说不清楚。他只知道法国人的时候，工部局禁止小贩沿街叫卖，特别是在外国人的寓所窗下叫卖。我想原因无外乎浪漫的法国人只许窗下有人唱情歌，听不得粗俗的带有各地方言的叫卖声。“八·一三”后，来自各地的难民大量涌入租界，这一带房子的租金暴涨，有些房子还没有完工就租出去了，现在还看得出当时草草收场的痕迹。难民在八里桥路摆摊谋生，客观上也把各地风味小吃带进了上海。日本人进租界后，为了制造大东亚繁荣的局面，不仅允许沿街设摊，还定了不少规矩，其中之一就是不准士兵白吃小贩的东西。

阿七还告诉我，那是在日本兵快完蛋的1945年春天，一个日本兵饿坏了，跑到一家点心摊吃了一碗炒面，正巧被他的长官撞见，当着中国人的面扇了他十八记耳光。

这带为什么能形成市面，根本原因还在于——阿七意味深长地看着我，你发现吗？这一带有两个多：一是栈房多。不错，举目望去，我们店周围就有五六家旅馆。这些旅馆都是老房子，因为是兄弟系统，我们职工都到旅馆就近解决大小便问题。走在老旧的、柱头和板墙上布满花饰的甬道上，脚步声空洞而回响久远。二是堂子多。堂子你晓得吗？就是妓院。这里，阿七用筷子指向北面，汕头路、四马路——也就是福州路——过去都是妓院。那里，包括我们这里，你别看现在弄堂里一幢幢石库门房子蛮堂皇的，过去都是台基。台基你晓得吗？又是摇头。台基就是妓女在家里接客的场所。这当然算是高档的，比她们档子低的是野鸡、咸水妹——专做洋装生意的，惨的是钉棚，年老色衰，靠在电线杆上拉客，只有拉黄包车的车夫会……

“劳动人民也嫖娼？”我很吃惊。

“怎么啦，劳动人民也是人嘛，讨不起老婆，只能找野鸡煞煞渴。”阿七眨眨眼睛，“黄包车夫有的是力气，最讨女人欢喜，有些老板在外面养了女人，十天半月才去会一次，自家女人正在如虎似狼的年龄啊，怎么熬得住？就跟车夫搭上了。这种事在过去多着呢。”阿七晃了晃杯子，把残酒喝干，朝地上吐了口浓痰：“呸，这是万恶的旧社会。”

八十年代中期，在全国各地大修方志的热潮中，我也参与了行业志的编纂。在翻阅了黄浦区的档案后发现，阿七有一个疏忽，其实这一带还有“一多”：戏院多。除保留至今的大世界、共舞台、天蟾舞台、大舞台外，还有许多小型戏院，极一时之盛的满庭芳就在湖北路口，再过去有专营女鞋、同时也为妓女青睐的小花园布鞋店，再过去呢，有专卖化妆品的香粉弄，哈，真有历史底蕴啊。想象一下轻歌曼舞、羽衣霓裳的盛景，八里桥路的小吃摊焉能不人头攒动？于是我琢磨出来了，这一带外来人口多，在解决了吃和住宿的问题后，就轮到性和娱乐了。至于福州路文化街的说法，是出于今天建设精神文明的需要，而在当时没有这个说法，买点文房四宝和旧书，出版几张小报又怎样？再说文化人嫖起妓来，手法自有高明之处，玩了婊子再去为人家树牌坊。信奉实用主义的风尘女子才不爱听你几句歪诗呢，出手大方才是王道。

云南南路一到晚上，真是酒鬼的乐园，一溜几家店都被酒鬼们早早地占了座位。酒鬼们穿着油垢深重的空壳棉袄，趿着鞋皮，笼着袖子来了，脸上洋溢着知足而有点委琐的笑容，跟谁都是亲兄弟似的。酒鬼们天天喝，没有太多的钱，所以通常都是这样安排的：一支小炮仗，一碟辣酱或五香豆腐干，再加一碗面。从下午四点起要坐到晚上十二点多甚至次日凌晨。更让人头痛的是，他们喝醉了就要吵闹，打架，掀桌子，啤酒瓶飞来飞去，我们店里的墙上最最醒目的是两行字，毛主席语录“发展经济，保障供给”和派出所电话号码。

晚上九点以后渐入佳境，酒鬼们个个眼睛通红，语无伦次，刚才还勾肩搭背地同吃一盆豆腐干，转眼就扭打在一起了，在地上滚来滚去，一直滚到店门外，身上沾满了污水和痰迹，还没有歇手的意思，力气所剩无几了，旁观的酒鬼急了，提示攻击对方的软档，或用激将法挑逗他们再打，出重拳。也因为一语不合，旁观的酒鬼打起来了。于是一场混战，天昏地黑，猿哭狼啸。

关键时刻我挺身而出了，向酒鬼们宣传无产阶级专政下继续革命的理论。但我的声音一出口就被吵闹声淹没了，酒鬼们根本无视我的存在。再这样下去怕要出人命了。我跳在他们身上，企图拉开扭打在一起的酒鬼，但酒鬼们将点着了的香烟塞在我嘴里，沾满酒液和唾液的烟嘴差点呛死我。他们又捣我的胳肢窝，最后扛起我的身子送回店里，满口酒气喷得我晕头转向。他们毕竟不敢把我扔在扔满骨头和烟蒂的地上。

酒鬼们打累了，参战双方鼻青眼肿，就像《水浒》里描写的那样，一个个像开了酱油铺。我看着他们，心在颤抖，眼睛酸胀，蓄满了泪水，高尔基小说里描写的沙俄时代工人们酗酒的情景很自然地叠化在他们身上。我发出一声声叹息，弄不明白他们是无产阶级专政的主体还是对象，因为我们生活在新社会，而这些酒鬼都是生活在社会最底层的工人，他们都属于最最先进的无产阶级啊！

我想他们应该为自己的行为感到可耻，他们应该为自己的丑陋哭泣，可是酒鬼们意犹未尽地对骂几句，似乎骂到了痒处，都笑了。最后，一个还没有喝醉的酒鬼像李玉和那样伟岸地在路中央一站，手掌向空中一劈：现在我宣布，回去，跟我统统回到桌子上去。

于是继续碰杯，亲如一家。

后来，闹得实在不像样子，派出所和拖着长矛的“文攻武卫”有过几次行动，冲进店来，不由分说地将所有顾客都押到墙边站好，然后稀里哗啦一阵鼓捣，酒瓶倒了，碗碟砸了，酒鬼们统统押上卡车，谁要是犟头倔脑，围上去就一顿暴打。“文攻武卫”打起人来心狠手辣，长矛专朝酒鬼的腰眼里捅，警察倒不动手。再后来，公安局要求这条街上所有饮食店在晚上十点钟以后不准卖酒，包括啤酒。消息传来，老师傅们都表示反对，虽然平时他们对酒鬼骂个不停，一旦没了他们，生意受影响是肯定的，他们还真舍不得呢。这时公司也派来调查组，那几个干部都把酗酒的“酗”字说成“凶”。调查是走形式，公安局的决定只能执行。布告贴出后，酒鬼们一到十点钟都涌到南市区去喝酒了，店里一下子清静得像太平间。

八十年代初，禁令有所松动，酒鬼又兴高采烈地喝通宵了。云南南路上的一些饭店经过装修，环境有明显的改善，酒鬼们也有了新生代，喝酒的腔调可是一脉相承的，那些女酒鬼更是青出于蓝，在没有座位时就一骨碌坐在男酒鬼的大腿上。群众反应，她们的裙子里面不穿三角裤。

八十年代中期，有关方面在云南南路两头竖起了牌坊，正式命名为大世界美食街，民间的叫法是云南南路美食街，所有的饮食店都经过了脱胎换骨的装修，供应品种丰富多样，小老酒就不再供应，于是酒鬼们被迫转移到别处泡去了。那时，我在离开云南南路几年后又回来了，并且是一个小小的干部了，经常夹着文件夹到各个基层店检查工作。有一次走进云南中路一家饮食店，看到一帮酒鬼正坐在里面喝酒。上午九点多模样，不是喝酒的正当时光，穿着邋遢的酒鬼们将两张八仙桌拼起来围坐着，盆子只只朝天，一把西瓜子散在桌面上，每人手中的塑料杯子里还留一口残酒。但他们仍然悠哉游哉地坐着，不时向门外张望。我知道他们是在等一位睡懒觉的酒鬼入伙，再买一盆熟菜，尽可能将幸福的时光延长。

我只觉得几个酒鬼脸熟，却叫不出他们的绰号，正要将脸别过去，他们惊喜地与我打招呼，并向不认识我的酒鬼介绍我，夸大我的职务和能力，我成了他们的莫大光荣，然后端起杯子声音很响地抿了一口。

张三丰的“小花帽”

我家小区东北方向有块面积不足300平方米的“三角地”，从属性来说，它是“一地两制”的，沿建筑物墙根的一块铺有地砖的狭长条是属于本小区的，外面的水泥地属于人行道，是城管的辖区。在地砖区域停车是允许的，但私家车的前轮胎若压在属于公共区域的水泥地上，被交警逮着就是一张罚单。罚款很有效，后来本区居民停车就不敢越雷池一步。现在，这个“三角地”越来越热闹了，白天，卖花、卖水果、卖陶瓷餐具、卖服装，爆米花、修自行车也在这摆摊，为了争夺地盘，操外地口音的摊主还干过几仗。夜幕降临之时，摆摊的前脚走，大妈们后脚来跳舞，录音机一放，同进共退，排山倒海，煞是壮观。大妈们跳累了，作鸟兽散，烧烤摊又过来填空档。火苗乱蹿，烟雾腾腾，10楼以下的居民窗子都不敢开。

有一回，“三角地”来了一位卖唱的，嗓子好，电吉他弹得滑溜，音响效果也不赖，三支歌没完，围观者已里三层外三层。但很快来了警察，将卖唱的赶走。围观群众将警察堵住：为什么污染环境的烧烤摊不赶，人家吼两嗓子却容不得？警察反复解释，群众不听，最后他们急了，一声怒吼：法治环境就是被你们弄坏的！话音一落，起哄声一浪高过一浪。后来我听说举报卖唱的就是摆烧烤摊的那拨人，他们嫌卖唱的抢了生意！

前几天，我跟其中一位摊主聊了一会。这个摊主有个相当搞笑的绰号：张三丰。也许是他年纪轻轻，却留着一把飘飘欲仙的胡子，跟传说中的武当派祖师有几分貌合吧。不过张三丰对这个绰号很得意，叫他一声应得很快。张三丰在添油加醋过程中，时不时用手捋一捋胡子，以至这把胡子虬结成束，十分邋遢，不过你要说这是道骨仙风他也乐呵。

张三丰刚来上海时在一家修车铺当小工，后来干过快递、回收过墨盒硒鼓、卖过烘山芋，掘到了“第一桶金”，娶了媳妇。最辉煌的时候是去年在我家对面小区的沿街商铺租了一间店面，专卖羊肉面，白切羊肉味道不错，我就成了常客，跟他混个半熟。但半年不到，这一溜小饭店一夜之间全部关张，一问才知道原来居然没一家有营业执照，更别说卫生许可证了。既然无证，为何“存活”半年之久？每天晚上，吃客的私家车堂而皇之停在路边，交警路过只当没看见。

关门后，张三丰被打回原形，小几万装修费泡汤，还欠了一屁股债，只好从零开始摆摊烧烤。“告诉你，”张三丰很严肃地对我说：“记者最可恨，当初我卖烘山芋，他在报上说做炉子的柏油桶有毒，烘出来的山芋吃了会致癌，你拿证据出来啊，谁吃了烘山芋生癌了？”我说：“那我问问你，你烤东西的燃料为什么会冒那么大的烟？真正的木炭好像不是这样的。”

张三丰也老实相告：“没人来时，用木炭保护火种，客人来吃东西了，催得紧，你就得让火头猛一点，这才用点油脚。这油脚是工厂里用剩的废油，根本没事的。你说我烧烤用的油是地沟油？瞎说！你看看，我用的是干净油，成本老大哩。你要不放心自己带油来，我用你的油烤羊肉串。”

其实我早就注意到张三丰的摊头上挂着两只油桶，不同客人不同油桶。我换个话题问他：“如果有关方面将路边摊集中起来管理，给你们固定的地方，凭证经营，低价供应安全的液化气和食用油，你欢迎吗？”

“这又是哪个记者出的馊主意吧，告诉你，我不怕政府管，就怕你把我们圈起来，吃客就不来了。现在这块地方居民集中，生意还好做，再说我们即使走了，保不准还会有人来摆摊，前仆后继叫你整天猫捉老鼠！你问现在有没有人管？晚上八点一过城管下班了，我们掐准时间出来。看见旁边那个烤羊肉串的吗？我们关系挺好的，城管来了也不怕，就叫小妹妹过来站一会，他就不敢拿我怎么滴啦。”

小妹妹浓眉大眼高鼻梁，戴一顶民族风情浓郁的小花帽，狭长的烤炉顶端支起一根烟囱，上面用不锈钢皮剪出星月形图案，据说“识货”朋友看到小花帽和星月形标志就投鼠忌器、眼开眼闭了。

时来运转的“旧货鬼”

过去，上海人对从事旧货业的人看大不起，称之为“旧货鬼”。他们给人的印象就是：无论朔风呼号，还是骄阳似火，整天风尘仆仆，挑一副担子穿行在弄堂里，时不时地透过虚掩的黑漆大门往里张一眼，若是发现天井里有值钱东西，就搁下担子喊上一声，“收旧货……”接下来就有好戏看啦。他们的口碑不是很好，卖给他三钱不值两钱，但一转手就狠狠地赚了一把。上海女人都说：旧货鬼，门槛贼精！

旧货业中，尤以收老家具的更苦更累，件儿大，本钱大，风险也大，对业主的阅历和鉴别力，以及谈价钱的技巧都是考验。

改革开放后，上海人生活条件改善了，自然又做起了红木家具的美梦，很快形成市场需求，同时，有人就靠经营老家具做成了大事业。我认识的一个老法师，名叫陈张宝，在古旧行业几乎无人不晓，他靠10万元本钱起家，成就了一番大事业。

陈张宝在弱冠之年就跟其父亲涉足老家具行当，风霜雪雨，备尝艰辛。建国后进入“淮国旧”，全国各地跑码头，专收红木家具。红木家具的风格与年份，他只消瞄一眼，就马上能报出价格。十年动乱中，“淮国旧”倒迎来了它的“黄金岁月”，店内堆满了有钱人家抛售的红木家具，还有许多抄家物资和有钱人家为了度日而出售的高档生活用品，这些都吸引了精明的上海人去觅宝。红木家具放在店后门的长乐路上，堆在一个个简易大棚内，叠床架屋，也是我亲眼所见。“当时，一堂老红木家具不到500元，一只蛋凳只要10元。这样便宜还是没人买，一来大家都很穷，二来怕买回去被人说成追求资产阶级生活方式。所以红木家具多到堆不下时，就三钱不值两钱地卖给民族乐器厂做配件，卖给工具厂做木工用的刨子，还卖给文具厂做成算盘珠。真叫是大材小用啊！”陈老先生至今忆起，还是心痛得啧啧叹息。“我知道这些都是好东西，但我也没有钱买啊。而且我们做这一行的有规矩，不能买自己店里的东西。”

因为工作勤勉，业务能力强，陈张宝得到领导和同事的器重，凡是吃不准的东西，都要请他掌眼，一种权威就在数十年间慢慢形成。七十年代初，随着中美关系改善，形势有点松动，外国人纷纷来中国“看看”，有懂行的，就将店里的红木家具和紫檀家具买走了，那价钱，放在今天真跟白捡似的。陈张宝被领导委以重任，成了上海整个老家具行业唯一能够接待外宾的老法师，这也使他有机会与外国人接触，对国际市场的行情也有了一些了解。

十年动乱结束后，落实政策后又有了钱的大户人家再将红木家具买回，复原过去的生活场景。先富起来的那部分上海人，对红木家具也是心向往之的，在掘到第一桶金后，就会置一堂红木家具来充门面，那么“淮国旧”就成了大家淘宝的“圣地”。这一阵陈张宝成了大忙人，不少新老顾客都围着他，只相信他的一句话。

九十年代初，陈老先生退休。这个时候上海的老家具业因为土地批租、货源减少、效益滑坡等诸般原因，网点严重萎缩，而新开张的红木家具商店倒出现蓬勃之势。陈张宝过了几天清闲的日子觉得浑身骨头痒，就在徐家汇天钥桥路向某企业借了一块闲地，搭了一个简易大棚，专营老家具，红木白木都有，这也是上海改革开放后的第一家私营性质的老家具商店。

当时，陈张宝的10万元启动资金还是朋友借的。朋友的钱是借了，但劝他不要冲动，尤其是看到一屋子破破烂烂的老家具都笑了：“现在大家的生活都好了，谁还要这些垃圾货？”

业内人士也有点看不懂，因为陈张宝店里的老家具都是从农村收来的，八仙桌、翘头案、架子床、小菜橱、面巾架等等，质地大都为榆木、榉木、柏木、柞榛木等。与红木相对应，这些家具被称为“白木家具”，有人还称它为“柴爿家具”，不入流。但陈老先生胸有成竹，不露声色，有时候他脚头痒，也会穿行在市中心的大小弄堂里收老家具，这在旧时叫做“喊弄堂”，而到外地收旧家具，就叫“铲地皮”了。有一次陈老先生在安徽某集镇菜市场上看到一个肉贩子在卖羊肉，刀下的案几不同凡响，就以50元购得。这是一件四平头条案，血榉的料，回上海整一下，搁哪里都看着气派。还有一次他在浙江上虞“铲地皮”，跑累了，就在一个农民家的院子里歇脚，主人很客气，连忙烧水泡茶给他喝，但灶头蹿出一股特殊的气味让他一惊，走进屋里一看果然吓了一跳，那个老实巴交的农民正在往灶膛里塞一根黄花梨椅腿。他马上抢下来，再从一堆乱柴中找齐那把椅子的料，抢救出一件宝贝。如今这样一把黄花梨官帽椅在拍卖行里，起拍价至少五六十万。

为了扩大知名度，陈老先生请人写了一份广告，复印了100份，雇了人到东台路、福佑路等古玩市场去散发。这样，外国的旅游者和收藏爱好者就知道上海有这样一家商店，按图索骥找上门来，一看颇具民族风情的老家具，一个个眉开眼笑，当即掏钱。就这样，商店的生意慢慢好起来。

“外国人对中国的传统老家具有较高的鉴赏能力，他们对红木家具不大喜欢，觉得太阴冷，太生硬，他们喜欢白木家具，白木家具有亲切感。”陈老先生对我说：“我知道他们需要什么，就投其所好，将老家具尽可能地复原，使木纹显露出来。欧洲客人喜欢浙江一带的朱金木雕家具，特别是大户人家的箱柜，描金画彩，色彩鲜亮，放在客厅里很好看。后来我得出经验，收来的旧家具先放在店里，请外国人来看，看中哪一件，写上名字，再根据他们的要求来修复，这就比较对路了。”

上海地区的老家具毕竟少，收起来也难了，陈老先生就跑外地。南通、宁波、绍兴、苏州、嘉兴等地都去。人手不够，就把老伴请出来坐镇店堂，后来儿子、女儿也来加盟。当时老家具的价值还没被国内消费者认识，他们就能以很低的价钱收到黄花梨家具，压一段时间后都以十倍二十倍的价钱出手，短短几年工夫，陈老先生赚得满盆满钵，儿子女儿都成了行家里手。

过了几年，徐家汇地块耸起了一幢幢商务楼，陈张宝的那家店只好转移到虹桥路上。我在那里看到，像篮球场那么大的仓库居然盖了四个，老家具一直堆到顶。不少在领馆、外企工作的老外开着宝马过来，一转就是一整天，中午也不走，从车上拿出三明治对付一顿。客人挑选好哪几件，用粉笔写上姓名，然后提出要求，交公司修整。还有不少港台客人，赶来与外国人比眼力。董建华的妹妹是经营艺术品的，也成了这里的常客。

老家具修整是很复杂的劳作。首先是清洗，仔细除去浮灰和积土，用水冲洗，用刷子刷，积垢深厚的可以在热水里加点老碱，洗过的家具得阴干一周。第二道工序是去漆，一般是用细砂纸轻轻地擦，如果遇到较硬的部位就得用刀刮。做这个活得胆大心细，稍不留神就会破坏精雕的部分，有时一条纤细的线脚被磨平了，再怎么修也不能回过气来。接下来修理，缺损部分得找相同材料来接补，最难的就是雕刻，比如缺个仕女，缺只蝙蝠什么的，得以同样的风格雕刻好后接上去，天衣无缝。而每个时期、每个地方的工匠，思路及手法又不尽相同，今天的工匠得揣摩前人的心理，顺着来，不能让人看出破绽。有些箱柜的铜活坏了，也得按原来的式样做一个，如吊牌、面叶、活页、套脚、包角、牛鼻环子等都是传统家具不可忽视的饰件。从制作工艺上分镂空、錾花、打毛、做旧等，连点点斑斑的绿锈也做得出，很有沧桑感。最后一关的精打磨，上蜡或上漆。老家具修复，按收藏界的原则应该是尽可能地保留原来的模样，所以陈张宝和他的儿子在接洽客人时也从艺术鉴赏和旧家具保护等方面说服客人最好在家具表面光打蜡，便木纹毕现无遗，这种朴素的美是最最耐看的。

陈老先生说，“现在会修理老家具的工匠短缺，好不容易请来几个木匠师傅，做了一两年就跑了，他们看到这个行当赚钞票啊，也想自己做了，其实谈何容易！”

除了老家具，老建筑也进入陈张宝的视野。他的儿子陈伟告诉我：“安徽、浙江、江苏甚至北方一些省也留下了我们的足迹。现在农村的生活也改善了，不少旧房子摇摇欲坠，或空关着、或折了重盖，条案椅子炕桌之类的粗笨家具很多，没人要，包括窗板啦、大门啦就堆一边没人管，这些东西我们就收下来。”

又过了几年，陈张宝正式退居二线，家产分给了儿子、女儿。

陈伟的妹妹陈瑛，和夫婿黄建明在吴中路开了家老家具商店，店名叫“明德堂”。黄老板主外，到全国各地收旧货，陈瑛主内，在店里安排工人修复。经过小几年的苦心经营，事业大有发展，老客户中有不少是文化界人士和外国人。由于他们诚信待客，不少客人自己买了之后再介绍给亲朋好友，就如滚雪球一般，他们的客人越来越多，生意也就比邻近的旧家具商店要好。十年时间，从他们这里出去的老家具有数千件！塞进集装箱里，悄悄地发往日本、泰国、美国、德国和法国等地。

说到这里，我发现黄老板的心情有点复杂。“在商言商，利润是第一位的，但有时看到好东西被外国人买了再送到国外去赚大钱，心里就有点酸。”他说。老家具行业有一句话是这样说的：外国人倒腾中国老家具，利润之高，仅次于贩卖军火和毒品。

我在其他几家老家具公司看到老板们都有一种复杂的心态，像黄花梨、紫檀等明清家具或做工精细、独具匠心、可以看作代表一个时代典型器的白木家具，有人出再高的价也不愿脱手。还有些老板希望国内的收藏家或企业家能把一些精品买下来，保存在国内。国家博物馆因场地有限，不能大量收藏、陈列古典家具，调剂商店又处于萎缩状态，那么分散在民间也许是一条出路。

有一次我陪朋友在明德堂挑选一件书柜，正遇一个日本旅游团队慕名而来，其中一个日本企业家看中了一张由老门板改做的长方形餐桌，它历经沧桑，朴实而粗犷，北方风情十足。日本客人问了价钱，觉得黄老板开的价钱很公道，就一口气订了 20 张。

我在明德堂买过一张平头案、一只苏作书柜、一把圈椅、一张炕桌，都是清代早期的东西。后来又在明德堂看到了一些西洋老家具，材质以柚木、橡木、桃花心木和椴木为主，也有少量红木，设计精巧，做工考究，花纹繁复，木质纹理犹如牛角，细木镶嵌令人叹为观止，使用起来也很能体味到浓浓的人情味。与中国古典家具的拘谨庄重相比，它更让人亲近。

我在这里挑了四把卷草纹餐椅和一把带扶手的哥特式大餐椅，前者配我在虹许路享利老家具店淘到的一张清乾隆核桃木浅浮雕花饰弯腿八仙桌，后者放在电脑台前，坐着稳如泰山。

如果说家具也有性别，那么在中国古典家具中，太师椅、圈椅、翘头案、博古架、八仙桌等是男性的，绣墩、贵妃榻、花几、拔步床、琴桌等则当属女性。而在西洋老家具中，由于男人在相当长的时间内拥有话语霸权，所以它们大都体现出男性的特征，优雅、坚毅、从容不迫、文质彬彬、适度夸张和贵族气十足，使用并欣赏它们时，似乎可以嗅到烟草和皮革的气息。如果你是一个玩家，肯定会同意我的观点。

个人理想与国家意志

似乎从进入课堂的第一天起，我们就被告知，做一颗永不生锈的螺丝钉，个体生命要服从组织安排……我不知道这是否出于战争年代形成的惯性思维还是成功经验，我隐约觉得，在时代的召唤下，个体服从国家意志是天经地义的事。但有时我也会犯傻，有一次在作文里写道："如果我可以做一枚齿轮，在整架机器中发挥更大的作用，难道不是更好吗？"结果我受到了人生第一场急风暴雨般的批判——幸亏只是在面积有限的教室里，而不是在大庭广众。

中学毕业后我被分配进了一家集体企业，工作条件之差，跟万恶的旧社会几无差别，但相比去农村、去郊县的同学我又值得额手庆幸。相比我的二哥，更如天堂遨游！二哥在 1965 年去了新疆军区生产建设兵团，钻的是地窝子，吃的是玉米窝窝头，喝的是盐碱水，戈壁滩上的狂风刮得石头满地滚。如此艰苦的条件，从大城市里去的青年人手持坎土曼摇晃了一会，最终站直了，没趴下，开垦出一片片适合机械化操作的良田。六十年代初的数年中，总共有 10 万上海支边青年进疆参加屯垦戍边，从宏大叙事层面上说，他们解决了兵团各项事业发展中人力资源不足的问题，充实了保疆、稳疆、富疆的力量。在全面提升兵团队伍整体素质的同时，支边青年还带去了城市的文明，包括衣着打扮、家具式样、饮食风味和生活习惯等，直到今天还能在阿克苏、伊犁、石河子等地感觉这方面的深刻影响。

这次出于国家战略考虑的大移民，当然是非常正确而且及时的。六十年代初，农垦部部长王震与上海市委书记柯庆施及市长曹荻秋等负责人商量后，在数年时间里有 10 万上海支边青年进疆参加屯垦戍边，其中一部分就安排在 359 旅转身后的农一师。此举背后的国际环境在今天也让我们读出更多的思索空间，1959 年 3 月印度尼赫鲁总理向我国政府提出 12.5 万平方公里的领土要求，遭我国政府坚拒，此后印度不断在边境上挑起事端，造成流血事件。1962 年，苏联驻伊宁领事馆策划、组织了伊宁、塔城、博乐地区的“5·29”事件，导致 6 万多边民赶着牛羊逃往苏联。后来在二哥来信中我也第一次知道了“东突”这个组织以及他们的行动纲领、政治幻觉。

数十万从各城市汇集起来的城市青年、兵团战士和维族爱国同胞一起，在经济建设、社会发展和重大事件中起到了中流砥柱的作用，青涩的青春与滚烫的热血毫不吝啬地挥洒在这片陌生的土地上。今年是支边青年入疆五十周年，已经回上海的那部分知青一提此事，热泪盈眶，语言哽咽。虽然每年都有支边青年结伴重访第二故乡，与老职工及老乡“开轩面场圃，把酒话桑麻”，但毕竟半个世纪的生命长度，足以环绕一个时代，在回望人生的苍茫时刻，也有人不免会想：在和平环境中，个人意愿如果与国家意志相吻合，难道不是更好的选项和结局吗？

所幸，改革开放后，我国在经济建设和社会发展中取得了令人瞩目的成就，无论支边青年还是后来的上山下乡知青，都感到莫大欣慰，在可以顾及的时间与空间里重新设计人生也并非妄想。当然，回城知青在经历了又一番颠簸后，如今廉颇老矣，在生活上面临的重重艰难，各级政府想必是清楚的。

听说有一位支边青年在重访阿克苏后，萌生了叶落边疆的心愿，她认为上海固然车水马龙，灯红酒绿，但与己并无干系。在新疆，有自己的生命年轮，有纯朴的战友和老乡，那里的一山一水比自己额头的皱纹都熟悉，而况还有清新的空气与水源。在自己曾经洒落汗水的农田上，长绒棉几乎年年丰收。祝她晚年幸福，今天的外部条件支持这个她的选择。“待到重阳日，还来就菊花”。

上周我还听到一则消息：宁夏中宁县第三中学退休教师冯志远先生于 5 月 29 日去世，1958 年他响应国家号召，告别新婚不久的妻子，放弃在上海执业的机会而从家乡东北远赴宁夏回族自治区偏远小县城支教。从八十年代起，他体力状况每况愈下，但即使双目失明后他依然坚守在讲台上。他的事迹确实散发着一种圣洁的光芒，为社会提供了巨大的正能量。但我也在想，当地政府为何不早点将他从岗位上接下来，并给予这位支教 42 年的老人及时的关怀与照顾呢？为何在今天物质、文化条件大为改善的国情中，支边支教的故事还像《圣经》里的圣徒圣迹那般义薄云天并让人伤感呢？其实我也知道，有许多青年人在冯志远们的感召下，热烈地投身于支边支教的事业，但他们的“圣迹”在当今城乡五彩缤纷的声色图像中，是那么的微不足道、黯然失色，以至于为许多智者判为外星人！

比如——就在眼前的6月6日，乌鲁木齐举办了一场不同凡响的集体婚礼，来自全国各地的新人其实都是支边志愿者，三五年后，他们中的许多人可能会留下来，故而这场婚礼有点“扎根”的意思。自2003年24个省市选派四千多名志愿者在新疆建设兵团服务，至今已有1100人义无返顾地留在了天山脚下。

有多少人知道这条新闻（或者在媒体眼里根本不算新闻）！

个人愿意与国家意志的完美结合，不仅需要趋于完美的机遇和机制，更需要强大的经济基础和有效通行的道德磁卡。

五、外滩·白玫瑰

不久，和平饭店底楼酒吧组建了享誉世界的老年爵士乐队，1996年，美国《新闻周刊》将这个爵士吧称之为年度世界最佳酒吧之一。不久，国外旅游团队就如潮水一样涌入上海。不久，黄浦江边迎来了第一艘豪华游轮。不久，外白渡桥彼岸的北外滩建成了豪华游轮母港……

摆渡船

当一条河流穿过城市中心，这座城市就有了别样的风致，波光、水色、帆影、渔火、汽笛、涛声……夜幕降临，总有一个月亮如约而至，照亮城市人的心思，更将水道两岸的轮廓线次第勾勒。以 S 形一路逶迤北上的是黄浦江，旁枝横逸卧着的是苏州河，上海因为这一江一河而显得空灵秀美，又如水墨的渲染，它们是上海近现代史的底色。

河流是城市的血脉，又是屏障，也是粘连，每个角度都对应着不同的功能。于是，建于 1873 年的威尔斯桥开启了苏州河建桥的历史，闸北、虹口、普陀等地区境界大开，但黄浦江上还没有桥，它太宽。那么渡船来了，载着人们出没风波里，似有一苇渡江的艰险与豪迈。早期渡船都是小舢舨，只能坐六七人，船夫奋力摇橹，也需半个多小时抵达彼岸。因属于民间性质，故当时称为“民渡”。大一点的则有帆船，顶多也就十余人。我见过一张老照片，俯视的角度下，小舢舨集聚在铜人码头，如过江之鲫，密不透风。

渡客如蚁，而民渡船设备简陋，很难适应上海勉力前进的节奏。于是嗅觉灵敏的日本资本捷足先登，引进相对安全的小火轮，载客量多达二三十，一时称雄江面。1909 年，上海的半官方民间慈善团体——同仁辅元堂，集资创办了董家渡到塘桥的“义渡”，并更换民渡小船，重修码头，规定船只、乘客数量。1910 年，浦东塘工善后局租赁小火轮往返浦东东沟与浦西铜人码头之间，成为最早的官办轮渡，从此，上海的轮渡事业获得了长足的发展。接着很快出现了钢质码头、水上饭店、水上旅游等新生事物，上海总是赶在潮流前面的。

提及摆渡船，老上海总会想起一个人，不错，他叫叶澄衷。13 岁便从乡下到上海，先在小杂货铺学生意，后在黄浦江上摇小舢舨。小宁波看到同行间为抢客人大打出手的情况几乎天天发生，但一般人又都不会讲外国话，他就将一本英语辞典带上船，再用宁波话进行标注，很快就能与外国人简单对话了。一声哈罗，再一声古德毛宁，外国人就乖乖地跟他上了船。有一次他将一位英国洋行的经理送到浦东，这个马大哈居然将一只皮包拉在船上。小宁波打开皮包，阿娘嗳，钞票莫老老，还有合同跟支票！他替外国人着急，生意也不做了，就在码头上坐等。等到天擦黑，英国人大汗淋漓地赶来，接过皮包激动得不得了，掏出一迭美元表示酬谢，小宁波摇头。英国人看出他的心相，就帮他创业，将上海市面上紧缺的小五金和煤油批发给他，一转手获利无算。叶澄衷克勤克俭，慢慢做大，最后在上海开了两百多家分号，后来又兴办学校和医院，大名鼎鼎的澄衷中学就是他创建的。

眼睛一眨，到了上海改革开放，黄浦江上的摆渡船进入了它的黄金岁月，要数核心区域内的泰公线、东金线、东复线、杨复线等几条线最忙，每天上下班高峰时，挤得渡客前胸贴后背，气也透不过来，还有横七竖八的自行车和助动车！最可恶的是有些人缺乏公德，助动车突突突的不肯熄火，弄得船舱里烟雾腾腾，民怨沸腾！我在浦东住了四年，坐了四年的摆渡船，吞了四年的废气，这几年体检总被医生警告：肺尖尖纤维粗糙，像丝瓜筋吊在那里。有一天清晨雾锁浦江，两岸轮渡迟迟不开，赶着要上班的工人急得跳脚，迟到要扣资金的呀！好不容易等到浓雾稍有弥散，码头闸门一开，渡客逃难似的冲过去，哇啦哇啦一阵叫，已经挤死了好几个人。由此，市政府作出规定：凡极端天气造成交通不便，职工迟到不扣奖金。后来有人建议在东昌路码头竖一块石碑，让后人铭记这个血的教训。但这种触心境的事体总是没有下文，今天的80后、90后都不知道有这回事了。

再后来，黄浦江上相继建造了隧道和大桥，成功实现分流，摆渡船也进入了它的风烛残年。前不久我坐了一回杨复线，天啊，客舱内只有五六个渡客，空空荡荡冷冷清清，马达声显得格外空旷。我通过舷窗张望江面上飘荡的薄雾，海关钟声悠悠传来，心中涌起莫名悲凉。上周我又坐了一回东金线，可能是晚上吧，居然景观殊异，喧哗如市，渡客如潮，外地游客兴奋至极，冲破铁丝网闸门争相抢占二楼甲板，船动而呼，掏出手机狂拍，原来他们是为观赏外滩灯光而来。不是有浦江夜游吗？有，但票价太贵了，而摆渡船一去一回才两元钱，于是他们选择以这种方式一饱眼福。摆渡船以观光功能延续它的百年使命，让我百感交集。

苏州河口的帆影

苏州河上有帆船吗？有的。

关于香港的历史影像中，有一张照片肯定被许多人收纳在心——我私下认定它应该是香港的名片。逆光中的维港，背景是一排高耸入云的摩天大楼，水面上缓慢移动着一艘三桅帆船——它是镜头的焦点。这艘帆船似乎很孤独，天涯飘零的疲倦与无助，但有繁华的依傍，又那么自信，那么从容。其实，自信与从容，都是香港这座城市的风度。香港人拿这艘象征农业文明的木船来告诉后人：这是我们的血脉，是我们的童年留影，我们从它的母港走向世界。

曾经，苏州河上也有船，很多木船，多到河道常常为之壅塞。尴尬时刻，小汽艇及时赶来，船头鹄立一人，手持铁皮话筒进行疏导。他的声音含混不清，但有钢铁般的坚硬，船老大们在他的指挥下前进后退，一条航道就慢慢开辟出来。比较麻烦的是一些老旧的帆船，它们在苏州河口——也就是外白渡桥东侧——必须放下桅杆，要么撑篙，要么借助船尾功率不怎么大的马达的推动，赶在潮起之前，从苏州河上十几座大桥的桥孔穿过。

平躺着的桅杆就像休战时的炮杆，但仍执拗地指向目的港。在等待进入河道的时间里，帆船们紧密地并排着，相濡以沫。桅杆上挂着刚洗濯的衣衫，红红绿绿，闪耀着日常生活的色彩。孩子们——在夏天，不管男孩女孩一律赤膊跣足，在甲板边缘飞快奔跑，嬉闹着，欢快的笑声感染了岸边的人，其中就有我。那时我还在读小学，放学早的时候会来到这里，趴在黄浦公园的防洪墙上，一直等到落日的余晖将上海大厦涂成金黄，并分一点金黄给小憩的船们。还喜欢听船娘扯开嗓子将跑到邻船的孩子喊回来吃饭，抑扬婉转，带着苏北口音。

我从小有点多愁善感，但还不能承受独自一人在黄昏时分旁观船家生活的惆怅，于是总要约几个同学同行。好在那时正值天下大乱，学校里几乎没有作业，背着瘪答答的书包一转就到了外滩，再一转就进了黄浦公园。进了中学，我借来一架老掉牙的德国蔡司 120 相机，买了最便宜的胶卷，与同学又去苏州河口。凭栏临风，看江鸥竞翔，波涛翻滚，水腥气呛着稚嫩的胸腔，心中却没由来地涌起莫名的豪情，“恰同学少年，风华正茂，指点江山，挥斥方遒，粪土当年万户侯……”

装模作样地给同学拍几张照，然后我就守候在那里。某艘帆船装了货物后钻出外白渡桥桥洞，在两夹水前略作停顿。船老大与船娘齐心协力，或在岸边吊车的帮助下，将桅杆竖起。挂上帆的那一刻，我听到了“蓬”的一声。船帆兜住了季风，轻巧地穿过陆家嘴，进入更开阔的水域——吴淞口或黄浦江上游，最终在我的视线里化为一抹浅紫。

我要拍的就是它，扬帆远航的船，劈波斩浪，白鸥旋绕。

我追逐着帆影，在防洪堤上奔跑，绕过灯杆，跳过花坛，越过杂物，但它们行进的速度超过我的想象，我的同学在身后大喊大叫，不知内情的人还以为我要“跳黄浦”呢。我还得不停调整焦距，选择一个比较好的画面。天啊，它们好像知道我的用意，跟我玩起了捉迷藏，总是不肯将最完整的帆影呈现在我眼前。再说啦，可怜的船老大，帆已经用得这么破旧了，补丁累累，还有几个来不及修补的洞让光线穿透，这样的画面与我理想中的——像一只蝴蝶在水面上滑翔——相差太远。

几次折腾后，我拍了十几张帆船的照片，冲洗后的效果让我感到些许宽慰。但后来有一个同学把我出卖了，在工宣队面前说我“故意暴露社会阴暗面，小资产阶级情调很严重。”这些照片就被我烧了。

再后来——八十年代初，我终于有了自己的照相机，想“正式”地拍一回苏州河帆影，却发现河面上所有的船都成了水泥船和铁壳船，船尾挂了更加强劲的马达，它们出入桥洞的声音很烦人，直来直去，目空一切。船老大、船娘、孩子，都成了“下一代”。特别是船娘，风骚劲头居然不输岸边的上海女人。

现在，苏州河上的船几乎绝迹了，“门泊东吴万里船”的盛况已成历史，遑论片片帆影。突然变得宁静的苏州河，在我眼里就像一台假得可笑的布景，或者像一个被放大的盆景，常有一种陌生感陡然而起，让我不敢在黄昏时分流连。在靠近新客站一带，出现了几个之字形弯道，也将我们这代人甩至很远。在记录上海现当代史的照片里，我只在陆元敏的黑白照片里看到密密麻麻的木船，但是刚出外白渡桥就扯起的风帆，一直没有。单就这一点与香港相比，上海似乎缺少了一份自信。

苏州河口的帆影，你将飘进谁的梦里？

在中央商场喝咖啡

在中央商场喝咖啡，是一张泛黄的黑白照片，在我的记忆深处不可逆转地脆化，但照片中的人物和景色，却一天也不曾模糊过，还不时会活动那么一两下，让我激动并惆怅。

前不久我写了一篇关于东台路的文章，让一帮朋友老激动不已，在微信中纷纷点赞，《旅游时报》等几家传统媒体也抢鲜转载，网络自然跟进。记者或文化界朋友中，有的逛过东台路，有的一天也没去过，这说明东台路已经成了一个象征物，不少人都想以此来挽救大时代巨变中被踩踏的东西。潮起潮落，我们遗落了什么？抛弃了什么？这是个大话题，在这篇小文中暂且不议。我想说的事大家都知道，中央商场正面临转身，据说将成为一个包括主题零售店、精品酒店和文化演艺中心在内的繁华街区。包括美伦大楼（东、西、后面和中厅）、中央商场、新康大楼、华侨大楼和新建大楼等老建筑，都面临着一次热水瓶换胆式的外科手术。

南京东路，所谓的中华第一街，已经荟集了许多世界名牌，难道还不够吗？大家去南京东路看看，除了苹果专卖店，人民群众汗流满面轧进轧出的地方，一般都是赶上换季打折的时装店，还有就是小杨生煎之类的小吃店。有关方面当然也知道这个，所以他们想改变中华第一街人均消费水平不高的现状，引进世界名牌或许是致胜法宝。在这个思想指导下，中央商场必须终结其使命，实现转身后大幅提升单位营业面积的经济效益。我们不要怨领导，指标下达是残酷无情的事，业绩做不出，留岗换人。

当然，中央商场的消失毕竟是一件令人扼腕的事情。在上海的版图上，被抹去的不止是一个商场，而是一道颇具趣味的人文景观。老上海都知道，中央商场源于抗战胜利后，美国大兵在上海登陆，顺便将大量战后剩余物资抛向市场。是美国大兵在做生意吗？倒也不是，是善于经营的上海人，通过各种方式从他们手里获得，然后在中央商场、虬江路、小世界、蓬莱路等几大露天或室内市场设摊销售，货品繁多，琳琅满目，像克宁奶粉、牛肉罐头、旅行刀具、望远镜、呢大衣、皮靴、玻璃丝袜等外国货，都是上海人的最爱。后来，中央商场的市面越做越大，在建国后增加了日用品维修等项目，在不期而至的艰难岁月中帮助上海市民度过了捉襟见肘的难关。上海市民在这里修手表、收音机、缝纫机、电风扇等，热水瓶壳子、保温杯内胆、小型电钻及钢锯条之类的小物件也是紧俏货，如果有足够的耐心与毅力，可以在此淘到零部件，装配一辆自行车或一台收音机。我在那里经常买赤膊电池，没有外壳和商标，价钱为正牌的三分之一，半导体迷或回沪探亲的知青都喜欢在这里排队购买赤膊电池。

这种弥漫着人间烟火气的市场，对上海市民精打细算、讲究生活品质的集体性格起到了熏陶作用。用一样的36元工资，把小日子安排得适适意意，这是很让北方人羡慕嫉妒恨的——直到今天。同时，市场繁荣还需要饮食业帮一把，在沙市一路、二路，围了一圈又一圈的小吃店，叫卖声声，热气腾腾。上海人喜欢吃鲜肉大包或者鲜肉小笼，在这里呢，则有一种鲜肉中包供应，介乎鲜肉大包与小笼馒头之间，味道似小笼，个头直逼大包，解馋疗饥两不误。这里还有馄饨面，一筷阳春面加四只鲜肉馄饨，不是浇头胜似浇头。

对了，中央商场的小吃摊里还有咖啡！建国后，商业部门为了“发展经济，保障供给”，在少量网点保证供应咖啡和简便西餐。悄悄地说一句，有咖啡供应的地段大都是过去的租界，这里的居民有喝咖啡的习惯。中央商场的咖啡也属于政策性放行，南市、普陀、长宁、闸北、宝山等区就没有。

中学毕业后，我与同学在中央商场喝过几次咖啡，八仙桌，长板凳，墙上贴着批林批孔的标语。咖啡是用烧水的铝壶煮的，装在玻璃杯里，草草地加一小勺白砂糖，用毛竹筷子搅拌，味道是出奇的香甜，每杯一角一分。还有面包吐司，我们吃不起。环顾四周，喝咖啡的人都是老克勒、老阿姨，一杯咖啡可以泡半天。再外面一圈，就是排队买鲜肉中包、站着吃油墩子的人。后来陆康先生告诉我，著名画家谢之光在“文革”倒霉那会，经常拖着他一起去中央商场喝咖啡，煮咖啡的就是钢精水壶，跟我的记忆一点不差！

“文革”结束后，南京东路上的德大西餐社和东海咖啡馆恢复特色，大家都去环境更好的东海咖啡馆喝咖啡，沙市路的咖啡就收场了。而在三四年前吧，为配合南京东路地块改造，这家有着七十多年历史的老牌咖啡馆与牌子同样很老的德大西餐社一起统统搬走了，东海在哪里落脚，我至今不晓得。

我们在老欧洲的历史名城，随处可见露天市场、露天咖啡馆和喷泉广场，阳光、鲜花、美女、懒散的表情、轻松的笑声，构成了城市的风景与魅力。上海要打造具有国际影响力的城市，将群众最喜欢扎堆的露天市场一扫而光，肯定适得其反。

前几天在中华艺术宫看哈定的画展，其中有一幅水彩画让我驻足不前，洋房前支起一溜白色帆布帐篷，数位行人在此踯躅，阳光穿透了帐篷，也穿透了时空。这就是中央商场，就是让上海人激动不已的鲜活场景。我们总不能一面欣赏、赞叹艺术家的画，一面将他们记录的历史记忆粗暴地抹去，这个也太虚伪、太凶狠了吧。

中央商场这个街区于2005年被上海市政府确定为“历史文化风貌区”，那么这块地在“价值新发现”的同时必须按照市政府的要求，保存其历史文化风貌，但应该在这里逗留的人没了，哪里还有历史文化风貌啊！

窗外两棵“树”

我家窗外有两棵“树”，一棵是东方明珠，一棵是南市发电厂的烟囱，后者是当代艺术博物馆的“旗杆”。

十年前搬到这里的时候，为一眼就能看到五公里以远的东方明珠而欣喜。让我欣喜的还有金茂大厦，以及江面上缓慢移动的桅樯，但一年不到，北面高楼笋窜，金茂被遮蔽，更遑论桅樯。南窗外的那根烟囱距离更近些，它是一个沉默的、孤傲的存在，它耸立在单调的民居夹缝中，经常趁人不注意时，吐出一朵庞大的灰色烟团，在烟囱上方徘徊片刻，然后在江风推动下，雍容华贵地朝城市腹地漂移。

如今在上海，在某些场合里公开表示喜欢东方明珠大约是一件可耻的事，相当于一不小心暴露自己ED或早更的难言之隐。批评这个建筑物的种种不是，甚至用人的某个器官来恶喻，倒很容易引来在座者的附和，更是饭桌上活跃气氛的胡椒粉。这几乎是一场没有任何风险的话语游戏，甚至不需要艺术经验与理论准备，只需捡拾一堆恶搞式的网络词汇就貌似极具幽默感了。往更深的层面上说，东方明珠差不多成了宣泄某种不满情绪的最佳对象。它有顶天立地的体量，占据了显赫的位置，屡屡被当作新闻图片的背景，中外游客到访上海后的第一站就在那里，它具备了在网络时代成为语言暴力围攻对象的基本条件。

说实话，我也不喜欢它，它是功利主义的产物，文化符号不那么可爱，我因此放弃过数次登高望远的机会。但是家住浦东的时候，厨房北窗正好看得到它的上半部。我是看着它一点点升高的，有一天下班回家，发现那根据说好几吨重的天线已经安装完毕，大有举重若轻之感。那天晚上我喝了一小杯葡萄酒，一种见证历史的自豪感油然而生。不久我家搬离浦东，告别浦东的最后一眼，我的视线是在东方明珠上扯断的。

十多年前，在外滩名存实亡的情人墙上，隔岸观望浦东，东方明珠的确有点突兀或怪诞，但骂归骂，人们还是以它为背景拍照留念，外省人尤其、年轻人尤其。后来陆家嘴的高楼越来越密集，它不再木秀于林，不再独木难支，所谓的霸气也收敛了许多。或者说，扎堆起哄的摩天大楼解构了它的空间，当然你也可以说，它们帮东方明珠分担了更为尖刻的质疑。历史也给了它走秀机会，比如那次 APEC 会议，瀑布般的焰火从球体上倾泻，两岸狂欢，举世瞩目，它的存在价值再一次得到证明。

是的，读者朋友一定联想到巴黎的埃菲尔铁塔，还有卢浮宫前的玻璃金字塔，它们好像负有原罪，打落地那天起就一直被狗血。外国人在艺术这档事上吐起槽来绝对是六亲不认、黑虎掏心。后来，他们发现批评既然不能改变事实，就只能面对它。东方明珠也命中注定是一箭垜，有一外地朋友对我放狂言："如果我是上海市长，上任后第一件事就是炸掉它。"五年后他携夫人再次来到上海，我陪他们游外滩。华灯初放，熏风袭人，他们以东方明珠为背景拗造型，横拍竖拍，大秀恩爱。为照顾他的面子，我只当他没说过那句话。

东方明珠建成已有二十年了，假如明天要炸掉，上海人会怎么想？我说不准，往日的争议已成历史记忆，暴力难道就可以将历史一洗了之吗？我还知道圆明园路的原文汇报大楼炸掉后，连做外滩源规划的老外都觉得可惜，它年纪虽轻，但也是历史，也是外滩的一部分啊。

人在艰难困苦中成熟得快，在信息浪潮中也可以成熟得很快。南市发电厂的那根大烟囱就没有因为世博会而炸掉，它光荣退休，应运重生，临时做成气温表，后来在上海双年展前设想过浪漫绚丽的转身，但民众已将丰富感情维系在它身上，爱惜并珍惜它的笨拙形象，有时报告气温的灯光没亮，群众会打电话到市政府。于是考虑到民众感情，就以这个形象固定下来。我家里备有计温器，但太太更乐意用望远镜读出它的报数。

这几年，雾霾经常造访申城，东方明珠和大烟囱首当其冲，淹没在一片混沌之中。而我更留意这样的风景：东方明珠的下半身还依稀可辨，最上面的那个小球却久久不愿露面，好像它也懂得了什么叫含蓄。

浮华背后

犹太人沉得住气，常给人意外的惊奇。这一次，犹太人更像一个扑克高手，出牌的节奏把握得相当好，每隔一两天就会在以色列领馆的官方微博上晒一张照片，美女帅哥横空出世。自然，网友热血沸腾，疾风扫苇叶似地惊呼："太美了，美得令人窒息！"

犹太人与上海的情缘已经到了家喻户晓的地步。上海是犹太人的第二故乡，这个说法令人自豪与满足。人们一直期待有一部史诗般的电影来表现二战期间犹太人在上海生死契阔的传奇，但是安东尼奥尼死了，斯皮尔博格没来，姜文也没有表示，上海人等得昏昏欲睡，只好请周立波来提神。这时，以色列领馆出手了。

1922年，上海处于所谓"黄金十年"的前夜，年轻的犹太人Sam Sanzetti在十六铺上岸，开始创业，年龄与登陆时间都跟邬达克相仿。不同的是，Sam Sanzetti擅长摄影，在南京东路开了一家影楼，专门拍人像。应该生意不错吧，后来又扩展成了4家。以色列人认为：他是当时上海乃至中国最受欢迎的摄影师之一，有许多名流每天等开门请他拍照——这种说法我们耳熟能详。

有一点是肯定的，Sam Sanzetti的快门一直响到1957年，两鬓斑白的他终于离开上海回到以色列，1986年在故乡逝世。暮色苍茫时刻，Sam Sanzetti经常跟朋友回忆他在上海度过的美好时光。在上海，他收获了爱情与友谊，还有生意上的成功。他留下一批在上海拍的人像照片，于今年10月24日起，经由以色列驻沪领馆官方微博亮相，再次拨响上海人的心弦。

要想寻访照片的主人似乎比较困难，但赢得一片喝彩是预料之中的事。上海人对三十年代流金岁月的留恋，某种程度上基于一种身份的想象与焦虑。已经晒出来的照片确实唯美，尤其是年轻女性的容貌与姿态，含情脉脉，楚楚动人，目光闪亮，唇线圆润，眉宇间雕刻着中西合璧的优雅，黑眼珠凝聚着对未来生活的向往。但就此认为彼时的都市生活美好如田园诗一般，可能要上当受骗。特别在日占时期，上海在刺刀下喘息苟活，虚假的繁荣如昙花一现，随着日军在太平洋上的节节败退，上海市民连橡子面也吃不饱了，寒风萧瑟之中，上海美女尚能强作欢笑，维持一种体面与尊严，这也是上海城市精神的写照吧。或者我们可以从《色戒》中汤唯的形象来佐证，她穿着大衣在凯司令门前如白鸽般旋过，给你惊鸿一瞥，却也轧过户口米，让店员在自己手心划拉一个耻辱的记号。

再说，这样“美得令人窒息”的照片，相信在上海有许多家庭里都还保存着。父母、爷爷奶奶，都曾这样体面地、优雅地站在镜头前，披着上海的时尚，给所谓的“流金岁月”注解着具体的细节与故事。早十年，在城隍庙古玩市场里，这样的老照片堆成小山，上海人不感兴趣，买主多为老外，他们有收集影像资料的传统与癖好——这是很值得我们学习的。我小时候偶然翻到父母的结婚照，也惊愕得说不出话来。照片上的母亲绾着S形长发，穿裘皮大衣，戴金丝边眼镜，夹一只黑漆皮包，足蹬短靴，仿佛资本家的女儿。事实上呢，我母亲是外来妹，从故乡绍兴来上海打工，进了日资纱厂做女工，寄宿在拿摩温家里，但必须为他们全家七八口人洗衣服，一直忙到半夜鬼叫。她不识字，建国后才读上扫盲班。但这些经历都不影响她按照摄影师的要求，在照片里站得像个大户人家的淑女。

读中学时，学校里布置回家作业：写家史。我问妈妈：在日本人的纱厂里吃得饱吗？她说：饭挺吃，八人一桌，满满十大碗菜，有荤有素。东洋婆最凶，看到啥人饭粒掉地上，上来就是一巴掌。吃完饭，饭碗要倒扣在桌子上，否则也要罚站。那个时候上海尚未全部沦陷，更苦的日子还在后头。所以后来几张照片上，妈妈的裘皮大衣换成了真丝旗袍，再后来，阴丹士林布也对付着上镜了。

所以，照片毕竟是照片，是浮在水面上的鸭子，它拼命划水的脚掌是看不到的。人总是希望将自己最美的一瞬间记录下来，示人并安慰自己，没曾想一不小心成了历史档案。

一个时代有一个时代的表情，房子可推倒重建，马路也可以一会挖开一会铺上，但表情是装不像的。所谓的美，也许就是基于信心之上的真实与自然吧。这也是我们在老照片前常常仰天长叹的原因。

国际饭店，城市文明的一个原点

国际饭店是上海的地理高度，更是心理高度。它是上海的象征，城市文明的结晶——这么自恋地唠叨是不是有点招人嫌？对不起，请原谅我的一片痴情。

很小的时候，父亲带我去南京路游玩，走到国际饭店对面的人行道上，他停下来说：你看，这就是国际饭店。我仰起头，不断地仰起头，那幢被深赭色大理石墙面包裹的高大建筑像一座大山那样轰隆隆地升起在我面前，我不免有点害怕，眯起眼睛，努力克制陡然涌起的晕眩。我还发觉，从它顶上飞过的白云，似乎也要飘下来，飘在我的脚下，而南京路上急驶的汽车，也像潮水一样在身边哗哗淌过。这就是国际饭店给一个孩子的最初印象。

父亲跟我讲了一个笑话：有一个乡下人初来上海，跑到这里来看国际饭店，他不断地仰起头仰起头，结果正好有一阵风吹来，把他的帽子也吹到地上啦。

后来我知道，这是一个关于国际饭店的经典笑话，它寓含着上海人对外省人的轻视。当然也不乏自嘲，大人对小孩经常这样说，到南京路看国际饭店，当心被大风吹落帽子。更恶毒的是一则童谣："乡下人，到上海，国际饭店去吃饭，吃没钞票滚侬娘的蛋，廿四层楼掼下来。"

小时候传唱的时候，并不感到俗俚粗糙，也毫无羞耻感。长大后才认识到，上海人实在没有资格去嘲笑乡下人，因为绝大多数上海人也没有能力去享用那里的牛排与咖啡、茶点。也是在小时候，我走近过它几次，看到铜框的旋转玻璃大门徐徐转换着光怪陆离的街景，门口的侍应生身穿神气不让将校的呢制大衣，戴着雪白的手套，表情严肃无比。进进出出的多为外宾，迎送他们的是进口轿车。老实说，国际饭店对一般市民而言，是熟悉的，可以矜夸的，也是陌生的，冷漠的。

再后来，我对上海史的研究兴趣不断加深，我知道国际饭店对上海这座城市的意义在于：它是上海资格最老的几家大饭店之一，在三十年代有“远东第一高楼”之称。而且这个称号保持了 30 年，在上海呢，最高建筑的纪录也保持了50年。

1931 年，由中面、大陆、盐业、金城这四家实力雄厚的中资银行共同投资兴建了这座大楼，刚建立时叫四行储蓄会大楼，总高 24 层，客房 168 间。这座几乎是美国二十年代摩天大楼直接翻版的建筑在上海保持其高度的最高纪录达 30 余年。深褐色面砖和竖线条的轮廓处理，层层收进的顶部造型，无不反映出美国艺术装饰主义建筑的特征。其结构、设备都代表了上海甚至远东地区的最高水平，它采用钢框架结构，钢筋混凝土楼板。为加强整体强度，外墙也全部采用钢筋混凝土，每层设有消防水龙头和当时极为先进的自动灭火喷淋装置。这座大楼的建成标志着上海高层建筑的设计和施工都达到了一个新的水平。

替它描绘蓝图的便是近年来知晓度大大提升的匈牙利建筑设计师邬达克，建造商则是本土的陶馥记营造厂。1933 年，年轻的贝聿铭途经尚未正式开业的国际饭店，仰望之时，虽然没有被大风吹落帽子，但崇敬之心油然而生，未等读完圣约翰大学的课程，便踏上去美国求读建筑学的道路，并终成一代国际建筑大师。

国际饭店在上海的地标意义不可撼动。所以，不少社会名流和外国政要都选择在此下榻。张学良、梅兰芳、胡蝶、卓别林在这里下榻过；陈纳德与陈香梅在 14 楼的摩天厅举办婚礼并宴请友朋。抗战胜利后，宋美龄在 15 楼的套房里接通了大洋彼岸罗斯福总统夫人的电话。

上海解放后，进城的解放军从它面前走向“明朗的天”。新上任的陈毅市长在饭店接见了解放军团以上指挥员。1959 年，郭沫若登上饭店屋顶欣然题诗两首。此后，不少名流学者都为饭店留下了墨宝，据国际饭店总经理竺培基先生介绍，几代艺术家先后留下六百多件书画作品，成了饭店的传世之宝。

……

当然，国际饭店的故事远远不止于此。我在陈存仁的《抗战时代生活史》一书中得知，日本天皇宣布投降那天，这位沪上名医正好在一片混乱中被熟人叫去出急诊，来到跑马厅英国总会附近。总会大楼在战时被占领，成为日本宪兵司令部，此时正在仓促遣散为他们服务了多年的高丽人和台湾人，每人十块银元，有一“高丽先生”嫌少，被“日本老爷”一枪毙了。接着日本宪兵还以机关枪扫射的方式处决了一批关押在内的“造反的日本军人”。最后，他又看到司令部里“成万个军人寂静无声地跪在地上，台上已经放着一架唱机和话筒，由几个高级军官，诚惶诚恐地捧着一张用黄巾包裹着的唱片，放上唱机，翻出一篇演说词（后来才知道是日皇宣布投降的诏书）。说词播完，全场军人都抱头痛哭。……许多军官依次抽出军刀放在台上那张椅子的前面（那把座椅即是代表日皇的皇座）……”

接下来，陈存仁逃出重围，钻进马路对面的国际饭店。只见 3 楼孔雀厅里已有成百人在那边大开香槟，一个个碰杯狂饮，庆祝抗战胜利。“这时我的精神也为之一振，但是身上未带分文，不能买酒，幸而相熟的朋友很多，虽然见我只穿了短衣衫，狼狈非凡，大家也不问我的情由，纷纷拉我去同饮，原来那时国际饭店中人，也如痴如狂地随便客人取饮，不给钱并不在乎，这时候的情况，真是所谓普天同庆，八年来的怨气，大家得到一个倾吐的机会。”

当天晚上，陈存仁还在饭店投宿，饭店经理卢寿联与他熟稔，不必先付钱。还说：“昨天房间还住满了日本大亨，到了下午七点先先后后地都搬走了，所以空房间多得很。”

昨天，上海书法篆刻家陆康先生从家藏的一大堆故纸中翻出两份老报纸，一份是《光华日报》，另一份是《力报》，他要将这两份报纸捐给国际饭店。起因是国际饭店最近在 2 楼回廊内外辟建了一个文史馆，陈列一批与国际饭店有关的档案与实物，这两份报纸上记载的新闻，无疑为饭店历史增添了翩翩花絮。抗战胜利之日，美军进入上海，150 名美国海军陆战队的队员将国际饭店 15 楼整个楼面包租下来，住了整整两个月。既是休整，又是为战后中美关系做些联络方面的实事。美军还在饭店门口停了一辆吉普车，每天采购食品与烟酒供美军享用外，还收集市民的信件，帮助他们与侨居美国的亲人恢复因战事而中断的联系。

事实上，国际饭店见证的历史事件远远不止这些，精彩而可能出人意外的轶闻还有待于挖掘，但陆康的举动有着启迪作用。于是我向竺总献上一计，不妨登报向市民征集有关国际饭店的一切档案，包括实物与照片，特别是四大银行董事长的后代，他们应该藏有更直接的文献档案。接下来就是向市民征文：我与国际饭店。这可不是商业广告，国际饭店的故事，其实也是上海的故事。煽情地说一声：国际饭店是上海成长的见证者，国际饭店承载着几代上海人的梦想。

他眼睛一亮，当即表示陆康先生向饭店捐赠这两份珍贵的老报纸，就等于拉开了征集民间档案的序幕。

1982 年上海宾馆建成后，国际饭店只得让出老大的位置，此后南京路上特别是国际饭店左右的高楼雨后春笋般地崛起，国际饭店像个老贵族那样无可奈何地陷入谷底，清寂地守望历史的天空，但因为它亲眼看到跑马厅变成了人民公园，英国总会先后变成了上海图书馆和上海美术馆，看到了东边升起了东方明珠，西边耸起了明日广场，“花开花落，从容淡定，阅尽沧桑，宠辱不惊”，此话也只能由国际饭店来说。改革开放后，国际饭店顶楼竖起了中国第一个楼宇广告，而且是东芝这个日本品牌，于是满城风雨，大有炸平庐山之感……一切变化都在它的法眼之中，一切喜剧都在它身上发生，单凭这一点，它永远有资格睥睨天下的。

在“拆”字横扫一切的今天，别的高楼大厦都可以拆，唯独国际饭店，谁也不能动它一砖一瓦。它今天是国家文物保护单位了，在它的大堂里，还有一个上海原点的标志。我真希望，步入婚姻殿堂的新人，在这里留下倩影，从上海的原点出发，走向美好生活……我也希望看到南极科考队员，在登船之前在此合影，从这里驶向碧海远洋……我更希望看到每年上海市群众长跑的队伍从这里集结出发，精神抖擞地迎着阳光跑向西方文明登陆的外滩源……

国际饭店的资源是一笔不可低估的财富，是值得开发利用的，从它身上，可以触摸到上海的精神内核，坚实而保有弹性。所以我再向竺总献上一计：干脆在国际饭店对面的人行道上树一座铜像，它应该是一件写实风格的作品，表现一个老农民仰望国际饭店，一只手护着自己的帽子，这尊铜像一定能将行人的视线聚焦到这幢大楼上。我想，从他身边经过的人都能读懂这件雕塑的含义，情不自禁会心一笑，甚至在铜像旁拍照留影，握握他的手。因为今天我们都有了接受它的自信与能力，我们都可以集聚铜像旁，像纯朴的、好奇的、胆怯的乡下人一样仰望高耸入云的国际饭店，并像见到自己敬重的老长辈一样，轻轻地问声早安。

（这篇文章写好，并在《档案春秋》杂志发表，又经《环球时报》等媒体转载，竺培基总经理请一位雕塑家设计的雕塑小样也出来了。雕塑由一个老农民与一个少年构成，他们一起仰望国际饭店，神态十分生动。可是没过多久，竺培基总经理调任他处，雕塑这件事就没有下文了。）

和平饭店，疯狂的初夜

上海有许多旧时代遗留至今的大饭店，它们是老贵族、老情人，也是活着的历史。一个没有大饭店的地方，只能算小乡镇而不能成其为大城市，纽约如此、伦敦如此、巴黎如此，上海也如此，她的传奇就是从大饭店开始的。

上海的外滩被称作“万国建筑博览会”，但它有两个中心，一个是海关与原汇丰银行，圆顶加钟楼。另一个是和平饭店与中国银行，双峰并峙。在我读小学时就从老师那里得知，和平饭店南楼始建于1854年，是西侨在上海建造的第一家带餐饮业的旅社。1906年重建并安装了上海最早的电梯和卫浴设备，改名为“汇中饭店”。1911年辛亥革命爆发不久，孙中山赴南京就任中华民国临时大总统前下榻于此，并在上海各界欢迎大会上，他喊出了“革命尚未成功，同志仍需努力”的口号。

和平饭店北楼原名沙逊大厦，也就是顶楼为绿色金字塔形的那幢建筑，始建于1926年，1929年完工，9月5日开业，造价超过白银248万两，虽然只有14层，却有一种庞大而巍峨的气势，故而享有“远东第一楼”的美誉。业主是大名鼎鼎的犹太冒险家沙逊，腿有疾，上海人称他为“跷脚沙逊”。这幢大厦的4层到13层就是华懋饭店，14层，也就是在金字塔下面的一层，则是沙逊居住与办公的地方。华懋饭店以设施豪华著称，主要接待金融界、实业界和世界各国名流，在下榻客人的名单中，我看到了卓别林、萧伯纳、马歇尔、司徒雷登、蒙哥马利等。改革开放后接待的名人中还有克林顿、布什这两位美国总统。

当然，让我记住的还有一件事，1933年夏天鲁迅先生应约与入住的英国马兰爵士晤谈，身穿灰布长衫的他在门口被目光犀利的门卫挡住，卫门很客气但也异常坚决地请他从大堂后面的楼梯一步步走上去，气得大先生胡子都翘起来了。

新中国成立后不久，沙逊大厦回到了人民的怀抱，与南楼一起成为和平饭店。如何“回”的，又有精彩故事，容我下回撰写，这里单说一件事。描写和平饭店的文章汗牛充栋，这件事尚未见诸文字。

1992年，上海进入开发开放的快车道。和平饭店策划了一个活动，请国外著名的旅游团体组织一个大型旅游团来上海游玩。明眼人一看便知，这个活动充满了商业意图，但在当时政治意义大于商业。彼时也，西方国家对中国、对上海的了解远不如今天熟悉，但世界上就活跃着一批乐于探险的旅行者，他们富有，好奇，一直为冒险精神所驱使，奔走在地球的每个角落，而且他们非常想一窥中国、越南、古巴、朝鲜等社会主义国家的秘密。于是经过双方几番沟通，和平饭店收到的传真文件高达一尺半。春暖花开之际，他们分坐六架包机从不同国家起飞，最后殊途同归，在同一天降落在虹桥机场，接机的大巴士将500多人拉到和平饭店，侍门生吓了一跳，每个人在进入旋转门后都往他们手里塞小费，摊开一看，乖乖，100美元！

华灯初上，高脚水晶杯在柚木吧台上浩浩荡荡铺开，梦幻般的和平厅弥漫起肉欲与情欲的气息。警方规定中国人不得入内，但在上海工作生活的一些老外也收到了邀请，他们带中国女朋友来行不行？警方只得眼开眼闭。乐声响起，灯光闪烁，狂欢开始了！男人挽着女人鱼贯出场，他们穿着时尚，珠光宝气，香气弥漫，令人晕头转向。男人们手持十五世纪的象牙烟嘴或十九世纪的BBB烟斗，女人们每隔一小时换装，有一老太太一夜换了17套服装，6双皮鞋，抹了4次不同颜色的口红，香水喷了无数次。还有一老头，跳至一半昏倒，送医院吊针，两小时后返场继续发疯。香槟酒、葡萄酒、威士忌……他们似乎将黄浦江也喝干了。伦巴、华尔兹、牛仔、探戈、吉特巴……他们像穿上了红舞鞋，转个不停。黎明时分，海关钟声响起，一群美女干脆踢掉皮鞋跳到桌子上，尖叫声震得水晶吊灯丁零当郎一阵乱晃。

有人建议写一封情书给上海，马上得到响应，大家围上来你一语我一言，酒话连篇，词不达意，最后浓缩成一句话：Shanghai，I love you!

天亮起，朝霞从东海飞来，他们满面通红、意犹未尽地一起涌向外滩江边大道，看中国人步调一致地打太极拳，逆光中白发如雪，地上的人影被拉得很长很长……

至此，策划并全程负责这场狂欢的和平饭店营销经理程琪，两眼又红又肿，嗓子呼呼冒烟，浑身是汗也顾不得洗了，窝在沙发上昏昏而眠。

西方媒体早就探得消息，46 家有影响的报刊派出了文字记者，上海摄影家尔冬强在现场“上蹿下跳”拍了大量反转片，供这些报刊选用，小赚一把。不久，夜上海活色生香的故事就传遍了整个西方世界，传递出红色中国进一步开放的信号。

不久，和平饭店底楼酒吧组建了享誉世界的老年爵士乐队，1996 年，美国《新闻周刊》将这个爵士吧称之为年度世界最佳酒吧之一。不久，国外旅游团队就如潮水一样涌入上海。不久，黄浦江边迎来了第一艘豪华游轮。不久，外白渡桥彼岸的北外滩建成了豪华游轮母港……

老外的海上遗梦

上海城隍庙门口的方浜中路，在旅游手册上也叫“上海老街”，沿街飞檐翘角的建筑多半是假古董。街上还有几家复制的老式茶馆，挂块旧匾，再砌只老虎灶，好像很上海。老上海茶馆也算一处，临街就是楼梯，引客上楼，店堂相当局促，摆满了老上海的遗物，比如风琴、GE 牌电风扇、挂在墙上的电话机、北极牌冰箱、黑白而泛黄的电影明星照片、《美人血》等好莱坞电影海报……还有一些藏品或许不入收藏家的法眼，但同样能引起小资的尖叫，比如黄包车的车牌、小脚女人袜子、煤油灯、煤球炉子……呵呵，还有一张 1949 年 4 月 25 日的《新闻报》，嵌在镜框里，这份报纸记录了中国人民解放军攻占南京的新闻，是蒋家王朝覆灭的见证。我向身穿长衫的服务员询价，对方伸出三根手指：“三千大洋。”

这家茶楼虽小，已经开始怀旧的 80 后却喜欢这里的调子，爱摆老资格训人的老茶客也乐于盘桓，连专家学者也经常光顾。据说一位同济大学的研究生为写毕业论文，意外地在此找到了一幅 1937 年的上海地图，从而解决了一个学术难题，而这幅地图在上海图书馆和上海档案馆都没能找到。

一些在上海呆久了的老外也慕名而来，慢慢搞大，在此开派对，比如英国汉莎航空公司和荷兰银行等大企业都来举办过鸡尾酒会。

老板是个资深怀旧客，借自己的场地办过几个专题展览会，比如“淞沪抗战资料展”、“老上海油画展”等。前几年还办过一个“老上海淑女遗韵展”，他将自己收藏的几十件老旗袍拿出来展示，将许多时尚界、服装界人士吸引到老街来观摩，领略时尚教母们的风韵。

上周，有个老外通过朋友找到我，要跟我聊聊老上海的话题。他是德国《明镜周刊》的驻京记者，特地飞到上海与我会面，叫我不好意思谢绝。他特意约我在这家茶馆喝茶，看来事先也是做过功课的。他事先在笔记本上开列了七八个问题，关于旧上海的帮会及黑老大故事。我尽自己所知一一作答，他似乎很满意。“你写这样的报道发回去，贵国的读者会有兴趣吗？”我忍不住问。他说：“这些故事都是上海城市的背景，便于读者了解这座城市的历史。罗马不是一天建成的。”他要写一篇重点报道，将上海放在中国发展的背景下来写的，但他认为从上海的前身写起，比较容易引人入胜。最后，他还花了1800元买了一张外滩老照片，我摸了一下这张茶渍斑斑的纸片，希望它是真品。

去年春天，有位法国女作家找到我，也希望我跟她讲讲黑社会的故事——是的，我实在算不上历史学家，对黄金荣、杜月笙的了解并不比一个说书先生更多。但是她相信我，觉得我可以为她正在撰写的一部以上海租界为历史背景的小说提供一些生动有趣的细节。我们也在这家茶馆喝茶，我讲了杜月笙的故事，如何从高桥到十六铺，如何在水果行学生意，如何投靠黄金荣并被他的老婆桂生姐慧眼看中……她记得飞快，不停点头。一个下午，我们喝掉一热水瓶开水。西斜的阳光轻轻地洒在我的身上，店堂里回荡着六七十年前的爵士音乐，俯瞰老街，则是一幕老城厢街市的情景，一片喧腾声从四面八方汇来，令我有恍若隔世之感。

“你写这样的小说，是……何种力量驱动？”我本不想窥探她的创作意图，但临别时还是脱口而出。这位法国女作家浅浅一笑，“租界是一个特殊的生态环境，我想知道它是如何将西方文明带给这座城市的，但同时又遭遇了本土文化怎样的抵抗。”

法国女作家会点中文，随身也带了一位翻译。这位小姐来自湖南，在北京上的大学，来上海三年不到。交谈的气氛是愉快的，但我又觉得三个人的语言游戏犹如猫捉老鼠，也像这里的一切，照片、画报、地图……都是表面的、浮华的、肤浅的、僵死的，却又留下了很大的想象空间。

我们分别后，下雨了，老街的路面反射着惨白的日光，一个问题困扰着我：讲述上海的故事，难道一定要从租界开始？

老码头：在这里登陆，从这里出发

对上海而言，十六铺的价值与传奇有关，甚至构成了上海百年史剧的引子，具有极强的隐喻性。据《上海名街志》记载，地理意义上的十六铺始于北宋天圣年间（1023 年），而地名学上的“十六铺”则出现较晚，在清朝咸丰、同治年间才被叫响。

事实上，“十六铺”不是一个码头的指认，而是对一段历史时期特定区域内出现的数十个散货码头的总称。《上海地方志》有进一步解释：上海开埠前，十六铺一带已经有王家码头、董家渡码头等十余个砖石结构的踏步式码头。之后，经由木结构浮码头、木结构固定码头发展为钢结构固定码头，至三十年代成为商贸、农副、土特产品的集散地。抗战爆发，码头损毁严重。特别要强调的是，即使上海开埠，在西方资本辟建黄浦江沿线诸多码头之后，它们的物权仍多为华人牢牢掌控。是的，领头的强人中有虞洽卿、黄金荣、杜月笙，还有国共两党都给予高度评价的卢作孚。直至 1948 年，十六铺共有码头 48 座，是外省人流、物流进入上海的水上大门。“去十六铺”，在上海市民的日常语汇中，无疑有着丰富的意味。

小时候跟妈妈到十六铺去，印象就是一片嘈杂混乱，那里有水果市场、农副产品市场、热气蒸腾的饮食店和电车终点站，每个人仿佛都在大呼小叫，寻找与被寻找。三轮车、大板车和卡车不顾一切地穿梭往返，或者随意性很强地停在马路上，潮湿地面上到处是烂苹果或烂菜皮。我还看到宽大的仓库屋顶后边，移动着数十根桅杆，飘着小旗——那里就是江岸了。突然，海关钟声悠悠地响起，空旷而遥远，也让我感到有点慌张，于是紧紧地拉住母亲的衣角不松手。

如今，作为码头的十六铺完成了历史使命，客运码头已搬到吴淞，货运业务结束得更早。往返黄浦江两岸的轮渡码头还在，但乘客已是小猫三五只，尤其是

当心轧手
当心落水
上海

与之接壤的董家渡码头，真可用“门庭冷落车马稀”来形容。而作为创意产业园区的“老码头”，则经过一番梳妆打扮，成了一个欲与新天地比美的时尚地带。

老码头地处中山南路505弄，是黄浦区着力打造的创意产业园的重要组成部分。此前，这一带除了码头之外，还有一个蔬菜、水果批发市场，建筑物方面除了上世纪三十年代建造的零星石库门房子外，最有价值的也许就是上海油脂厂多幢厂房，还有沿江一溜排开的五座大型仓库。早在2007年前，黄浦区为使外滩金融带向南延伸，打算拆除这片老房子，但动迁工作由于众所周知的原因陷入停顿。后来这片建筑由申江集团收储，在上海世博会紧张筹办之时，黄浦区政府认为这片荒草高及人腰的遗址不利于向世界展示上海的崭新面貌，经各方会商，最终决定整合利用原有建筑，辟建一个创意产业园区，这是功能定位，而在文化定位上呢，则着力挖掘于上海城市文化的内涵，强调西方文化的登陆点，上海海派文化的出发点。

老码头背靠老城厢，有着市民文化的强大支撑，又面向黄浦江，接纳外来文化的输入，交融与杂糅，也是推动城市发展的过程。这样的文化定位，四两拨千斤地提升了这一方案的文化价值。

在上海的叙事中，十六铺的本土文化是杂芜的，而且被民间话语津津乐道地编排进江湖气极重的黑帮故事，但在上世纪三十年代后，西方文化的影响越来越大，这在老码头的建筑中也有所体现。本土的建筑以砖石结构为主，呈现海派建筑的经典风格，红砖黑瓦石库门，还有忍冬草与绶带等构成中心图案的发卷、拱门等，雕饰浮华的封火墙也在蓝天的衬托下神气十足。而老厂房及沿江的仓库则是西方现代主义风格的建筑，在讲究实用功能之外，还引进了西方工业建筑的简洁与流畅，外表朴实无华，但框架宏伟、硬朗并往往有柔弧形边包裹棱角，开发商在延续建筑生命时，给予了充分的尊重，修旧如旧，一般不会伤筋动骨。

开发商可能还嫌老上海的味道不足，在老码头广场中央复制了一幢联排式石库门建筑，门前还挖了一个景观水池，电门一按，数十根水柱齐刷刷射向水池中央，编织成一张水网，水池的中轴线上埋伏着一条木质通道，在有商业活动时，水落石出，通道就摇身变为一个水上 T 台，这是老码头的一大亮点。

老码头一期占地 25000 平方米，项目分两块区域。广场部分网罗了风味纯正的各国美食，包括特色酒吧、主题餐厅、个性咖啡馆等。人们可以品尝到粤菜、上海菜、川菜、韩国烧烤、日本料理、希腊风味，还有印度咖喱……来自法国三星餐厅的大厨也在此献艺。收入不太高的小青年也可以在这里坐坐，点一两道甜品，价格是可以承受的。惠风和畅的日子里，老外更喜欢在露天咖啡桌旁围坐，呷着现磨咖啡，晒晒太阳，领受黄浦江的潮湿的风。

创意园区部分集中在南片，呈现一派祥和宁静，色彩鲜艳的玻璃钢艺术雕塑随意摆放在露天通道，是青年人拗造型拍照的好去处。工作室下面设有店铺，各种个性鲜明的创意产品直接与客户见面，接受信息反馈，令年轻的潮人们流连忘返。

老码头更具沧桑感的部分在江边，建筑主体是五座仓库，外立面的装修与灯光工程大体完成，大多数品牌企业也已入驻开业，而在 3 号库至 5 号库的滨江地带，开发商计划打造一条滨江大道，高强度的玻璃墙将滔滔江水隔开，错落有致的平台上，各具特色的露天啤酒吧、咖啡馆和烧烤将吸引更多的人流。每年夏天，以滨江为中心举办啤酒节、上海外滩音乐周、快乐情人节、首饰时尚节等活动，还有诸如比基尼小姐总决赛、《我型我秀》、《星尚女》拉票活动等也赚足了人气。

有多位导演在这里拍过电影，据说是拍中国黑帮电影的上选外场，建于 1936 年的 1 号库，传说是杜月笙的物业，其实是卢作孚民生公司的货栈。1 号库北墙是一个浪漫的船舱型立面，酷似武康大楼，在楼内通过窗户可以远眺东方明珠等景色。整幢建筑以钢筋水泥的框架结构及外墙消防楼梯等强调码头建筑的特征。2 号库的底层则引进一个音乐酒吧，以上各层面是高档餐馆，将美食和音乐串联起来。

3 号库的主人是“阿德哥”虞洽卿，“立升”比黄金荣、杜月笙大得多。3 号库是根据档案馆翻出来的老图纸改造的，是这排仓库中最漂亮的一栋，土黄色横纹面砖和小青砖混搭，顶楼是雕花装饰，二楼和三楼有铸铁镂空栏杆的阳台。内有电影会所、顶级餐厅和雪茄吧及号称“上海顶级”的私人会所。对老百姓而言，可以去底层狂一圈，管理公司辟建了一个以宁绍商轮公司为主线叙述十六铺码头文化及中国航运业历史的声像图片档案馆。

老码头，西方文化在此登陆，海派文化在此出发。它能走多远，取决于我们能想到多远。

上海，继续发电

“上帝说要有光，于是就有了光。”这是《圣经》对人类文明起源的一种宏大叙事。西方还有另一种说法，就是普罗米修斯不惜牺牲自我，盗取天火，给人类带来光明。这两种说法其实都是英雄史观的表述范例。神话中的英雄只是人们提升自我信心，获得合法性与正当性的想象，真正推动社会进步的英雄还是人民群众。

人类社会的进步，离不开对能源的开发利用，最初的能源就是火、水，还有阳光，而电能的捕获与控制，产生了更为强大的光能与动能，标志着人类进入了继蒸汽机之后的又一个崭新时代。

2012 年，是中国有电 130 周年。而中国有电，则从上海开始。

那个时候，上海离世界文明只有一张纸的距离。1879 年，美国人爱迪生发明了世界上第一盏钨丝电灯。3 年之后的清光绪五年，也就是西历 1882 年，在太平洋彼岸的上海，英国人立德尔招股筹集白银 5 万两，成立了上海电气公司，一台发电机开始转动起来，上海就此成为世界上第一批制造电能的城市。是年 7 月 26 日，湿热的微风贴着黄浦江江面吹来，拂动了花园里西洋女人的裙裾。电气公司在英美租界安装电灯（弧光灯）15 盏，在虹口招商局、礼查饭店、公家花园等处一起放明，舞曲同时响起，洋人洋妇翩翩起舞，围观的上海市民也是一片惊呼。

从此，上海的轮廓线更加清晰硬朗。

上海电气公司的建立，比全球率先使用弧光灯的法国巴黎火车站电厂晚 7 年，比日本东京电灯公司早 5 年。

此后，电灯在上海的大饭店、大公司、主要道路及富人住宅内安装使用。因为发电成本和电费均相当高昂，大灯每盏每礼拜收洋五元，即相当于一个普通店员的一个月收入，一般市民根本用不起。倘若光来自上帝的口谕，那么上帝是不公平的。

但很快，从西方大量购入大型发电机，摊薄成本，电价开始下降。1897 年，南市发电厂初建，这是中国人在上海创办的第一家电厂。

现在有人说，鸦片战争后上海开埠，才有外资的进入，并使小县城膨胀为大都市，成为中国首个发电并有电灯的城市。这种说法容易得出一个错误结论，在西方文明导入的语境下，似乎我们应该拜谢西方的入侵。假如上海没有租界，假如在进步文明力量的主导下，当政者能顺应世界文明潮流，主动接轨，革除弊政，兴办工商，改革教育，对外开放，振兴经济，上海也有条件成为世界上第一批有电的城市。当然，历史是不能假设的。不过纵观雷鸣电闪后的130年历史，在上海有电、用电以及推广智能电网、提倡清洁能源的过程中，中国人民自身的力量起到了关键作用，上海电力行业的工人创造了许多“中国第一”。

我清楚地记得，读中学那年，居委会发来通知，我们居住的那片街区，从某月某天起将用了数十年的110伏电换成220伏，家里的灯泡——主要是灯泡，当时有收音机的家庭还是少数，都可以去指定地方换新的。那天我提着一个竹篮，篮底滚动着五六只旧灯泡，来到街道服务站，场面相当热闹，居委会大妈问我要换多少瓦的，我按父母关照的分别换成40瓦和25瓦的。以旧换新，一分钱也不用交，深深体会到“人民政府为人民”的道理。学校老师也及时抓住这件事，讲了一通社会主义的优越性。偏偏我们弄堂里有个老头不知趣，大唱反调，说什么法国人当年在租界通电，考虑到安全就采用110瓦，“即使触电也不会死掉，现在用了220伏，一碰就翘辫子！”居委会干部听到后将他叫去一顿臭骂，幸亏此人在万恶的旧社会是踏三轮车的，否则就是阶级斗争新动向，有他好果子吃了。

上海世博会前，南市发电厂完成了历史使命，熄火了，关机了，改建成未来城市馆。世博会后它转身为当代艺术博物馆，在艺术家们超强大脑的启动下，它要“重新发电”了。一帮玩当代的人将通过戏剧性的手段向世人宣示：上海这座城市将捕获新的能量，并输入社会网络中，成为激活中华民族内在能量的精神脉冲。这就是今年上海双年展的主题和预期。

想法很好，立意很高，表现空间也很广阔，希望艺术家完美诠释这个宏大命题，而非虚晃一枪。

时尚饭店的噱头

这年头，拉上三五个同党外出吃个饭很平常，只要饭店老板不跟菜园子张青是一伙的，只要不花公款，可以坦坦荡荡。当然，有些人还非得花公款才痛快，他们也不怕菜园子张青，梁山上的这路强人见了他们才犯怵呢。于是乎，有些金碧辉煌的饭店专门整出了私密性很强的包房，会客室、按摩室、卫生间、麻将房、视听室、电脑台等一应俱全，客人坐直达电梯上来，再从专用通道进房间，管家式服务及时跟上，外面人一概不知你吃点啥，玩点啥，谈点啥，谁买单以及这张单子多少金额。

本人苦孩子出生，有红烧肉加蛋就相当幸福了，消受不起这种排场，也没有按摩的嗜好，关键是没钱没权没关系，没人请咱懂不懂？吃不到葡萄就说葡萄酸。

个别饭店整出这个场面，其实也是有渊源的。比如民国初期，风气一新，跑来上海创业的广东人就率先在饭店里安装冷气设备，配背景音乐（多为《雨打芭蕉》之类的广东音乐和粤剧），招聘面目姣好、身材修长的女孩子做招待，一下子将本帮馆子的“赤膊台子毛竹筷”比了下去，生意火得不行。而在新开的西餐馆（当时叫番菜馆）里也多设豪华包房，并极具中国特色地配了侍酒女。有一次朋友请黄炎培吃大菜，席间一侍酒女款款而入，靠着黄炎培坐下后直呼“老师好！”黄炎培顿时面孔通红，原来是自己的学生！坐也不行，走也不行。

建国后，每个阶段的饭店环境都相当有特色，一般而言，标语是主流装饰手段，五十年代是“抗美援朝，保卫国家”、“购买国债，支持建设”，六十年代是“勤俭节约，反对浪费”、“发展经济、保障供给”，七十年代高潮迭起：“评《水浒》，批宋江，击退右倾翻案风”就是一例，接下来马上变成“建设四个现代化”，市场经济启动后标语少了，广告多了。

现在，随着市场的繁荣与竞争态势日趋激烈，饭店在装潢方面也下足了血本，要么坚持古典主义路线，要么借当代艺术玩一把波普，再不就整个大红灯笼高高挂的中国风。有一次我在四川路上某饭店招待外地朋友，本想让朋友领略海派文化的，想不到这里的海派文化太生猛了，从大堂到包房，铺天盖地的老照片，有清末凌迟犯人的惨相，有黄金荣、杜月笙、张啸林三大亨的合影，有鸦片馆里吞云吐雾的大烟鬼，有会乐里倚门卖笑的妓女，还有南京路上的吉普女郎，有市民在外滩中国银行门口轧金子的场面，以及新新公司门口枪毙银元贩子的一幕……外地朋友看得目瞪口呆，一顿饭从头吃到底，只会说一句话：上海滩真厉害！

还有一次我在某火锅店里看到老板用六七十年代的旧报纸糊墙，从走廊一直糊到包房，密不透风，仿佛回到了那个火红的年代。酒过三巡，我索性搁下筷子去看报。这一看不免心生敬意，当年《人民日报》记者还真不容易，比如国际版，一个版面只有两篇文章，一篇报道日本松山芭蕾舞团如何力克万难排演《白毛女》的详情，另一篇的标题干脆就是《罗马尼亚人民爱读毛主席著作》，白痴才信。

还有一次电话订位，跟那家叫作“人间萤六”的饭店讲妥时间、人数后，服务员还报了一个密码叫我记住。吃饭就吃饭，干嘛弄得像克格勃接头似的？到了那天如约而至，饭店果然大门（铁门）紧闭，旁边墙上嵌着一个超大键盘，我按照密码一一按键，铁门应声而开，里面别有洞天，灯火通明。吃到半当中内急，按照经验，我去旋转卫生间那扇破门的把手，想不到有把手的那边任我怎么推就是纹丝不动。这时过来一老吃客，告诉我得从安装门铰链的那边推，将信将疑一推，果然显山露水。但真正的考验在后头，这里的小便池正对着一面大玻璃，外面就是街景，阳光灿烂，绿树成荫，香车宝马，美女如云，这撒尿不等于撒野吗？正憋得慌，有个食客进来告诉我：这玻璃是特殊材料做的，里面看得到外面，外面看不到里面，你就放心撒吧。哗！美女果然从眼前飘过，谈笑风生，目不斜视。这里的许多思路、设计及相应动作要与常识反着来，也正如此，吸引了许多有逆反心理的小资。

上海体育馆下面有一饭店名叫“新农村”，里面的环境一般，但墙上挂了不少农具，角落里也堆了一些，真是土得掉渣。我读中学时是学过农的，所以大多认得出来，比如锄头、镰刀、打谷箱、水车、插秧凳等。而大堂两边的包房，包括二楼的花楼，都按昔日人民公社的建制命名，比如第三小队、第九大队等，相当搞笑。菜呢，当然是城郊风味，五花咸肉被叫作“刀板香”，果真香气十足。炒三鲜看上去啥都有，热热闹闹一家子。马兰头拌香干也相当有味，肉皮葱花汤又烫又鲜，大家抢来吃。点心中有郊县农家风格的松糕，划得方方正正，边缘看得到豆沙馅，还有草头塌饼，乡土气十足。大堂顶端平台上坐着一档评弹演员，扯起嗓子在唱开篇，但大家吃得正欢，他们唱些什么，我一句也听不清。评弹演员落到这般地步，想想伤心。据说他们唱一夜天，只有200元报酬。

而“新农村”旁边还有一家饭店与它合为双璧，名叫“9车间”，也是小资扎堆的地方，那里的环境就像一个大车间，车床、钳床、钻床分布在餐厅各个角落，墙上挂了许多工具，包房一律以科室命名——动力科、质检科、保卫科等，包房里的装饰也很简单，就是那个年代印刷发行的宣传画，比如《如何防止核辐射》、《步枪打飞机》等，但一下子激活了我的童年记忆。装食物的器皿都是搪瓷碗和盆子，掉了瓷还在用。搪瓷茶缸这会就用来装啤酒，沉甸甸的相当过瘾。菜呢，就是过去工厂食堂的招牌菜，菜底肉丸、面拖大排、糖醋鱼块、鸡汁百叶包等。四下里望，食客个个吃得眉开眼笑，面红耳赤。要说不足，就是背景歌曲《我为祖国献石油》声音太响。

不过与我最近去过的一家饭店相比，以上招数都不算狠。饭店老板和大厨都是法国人，饭店的大致方位在苏州河边，但没人知道确切地址。吃饭须提前三个月电话预订，每天只供应一桌，10人。然后大家在外滩某幢大楼门口集中，晚上准六点，一辆中型面包车悄无声息地停在路边。来自五湖四海的食客依次上车，车刚起动，随车服务员就取出黑布将每人的眼睛蒙上，七转八转来到苏州河边，我嗅到了水腥味，又听到金属卷帘门徐徐拉起，车子进入，客人在一片漆黑中搭着前一位的肩膀小心前进，终于到了饭店唯一的包房，“好啦，女士们先生们，欢迎光临，请将布条摘下”。领位员说。

灯光将每位客人的姓名打在餐桌上，大家不要挤，也不要让。坐下去，眼前一片绚丽，不算亮，紫与绿的光束构成海底龙宫的怪诞感。吃的是分子料理，不管牛排还是鹅肝，都做成饼干或果冻，食物的形状早已灰飞烟灭。上一道菜，墙上的LED就播放与食物有关的画面，比如虹鳟鱼上桌后，墙上就出现了加拿大的辽阔海面，并配有哗哗水声。意大利烩杂蔬上桌了，眼前就是地中海风光，空气中也弥漫起这种植物及罗勒的香气。在那里，客人被剥夺了点菜的权力，一切听任厨师安排，人均标准是预设的，另外点酒也行，但这瓶酒无论多贵，都必须让所有认识或不认识的食客分享，你不能心疼。吃完后，上车，继续蒙上布条，七转八转外滩就到了。回味一下，就像刚刚被西西里黑手党绑架，最终在外交部的斡旋下获释，毫发无损，你还不赶快感谢伟大祖国吗？

拜托了，淘宝君

在媒体这一行，我也被年轻同事们叫做老法师、老前辈了，但我不敢倚老卖老。我很清楚，今天这一行，在采访写稿之外，还得拼人脉、拼体力、拼脸皮、拼网络知识。最后一条，我们这一代人没有优势。也因此，我一直向杂志社里的年轻人请教，好在我的办公桌就在电脑房门口，遇到问题，一呼即应。当年考高级职称，电脑这一关我过得波澜不惊，得益于他们的指导。

在同事鼓励下，我早几年在网上注册了一家小店，想把看过的书卖给网友，自己画的扇子也想卖了换点笔墨纸砚，但可能是受限于单位里的局域网设置，一直没能与支付宝绑定，就打了退堂鼓。但我上网购物是比较早的，图书在当当、京东上买，食品、日用品、服装鞋帽在一号店买。有一次接受电视台采访，被问及平时在哪里买书，我回答说网络和实体店四六开。事实上是九一开，纯粹为了安慰实体店罢了。网购不仅给你折扣优惠，还送货上门，遇到残次品，或调换，或退货，一点也不用多费口舌，好处不言而喻。不过也有小麻烦，比如货到付款，或者开通网上银行，每笔交易都要输入卡号和密码，像我这种对数字天生畏惧的人，不免手忙脚乱。前不久在同事帮助下开通了支付宝，这下方便多了，键盘一敲万事大吉，不用自己掏口袋数钱，这钱花得跟流水似的，水花都不溅一个。

我觉得在淘宝上购物，价格更优惠——我没拿人家广告费噢，而且应有尽有！十多年前装修时喜好怀旧风格，从东台路淘来三十年代的老式吊灯，灯罩、灯头、花线、钨丝灯泡、拉线开关，一水的张爱玲风格。现在明白过来，白炽灯不仅耗电量高，而且黄光源对视力也有小小伤害，于是在淘宝上逛一圈，就将家里的灯泡全换成白光源的LED灯。餐厅里欧美古典风格的吊灯，换成可遥控调节亮度的圆环吸顶灯，书房、卫生间里的老式吊灯怎么办？我差不多踏遍了半个上海城，大小五金店都告断货。建星兄微信我：卡口灯泡淘宝上也有。点一下，哗地出现好几家。万能的淘宝啊，你太神了！这样一来，老式灯罩可供我继续怀旧装逼。现在我们家一到晚上焕然一新，在LED灯下看报纸，中缝广告上的字也看得一清二楚。

不过在淘宝上购物，事后得给店家三言两语的评价，我不是在媒体工作吗，对信息反馈素来重视，于是斟字酌句地写了。比如吸顶灯的现状与商家描述有差异，虽然懒得调换，但作了温和投诉。第二天商家就来了回复："我时常感觉疲惫，担心自己做得不够好。咨询，我经常来不及及时回复，就担心你说我怠慢；发货，库房加班加点，熬红双眼的为亲仔细打包，我担心你着急；快递，我总怕路上耽误或者快递员态度不好，我担心你生气；我的脑袋，整天装满了这些。但我还是时时提醒自己：要怎么样，才能让您完全满意，爱上我们的货品……"洋洋洒洒，如泣如诉，态度足够好，却回避了实质性问题，这是不是格式文本呢？不过我已经醉了。

上星期买了两种高温釉茶杯，打开一看，有点小失望，杯子是手工的，发色也不错，就是太小了点，我给了个中评。很快，宜兴和泉州的商家先后打来电话："中评给我们的伤害很大噢！"对方说，一个表示再付我五元钱，一个表示再寄两只杯子给我。对方这么重视客户的评价，我万万没想到，一时胸口热乎乎的。我谢绝了额外优惠，马上更换评语，但敲下回车键后又想：对我如此，对他人也如此吧，如此一来，网评不免失真，对客户而言还有多少参考价值呢？

跟单位里的小青年一说，他们一起笑我迂得可爱："五元钱？沈老师你就这样把自己贱卖了！"那怎么着？别理他！他们异口同声地说。

不，不，不，我仍然要在网上购物，仍然要认真地给出评价。是的，商业街上的实体店，不管是条状还是岛状，昨天稳坐钓鱼台，今天皇冠落了地，销售额雪崩似地下滑，谁也无力挽狂澜于既倒。无所不能的网购已经并将更大程度地改变我们的生活和思维、甚至改变我们面对这个世界的姿态，它带给我们的不仅是便利和优惠，更有一种人性的关照，平等的交流，殷勤的反馈，它如此重视你的感受与意见，在当下的语境里，难道还不能让我们感激涕零吗？当然，它应该更加真实地呈现网络世界的精神实质，给一切实体存在以披荆斩棘、凤凰涅槃、奋发有为的勇气与动力。

拜托了，淘宝君，还有你的同道们。

外滩拥挤踩踏事件行为模式猜想

常识的有趣，是因为它总被人们忘记。比方说，在全球范围内，每隔 0.24 秒就有一个婴儿呱呱坠地，同时也有 8000 万只蚂蚁在这个瞬间汹涌而至，所以在原始森林里，一个蚁穴中的蚂蚁数量就可能够达到 3 亿只，超过绝大多数国家的人口，如此密集的数量，倒也没听说过蚂蚁被挤死的消息。当然，除了生物学家，一般人根本不会去关心这伙小东西，或者听说过也淡忘了。再比如，海洋中的鱼，天空中的鸟，在总数上远远超过地球上的人类，但是谁听说过水里的鱼因为密度太高而挤死？天上的鸟因为对飞导致迎面撞击而坠落？动物的求生本能，避免了许多致命的碰撞。呵呵，人是“高级动物”，有超过直系旁支“祖先”的智商，在承袭本能之外，似乎有着足以让动物们“汗颜”的判断力和处置事故的应急能力。但是，越是聪明的人，越是被种种欲望所左右，欲望遮蔽或修改了人类的预感程序和忧患机制，而且我们将许多事情托付给了电脑软件和机器人，于是像回避、躲闪、逃跑、警觉、搜索、追捕、储存、繁殖等人的本能正在退化。

本能之外，我们还常常受制于习惯。许多坏习惯是在贫困、贪婪、自私、怯弱、无知和虚伪中养成的。比方说，吃相。有些人的吃相一直难看，即使他现在富可敌国，但捧起饭碗后就会露出一副猴急相，发出呼哧呼哧的骇人声响。还有人边吃边唠嗑，在饭店里尤其喜好指手画脚亮出大嗓门。他这么做可能是想告诉别人：他正在上馆子，有钱，任性。再比方说在公交车、地铁和火车、飞机等有限的公共空间里，许多人也毫无忌惮地大声喧哗，有意无意地暴露值得炫耀的种种隐私。还有坐相，有些人财富、地位、荣耀都不缺，衣冠楚楚，英俊潇洒，但一屁股坐下就开始不间断的抖腿，在电影院要抖，在饭局上要抖，面对下属与同侪要抖，在庄严而隆重的会议上照样抖。喜欢抖腿的人多半还保持另一个习惯：喜欢打断人家说话。

前几年有识之士忍不住发出呼声：希望人们在公共场所乘坐电梯时尽量靠右站，空出左边一个身位让有急事的人跑步向上，经过几年的“运转”，这份“契约”应该说执行得还算不错。但是厢式电梯的风景依然欠佳，里面的人还没出来，外面的人就争先恐后冲进去。我常常被急性子的人堵在里面出不来，只得陪他一程。我家住在高层小区，这种被人堵在电梯门口的情况几乎天天遇到。是的，坐地铁也会遇到这种情况，不过在 2 号线我看到青年人很守规矩，井井有条地排着长队。我为这些辛苦而自尊的上班族喝彩。

跟中国式过马路的一幕相仿佛，有些人总是如急旋风那般来去匆匆，简直要把同路人挤倒，好像急着要去完成某个使命。其实我知道他根本没什么急事，顶多就是急着回去打麻将或在弄堂口看人家修皮鞋。现在你一上公交车，播音器里的声音就会提醒你：先下后上，请从后门下车。但是到站后许多人还是喜欢就近从前门下，将上车的人堵个结结实实。有好几次我在排队买东西，冷不防前面插进一个人，那速度与体量显得如此的理直气壮。“先生，你如果有急事可以先来。”我说这个话，多半是替他找个台阶，而这位老兄一愣，居然也反应过来了，“是的，我有急事。”急什么呢，不就是买两客生煎馒头呀！

再比如——我想许多人也有这样的经历，捧着比较笨重或比较庞大的东西，从商店里出来，转移到另外地方，这几步虽然不长，却也麻烦而狼狈。但迎面走来的人就是不让，直别别地冲着你来，为了避免不必要的相撞，身有重荷的人只得避让，北方人怎么说——惹不起还躲不起吗？

更让我羞愧的是，有无数次，在银行、商场、咖啡馆的玻璃门前，我为拖家带口的人拉门：妇女同志请先。妇女同志过去了，紧跟其后的男士也扬长而过了，我一直紧握门把手直到最后，但没有一个人会回头看我一眼并说声“谢谢”。

先下后上、先出后入、靠右行进、为老弱病幼孕让座、不随地吐痰、不乱抛杂物、咳嗽打喷嚏一定要遮挡飞沫、及时清理宠物排泄在公共场所的污秽之物……这些都是最起码的常识，是在小学课堂里就明确告诉孩子的文明守则，也是公民社会友好相处的基本前提，但是一再宣传而效果欠佳。

城市的现代化，说到底就是人的现代化。如果没有足够的修养，财富和学历并不能改变沉疴式的坏习惯。有许多人认为：我有钱，我高人一等。我学历高，我高人一等。我有豪车别墅，同时泡三个妞，我高人一等。还有人认为我爸是某局某部，我高人一等。他认为无论何种场合，自己都没有避让的必要。避让就是示弱，就是吃亏，就是没面子，就是没有腔调，就与现实或臆想中的身份严重不符。人有趋利避害的本能与智慧，但在许多情况下，有人更急切地要表达自己的神气与能耐。孔夫子强调的温良恭俭让，休矣！纽约遭遇 9・11 恐怖袭击那会，在烈焰翻腾的大楼里，不同肤色、不同性别、不同信仰的人们，甚至作为宠物的狗，都能保持镇静，顺着楼梯逃生，并为消防员留出一条通道。如果这事不幸发生在魔都，谁都想象得出会发生怎样的混乱。有位哲人说过：示弱，是内心强大的表现。这位可爱的哲人如果生活在我们这个充满活力，但时刻处在喧哗而骚动中的城市，他可能会发现自己正陷于茕茕孑立、形影相吊的尴尬境地。也许，正是由于常识的普遍缺乏与不良习惯的养成，处于食物链顶端的人类丧失了动物的生存智慧，也造成了 12・31 外滩拥挤踩踏事件这样的“低级悲剧”。

梦想在广场中央

上周本市媒体热烈讨论了一个话题，即“特大型城市副中心为中心城区减压”，按照《上海市城市总体规划（1999—2030）》，上海四个城市副中心包括徐家汇、花木、江湾－五角场、真如。现在时间过半，这四个副中心建设得如何，大家有目共睹。对中心城区的市民而言，一般好像也不会将花木、五角场列入出行目的地，而真如的宏伟计划则成了一个痛点。当然，对这些边缘地区的居民来说，可以就近购物休闲，不甚成熟的副中心或许可起到蓄水池的作用，但规划中描述的所谓“国际化”“现代服务业”“交通枢纽”等功能，发挥空间似乎还蛮大的。

副中心高楼林立，四通八达，商铺云集，红花绿树，吃喝拉撒都齐了，为什么老百姓在感觉上还是缺点什么。缺什么呢？专家和群众心知肚明，领导应该看得更清楚，这层糊窗纸一捅破，两个字就呈现在面前：广场。

人人心中有，个个口中无，这就是广场在今天中国特大型城市中的尴尬地位。

对于一座有历史感的现代大都市而言，广场就是一个体面的、开放的客厅，是民众集聚交流和透气的地方。广场不仅具有空间存在的物理特性，更具有建筑、文化、人群与活动等文化属性，而且它的存在价值也体现在人们对大自然的亲近。

回望世界文明史，从某种程度上说，古希腊、古罗马文明就是建立在城市广场上的，数千年前的城市广场，已经具备了举行宗教、商业、法律、文化、政治活动和群众性节庆活动的功能，是公众乐意集会的最好场所，著名的城市广场，必定有彪炳史册的纪念性建筑物，必定有历史名人的足印。反观中国城镇史，若有所谓广场的话，也只限于两个地方，一是府前，一是庙前。前者为宣扬封建史治理念与政绩服务，同时体现皇权的威慑力，是强调秩序的地方。后者一般就放给老百姓搞庙会，是表达皇恩浩荡、体现太平盛世的地方。硬要与政治文明扯上关系的话，其作用还不及乡村的水口。

在百废待兴的建国初期，北京、上海、天津、大连、广州等有影响的大城市急于通过旧貌换新颜来提升人民对新政权的信心，广场辟建就成了城市建设的雄壮序曲。跑马厅改建为人民广场，摧枯拉朽，水到渠成，被历史证明是一项英明正确的决策，具有超越物理之上的历史和文化价值。但此后，上海似乎就没有像样的广场开辟出来。自上世纪九十年代后，人民广场的面积反而在萎缩，功能也弱化了。在最近十多年来描绘上海副中心的蓝图上，也没有给广场留出恰当的位置。那么当房地产业风生水起之后，谁还愿意将价值数亿数十亿的黄金宝地平整后去做难以直接产生经济效益的广场？即使哪届区政府下决心去做这等“傻事”，一次性投入也极大，日常管理费用不菲，广场的文化附加值即使被人重估，那么也只会分散在广场周边的楼宇上，政府不一定能获得这部分收益。相反，考察今天的国情，广场肯定是地区治安的重点难点，属于敏感地带，所以谁要是将城市广场当作政绩工程来做，脑子肯定进水了。

不过我们也肯定知道，在一些二三线城市，建造广场倒是相当时髦的事，结果贪大求洋、缺乏地域特色、管理不到位等问题都出来了。我也看到有些县级市人口并不多，也造了很广袤的广场，树小水浑，人迹罕至，广场周边又会矗立起山寨白宫或天安门，不仅浪费了公共资源，还切断了城市的文脉，成了一块又光又亮的疮疤。

再回到上海这类特大型城市，广场是否很有必要？我认为是题中应有之事，应该是城市规划布局的重点之一。有了广场，副中心才能真正实现它的功能定位与文化价值，才能吸纳更多的人流，人们集聚于此的活动才不至于囿于购物、吃饭、娱乐这类低层次的消费，可以在文化享受上获得更大的可能，实现更高层次的追求。去过欧洲的朋友都应有感触，在欧洲大城市的老城区，总能看到市民坐在鲜花簇拥的露天咖啡馆喝咖啡聊天，或围坐在街头雕塑下，膝上盖一条毛毯聆听广场音乐会，或散落在喷泉周边晒太阳，也有街头表演及卖艺的，但一切都显得安宁祥和，是的，也有情绪激烈的活动，但一般不会破坏整体的平和氛围。

我想，既然我们一直在强调“道路自信、理论自信、制度自信”，那么欧洲老城区司空见惯的美好图像，总有一天会出现在上海，也应该出现在“具有国际影响力”的城市中心及副中心。

我在上海，上海很远

在饭店吃饭，我倒不怕遇到熟人，无公款可吃，也无人为我埋单。当然，在相忘于江湖的今天，邂逅的概率还是很小的。最近倒是巧，接连几天在饭店里撞见熟人，而且都是在午饭时分，一拨是老邻居，两拨是老同学——请原谅——都已晋升为大妈了。大妈有的退休了在家看管第三代，有的返聘发挥余热，有的动迁后搬到外环以外，居住条件改善了，就是出门不方便。这个不方便有多重意思：邻居间老死不相往来——麻将搭子也常常凑不齐，超市里的货品比较低端，马路上都是陌生面孔，隔阂、强横、不信任、不友善，在小区里走走吧，狗比人还多，关在家里就越发寂寞，时间一长恐怕要生病。于是大家在微信上约好出去透透气，啥个方向：上海！

大妈是从小喝黄浦江水长大的上海人，她们身居上海，为何还说“去上海”？其实在上海人的语境里，谁都能理解“上海”的所指，也能体会其中的含义。以前杨浦、宝山、川沙一带的土著去南京路逛街，都说去“上海”，那就是一趟快活的旅行。今天，上海城区面貌发生了天翻地覆的变化，市民的生态也跟着乾坤大挪腾，成片的石库门房子渐渐幻化为摩天大楼，市中心空心化的现象越来越严重，白天人挤人红尘滚滚，晚上人去楼空，霓虹空闪烁，纸屑满天飞，法拉利在怒吼，呵呵，有点像纽约曼哈顿了。这就是我们的大上海吗？土著很迷茫。

交通是四通八达了，坐地铁七转八转，总能抵达人民广场，但钻出地铁口，四下张望，阳光是昨日的阳光，海上繁华梦里却没了自己的位置。你看淮海路上的那一溜堂皇的世界名表专卖店，从它们门口走过都觉得心惊肉跳，还是光明邨、哈尔滨、长春食品店、全国土产商店气息依旧，货品亲民，顾客盈门。南京路上走一走，除了沈大成的糕团和邵万生的糟货，除了免费派送的一大叠广告单片，几乎没有什么商品能让自己心甘情愿掏腰包。“我们寻一家价格便宜的饭店，吃一顿饭，谈谈山海经，然后各奔东西。这一天，可以回味很久呢！”

是啊，自中央八项规定出台以来，公款消费萎缩，但一般社会饭店的生意并无大的影响，不信你去看看，多半是大妈三五成群围成一桌吃吃喝喝，谈天说地，兴致高涨得很啊！

你们难道不去中华艺术宫看看？不要门票，画展很精彩，大厅里也可喝咖啡……大妈们齐声说：去过，味道总跟世博会辰光不一样。那时候排四小时的队也值得，现在？哼，一走近就有人上来兜生意。走到里面吧，房子空落落，展览也看不懂。人也少，即使有，也是小青年的天地，他们搂搂抱抱啃啃嘴，我们也难为情。大剧院吗？免费参观时进去过，买票子是不舍得的，一张票要抵一个月的小菜铜钿呢。上海音乐厅，过去叫南京大戏院，美国好莱坞头轮电影就在这里放的，阿拉小辰光看“上海之春”也在这里，当初延安中路造高架，它只好向八仙桥方向移动66米，我是看着它一点点后退的。据说最近被一家德国音响企业冠了名，叫森海塞……尔？叫起来真拗口，为啥要戴这顶帽子呢？难道上海就缺这点铜钿？

我不能回答她们的问题，有些问题其实也不必由我回答，她们心里其实都有了答案。再比如上海美术馆，搬到黄浦江对岸的世博会中国馆里，地方是大了许多，但这个场馆似乎并不适宜办画展。一部分功能转移到花园港路原南市发电厂的老厂房里，成了当代艺术博物馆，工业遗址改造的场馆也是不错的，但美术馆也有自己的生态环境，这个环境的经营也许要花几十年。也因此，人民公园里由民间资本打造的当代艺术馆里，正在举行的草间弥生个人艺术展开幕一两个月后还是很火爆，正在淮海中路K11地下三层举办的莫奈画展也吸引了成千上万观众。为什么？仅仅是莫奈在中国有人缘吗，仅仅是交通方便吗，仅仅是不能说出口的地段原因和历史积淀吗？我觉得还有一个乡愁的因素。

望得见青山，看得见绿水，记得住乡愁——中央领导在城镇化工作会议上的这番话感动了许多人。但是，乡愁不止属于外出打工的农民，还应该包括城市居民。今天，沧海桑田，如梦如幻，不少“土著”被边缘化了，生于兹长于兹的环境如沙漠中的流水，瞬即消失，但不论街坊地块如何玩魔方游戏，老上海人还依稀记得打过弹子跳过橡皮筋的弄堂岁月，记得大饼摊和混堂的所在，这里有我们的青春与梦想，有我们的惆怅与欢乐。参观画展的行为背后，是对故土无奈与深切的回望，是对族群身份和文化背景的固执认同，也是在资本暴力冲撞之下的自我抚慰。

人面不知何处去，桃花依然笑春风。繁荣繁华的大上海，那楼、那车、那商铺，花团锦簇、弦歌声声，与老百姓的物理距离远了，感情距离也远了。我在上海，上海很远。大妈们最后如此感慨。

上海的发展，不应只是经济总量的提升，建筑体量的增加，人流物流的暴涨，还应该顾及民众的感情积累。公共空间的所有权在人民，这不应该是一句空话，从这层意义上说，上海音乐厅冠名确实冒犯了民众。这种事为何不征求一下民意呢？

大妈们叽叽喳喳，望着她们混浊的瞳仁和眼角梢的皱纹，我仿佛看到了自己的明天，不禁悲从中来。稍能安慰自己的是，我家还贴着内环线，虽然马路上陌生而不信任的面孔日益增多，走路稍稍受阻于犬牙交错的路边摊，小区里到处是狗屎和痰迹，我还是应该说服自己以饱满的热情去拥抱明天。

让尊严回归我们的生命

在中国人的辞典中，对“尊严”这个词汇有N种解释，但至今我都没有找到让自己口服心服的定义。生活教训了我们，当我们满怀热情拥抱理想时，会出乎想象地遭遇权力与金钱的无情打击，最先粉碎的，就是尊严。

这些年，大家经常将一个煽情的词汇挂在嘴上，那就是“体面”。有些人以为过上体面生活就自然而然有了尊严，所以他会执著于豪车、名牌服饰、金银珠宝等奢侈品，但这种用财富支撑起来的阔绰，并不能赢得真正的尊严，人们用“土豪”二字给这一群体贴上标签。还有些人认为拥有权力，尊严自然会像奴婢一样匍匐在自己面前。不错，这样的例子在中国从来不缺，比如“我爸是李刚”之类，就以为权力等同于尊严。但事实上，靠权力吹大的尊严，在你一旦失势后，它马上就泄气了。太多的聪明人在追逐金钱和权力时，不惜将尊严抵押出去，等到功成名就时企图赎回数倍的尊严。错啦，尊严一旦抵押后就大幅度贬值了，因为尊严的含金量来自于公众的口碑。

很久以来，中国人对尊严的认识相当模糊。皇权之下，奴才们毫无尊严可言，只有坐稳了奴才位置后的窃喜与没坐稳奴才前的焦虑。在新中国建立后，人民有了当家作主的期待，但尊严二字被加载了过于沉重的政治砝码，各阶层公民所能享受到的政治待遇存在巨大落差，体现在社会上的尊严也就大相径庭，而且在各种运动的旋涡中起伏不定。尤其是知识分子，像资中筠先生所言，无论你如何赤胆忠心、以身许国，都被视作负有原罪，那么像“一封朝奏九重天，夕贬潮州路八千”的戏剧性场面在中华大地上无数次演绎。而且对从旧时代走来的知识分子来说，他们的七寸就是尊严，这个穴位一旦被点中，种种恩将仇报、卖身求荣的丑事也就做得出来了。

改革开放后，人道主义谨慎回归，人的价值、人的尊严可以重审一番，但是我们在拨乱反正时，又在尊严两字上加载了经济的砝码。似乎穿得好、吃得好、住别墅、开法拉利，银行卡一刷就是数百万，就有了做人的尊严。这使人们对尊严的评判从一个极端走向另一个极端。尊严固然有助于光鲜的外表，但不是决定因素。印度的甘地在领导人民进行独立运动时，赤裸着上身在街上游行，他几乎身无分文，又瘦又黑，穷光蛋一个，但他保持了作为一个人的尊严，最后连英国殖民者都尊敬他，要给他颁奖，企图收买他。有一阵社会上呼吁改善知识分子的待遇，有一句话流传甚广：手术刀不如黄鳝刀，造导弹不如卖茶叶蛋。它形象地揭示了收入分配上的不合理现象，但是这句话对很多人也造成了伤害。知识分子应该提高待遇，找回自己的尊严，但划黄鳝、卖茶叶蛋的老百姓靠诚实劳动，也应该享受属于自己的那一份尊严。为什么划黄鳝、卖茶叶蛋的人，收入就不能高过知识分子呢？在一个制度设计合理而且有市场秩序的正常社会，茶叶蛋卖得好，照样能获得比一般知识分子更高的收入。邵逸夫、李嘉诚、曾宪梓等人不都是从小买卖起步，最终成为巨富的吗？所以当我们将财富与尊严捆绑起来评估时，道德风险也由此产生。今天诚实劳动的尊严感、满足感以及社会认同度都很低，是应该反思的。

去台湾旅游的人大概都去过日月潭，那里有个卖茶叶蛋的老太太，据说早先她非常贫困，有关方面就发执照给她，允许她一个人在景点摆摊小买卖。老太太兢兢业业地煮蛋卖蛋，每个导游也会跟游客讲述她的故事，最后几乎每个游客都会买一只茶叶蛋，品尝她的人生百味。老太太生意很好，每天要卖上千只茶叶蛋，收入相当不错，每过一段时间她也会去资助一些贫困家庭的孩子。这个故事告诉我们，任何职业，只要做得到至诚至精，自然会赢得尊严。人与人的关系建立在相互帮助的基础上，也会建立起彼此尊重的良性循环。

春节时间，在地铁里乞讨的人似乎更多了，谁都知道行乞者极少是真正的贫困者，乘客向伸来的罐子投进一枚硬币，多半也不是出于同情，而是讨厌。靠同情活着或许能享受到一种温暖，而在拥挤的公共空间靠挟持乘客获得施舍——据说一个月可以挣一万多，在乡下盖起新楼等等的说法也颇让人胸闷的——付出的却是尊严的代价。再据说，有些乞讨者在“收工”后换上行头下馆子大吃大喝，这其实也是一种心理补偿吧，其实他已经找不回应有的尊严了。我有心作过一次观察，在地铁非高峰时段，从前一站到下一站的数分钟时间内，乞讨者可以成功收获 10 元钱，而街头艺人靠自己的劳动，在同样的时间里只能收获 2 元钱。所以我已经不向乞讨者投币了，转而去安慰街头卖艺的年轻人，我们要鼓励诚实劳动，给劳动者的尊严加分。

过去我们在谈论尊严时，总被规定在宏大叙事的情景中，如果强调个人尊严，就被视作大逆不道，必欲剥夺或击溃之。但如果没有公民的个人尊严，这个国家也不可能有真正的尊严。与过去相比，我们似乎可以很体面地行走在大街上了。但是当我们身处遮天蔽日的雾霾，吃着被污染的食物，当我们涌入邻国去抢购奶粉、化妆品、电饭煲和马桶盖并顺便发现国外的商品比国内还便宜若干倍时，当我们必须找关系托朋友将有很大赢面的官司顺利打下去，当我们被任性的权力无端刁难或恣意侮辱时，我们还有什么尊严可言?

谁造成了我们对尊严的陌生? 这是值得深思的。为了活着、为了体面、为了任性，许多人自愿或被迫地出卖、自残尊严。今天是到了请尊严归位的时候了，只是我们在寻找它的身影时可能会认不太清。我一直想写一本关于尊严的书，但目前只是享受思想冲浪的快乐，迟迟没有动笔。朋友你应该懂的，在得不到表达的尊严之前，撰写这样的书可能会造成对尊严的伤害，那么我只能讲些细枝末节的东西。

不要让一个人去守卫他的尊严，而应该让他的尊严来守卫他。这是爱默生说过的话。看到这句话后，我觉得没必要写这篇文章了。但是，爱默生倘若活着，或许他也看不懂中国的国情吧。

台湾版《上海人吃相》自序

二十多年前，文学圈的朋友不怀好意地把“美食家”这顶帽子扣在我头上。那个时候很多精力充沛、富于幻想的年轻人在文学小道上你推我搡地向前冲，文学杂志百花齐放而且不愁销路，杂志社或评奖或组稿或搞笔会，自娱自乐风气很甚，一帮文人晃到外地扰民，一路上看看风景和美女，说说段子，吃喝这档事自然也不耽误。每到一地，当地文学社团出面接待，大家海吃海喝，借着酒劲说点理想、技巧、感觉等今天看来很可笑的废话。车行半路打尖，就轮到我点菜了，我点的菜大家都爱吃。有时候荒村野店的实在拿不出什么来，我就捋袖下厨，整他几个菜来，也能赢得一片喝彩。其实我心里明白，好胃口一半是饿出来的，人家说我是美食家，多半是起哄。

不错，早在二十年前我就以专家名义参加过上海饮食公司对涉外旅游定点饭店的评审，内容之一就是通过品尝菜点来确定申报企业有无资格接待外宾。好几年前，北京《三联生活周刊》隆重推出中国18个美食家，我代表上海出镜接受采访。还有一些报刊硬拖我出席评奖会或新闻发布会，发块奖牌、尝桌新菜、品品红酒、喝喝普洱，我也推不掉，但去了之后发现得不偿失，这样的活动多了，写作的时间就少了，心情也更加浮皮潦草。我真的觉得，在家里与老婆孩子围坐一桌吃饭最好，青菜白饭也香。

后来我只得给自己的堕落找了一个理由，吃吃喝喝，一抹嘴走人的，或者临走再带点掖点，那叫腐败。像我这样无权无势，硬被人拖去吃顿白食，暗中记几笔吃了什么，用了什么食材，大厨翻了哪些新花样，赶回家写成文章发表，那不算腐败，那叫弘扬中国的饮食文化，对拉动内需、促进消费有积极作用。

后来又发现，像我这样高举文化大旗的人还不少。比如今天你打开报纸，几乎每张报纸都辟有美食专版，有些时尚杂志做起美食文章来更是大手大脚，图文那个并茂，赏心那个悦目呵。年轻记者爱写这类文章，读者也爱看，广告商更爱往花花绿绿的版面上投钱。这种多赢的局面有利于提升报纸发行量和电视收视率，有利于媒体与读者、观众的感情沟通，也是构建和谐社会的生动表现。

于是我坦荡地写了。十多年里写了不少美食文章，结集出版了六七本书。一本《上海老味道》，至今印了七八次，最近又得修订再版，这是读者对我吃吃喝喝的肯定啊，群众赞成的事，一般不会错。

上海是一个充满活力、想象力和竞争力的城市，是中国最大的综合性工业城市，也是中国重要的科技中心、贸易中心、金融和信息中心，是中国发展最快和经济最发达的城市之一。上海地处长江入海口，南北海岸线的中部，交通便利，腹地广阔，地理位置优越。中国目前的最高建筑——上海环球金融中心就在上海，建造中的上海中心将打破这个纪录。是的，中国人喜欢登峰造极，要么不做，要做就做第一。

上海是一座尊重传统文化，又积极开放的城市，多元文化在这里尽显各自的魅力和独特性，并相互渗透与交融。上海至今保存着来自全世界各个时期的数十种建筑风格，也很好地保持着传统的江南民居以及石库门建筑群落，上海市民原生态的完整性最近受到了不小威胁，但市民的生活习惯与行为方式总体上没有大的裂变。上海境内还保留着朱家角、枫泾、七宝、高桥等数百年以上历史的江南古镇，它们是上海历史文化的根系与源流。

上海是最早引进西方先进文化、消化吸收先进文化的城市，中国最早的电影、最早的现代戏剧、最早的现代美术、最早的现代音乐、最早的新闻出版业、最早的娱乐业，均发轫于此，并迅速传播至整个中国。

在饮食方面，上海也呈现出一种延续性和开放性，上海菜的成形以本土农家菜为基底，又从安徽、浙江、江苏、广东等最先进入的地方风味中博采广挹，至于西餐，早在上海开埠前就随着西方传教士登陆了。如今在上海可以吃到各个帮派的美馔佳肴，中国八大菜系十六帮派在这里百川归海，争奇斗艳，兄弟民族的菜肴也彼此呼应，近年来上海的餐饮市场还热情洋溢地引进了新老欧洲的菜肴，东南亚、南美、中东，甚至非洲的风味也有自己的席位。据有关方面统计，目前上海有餐饮企业超过一万家，其中广义上的西餐超过两千家。说上海是美食天堂，就连广东人、香港人也不再持有异议了。

不过，有机会吃，有条件吃，有理由吃，有气氛吃，不等于你就懂得吃、精于吃了。上海人的吃相，至少在二十年前还一不小心出乖露丑。一本菜谱在手，不少小青年还真不知道如何从中挑选最有代表性的菜点。酒足饭饱，也说不出菜品的特色在哪里，厨师做得地道不地道。有些生活类杂志还会刊登一篇文章，图文并茂地介绍西餐的礼仪，但有人还是吃不惯三分熟的牛排，更不知餐后酒是咋回事。再比如吃个自助餐吧，那真可用“左右开弓”、“饿虎扑食”、“前仆后继”来形容混乱场面，浪费现象也令人心痛。最让我看不惯的是打肿面孔当胖子式的摆谱，明明吃不了这么多，还是叠床架屋地叫了一桌子菜，似乎不如此不足以体现主人的身份和面子。

有句老话说，三代才学会吃饭穿衣。

小时候听母亲讲过一个故事。从前有一个老板娘自己不会生育，就领养了一个穷人的小孩当儿子。吃好的，穿好的，还请了家庭教师教他识字，弹琴，守大人家的规矩，一心要使穷小子脱胎换骨。经过好几年修理，小开学会了喝酒抽烟打麻将，腔调像那么回事了。老板和老板娘很高兴，为他办一个生日酒会，请来一大帮亲戚朋友。大家吃得欢，将那小开夸得飘飘欲仙。狐狸一得意就要露出尾巴，小开拿起筷子对准自己的胸口一笃，对准一只大虾要搛来吃。这个动作被在座的一位老太婆识破，马上传话开去：这个小开肯定是穷小子出身。为什么？叫花子吃露天饭从来没有桌子，只能将筷子在胸口笃笃齐。这一吃相就暴露了庐山真面目。

我复述这个故事决不是影射上海人。我的用意是：既然上海饭店这么多，上海人的口福这么好，也越来越重视风味和营养了，就应该在吃的方面多加小心，通过吃相来体现文明素养，不要吃得满身油渍、酩酊大醉以至丑态百出。我衷心希望我们上海同胞胃口好，手艺高，吃相文雅，吃得科学，吃得健康，为全国人民吃出一个好榜样来。

关于本书，其实没什么好说的。有一点，我想跟读者朋友交个底：我不愿意将此书写得过于学术化。饮食文化的文章最怕学术化，你那里一学术，读者就会犯晕，以为你是在编写菜谱，好像要抖漏包袱忽又卖起关子，态度很不真诚。我写历史，比如海派菜的形成，比如西菜在上海登陆，都是通过解剖一只麻雀来展开的。我喜欢讲故事。这样我也轻松，读者也轻松。再比如我写到一百多年前就流行于上海的西菜，在今天的品种之多，风味之杂，大概是一般读者所不敢相信的吧。我就以亲身体验来写，环境如何，味道如何，格调如何，力图让读者有身临其境之感。

还有一点，这可能是拙作与一般饮食文化著作不同的地方，我着意对上海人的吃相进行点评。所谓吃相，字面上指吃喝时的举止言行，表现为一个人在进食时的修养。看一个人的吃相，就大致可以知道这个人的家庭背景、教育背景、阅历、性格及处世为人的原则了。不过我的概念更加宽泛，还兼及饮食文化的深层次问题，比如公平、道德、环保、文明。

有个后生作家——后生可畏啊——说过一句话：食物与人是平等的。这话说得太好了，让人放下架子，并感动。既然平等，那么我们对食物必须给予充分的尊重，还要怀有一份感恩之心。我写这方面的文章，从来就不敢将自己凌驾于食物之上。相反，我力图写出食物的脾气、性格、相貌和格调，写出它们与人的关系，对人的恩惠及诱惑。最后，我还通过食物的媒介，写出人与人的关系，以期更全面、更感性地以观察和研究快速嬗变中的社会。

图书在版编目(CIP)数据

石库门·夜来香/沈嘉禄著.—上海:上海书店出版社,2016.1(2019.1重印)
ISBN 978-7-5458-1224-4

Ⅰ.①石… Ⅱ.①沈… Ⅲ.①随笔-作品集-中国-当代 Ⅳ.①I267.1

中国版本图书馆CIP数据核字(2015)第313679号

石库门·夜来香

著　　者　沈嘉禄
绘　　图　戴红倩
责任编辑　杨柏伟
装帧设计　王震坤
技术编辑　丁　多
出　　版　上海书店出版社
发　　行　上海人民出版社发行中心
地　　址　200001　上海福建中路193号
　　　　　www.ewen.co
印　　刷　上海展强印刷有限公司
开　　本　710×1000　1/16
印　　张　18
版　　次　2016年1月第一版
印　　次　2019年1月第三次印刷
书　　号　ISBN 978-7-5458-1224-4/I.345
定　　价　45.00元